Gaël BRICHLER

*Spying Cries*

# TA FIN JUSTIFIE MES MOYENS

**A :**

***Magali,***
***La femme de ma vie,***
***Mes enfants,***
***Ma famille,***
***Mes amis et collègues.***

***En douce mémoire d'Athéna,***
***Trahie par une complicité***
***Ne rimant qu'avec duplicité…***

Lettre de George Sand à Alfred de Musset

Je suis très émue de vous dire que j'ai
bien compris l'autre soir que vous aviez
toujours une envie folle de me faire
danser. Je garde le souvenir de votre
baiser et je voudrais bien que ce soit
là une preuve que je puisse être aimée
par vous. Je suis prête à vous montrer mon
affection toute désintéressée et sans cal-
cul, et si vous voulez me voir aussi
vous dévoiler sans artifice mon âme
toute nue, venez me faire une visite.
Nous causerons en amis, franchement.
Je vous prouverai que je suis la femme
sincère, capable de vous offrir l'affection
la plus profonde comme la plus étroite
en amitié, en un mot la meilleure preuve
dont vous puissiez rêver, puisque votre
âme est libre. Pensez que la solitude où j'ha-
bite est bien longue, bien dure et souvent
difficile. Ainsi en y songeant j'ai l'âme
grosse. Accourrez donc vite et venez me la
faire oublier par l'amour où je veux me
mettre.

# Chapitre 1 : Prolégomènes

Virgile Leitaud était « quelqu'un de bien » depuis toujours, tout le monde le savait pertinemment dans le quartier. Chaque matin, il aimait se lever en écoutant un morceau de musique, Serge Gainsbourg de préférence. Il ne rechignait pas non plus à écouter quelques tubes de *rock and roll*, mais uniquement les jours de fête. Ces airs légers lui donnaient le sourire en lui permettant d'alléger sa conscience et sa profonde solitude, depuis que sa femme l'avait quitté sans crier gare, un beau matin voilà dix-sept ans, pour un autre, plus beau, plus riche et plus snobe, tandis qu'il revenait de la boulangerie avec deux croissants fourrés à la pâte d'amande, encore tout chauds du fournil, comme elle aimait les savourer les samedis matins. Virgile Leitaud entretenait un péché mignon : au petit déjeuner, il ne jurait que par la confiture de fraises épépinées, dont il maculait allègrement ses tartines, quoi qu'il ne refusât pas de succomber au bonheur de napper de chocolat celles-ci, particulièrement à la mauvaise saison, emmitouflé bien au chaud dans son peignoir jacquard vert et rouge délavé – qu'il envisage depuis dix ans de changer lors des prochaines soldes –. Le long des berges indolentes du Bassin Dusuzeau, Virgile Leitaud appréciait se promener le soir. Parfois, il y croisait fortuitement son chat, Austin, un beau matou roux qu'il avait recueilli quelques années auparavant, lorsque les Trubner, qui habitaient au sixième étage, avaient dû précipitamment déménager en outremer, à cause d'une mutation inopinée du père, cadre supérieur dans le secteur de l'agroalimentaire. L'animal risquant alors d'être livré à lui-même et de finir abandonné à la S.P.A., Virgile Leitaud avait fait œuvre de générosité envers le pauvre félin, ce qui avait dû probablement le sauver d'une euthanasie administrative certaine. Virgile Leitaud s'était également montré très présent pour sa voisine du second, Madame Inès Hassahot, une piètre danseuse de *bachata* improvisée scénographe – « une vieille gloire fraîchement divorcée », se plaisaient à cancaner certaines mauvaises langues – lorsque le tuyau défectueux de son lave-vaisselle avait occasionné de coûteux dégâts dans cet immeuble cossu de la rue de Palerme à Strasbourg, lui valant l'ire pugnace des résidents du niveau inférieur, à raison de six mois d'infiltration d'une bourbe nauséabonde dans leurs plafonds. En voisin bienveillant, et bon bricoleur de surcroît, Virgile Leitaud était parvenu à réparer cette fuite, grâce à de solides rudiments en matière de plomberie acquis lorsqu'il avait été jeune apprenti au Lycée des Métiers Paul-Émile Victor à Obernai trente ans plus tôt. Il avait dû d'ailleurs interrompre ses études de tourneur-fraiseur en 1986, à la suite du décès de son père dans un accident de voiture, tandis qu'il se rendait à un match pour soutenir son équipe de football favorite. Cette petite victoire sur la fatalité des canalisations urbaines lui avait valu de gagner une bise *caliente* pleine de gratitude de la part de Madame Hassahot, ainsi qu'une une solide réputation de sauveur des ménages en détresse contenue dans un surnom, « le concierge », – quoi qu'il n'eût pas aimé devenir concierge par vocation, mais la vie le lui rendait bien *in fine* – qu'il jalousait quant à présent. Virgile Leitaud touchait une petite pension d'invalidité, qui lui permettait tout juste d'assurer un minimum de subsistance. Néanmoins, le sexagénaire caressait un vieux rêve qu'il espérait voir se réaliser d'ici un ou deux ans : un séjour d'un mois en Birmanie, ou peut-être au Cambodge. À voir. Pour faire aboutir son projet pérégrinatoire, Virgile Leitaud s'efforçait d'économiser quelques « piécettes » – le répétant d'une voix enjouée derrière sa moustache presque blanche, surmontée de rouflaquettes grisonnantes – sur ses maigres allocations mensuelles. Lors des fêtes de voisinage, « le concierge » était toujours invité pour trôner inexorablement en bout de tablée, à la manière d'un affable chef de famille paternaliste.

Précisément, Virgile Leitaud aimait les familles. Les parents, comme les enfants. Surtout les enfants d'ailleurs, en particulier les petits, qui ne sont encore qu'au stade des babillements. Ceux-là, il les adorait. À tel point que, si cela avait été rendu possible, il les aurait tous adoptés dans son humble foyer, sans exception ; il y a bien trop de malheurs dans ce monde pour ajouter des fardeaux supplémentaires sur les épaules de ces petits êtres, que représentent les parents défaillants pour leur progéniture. Les violences et les privations faites aux enfants de toutes sortes ne manquent pas de susciter l'indignation de ce quinquagénaire rassérénant, fidèle lecteur de revues périodiques bien informées et pianiste d'infortune à ses heures perdues, autrefois trésorier adjoint d'une association militant pour la défense des droits de l'enfant. A ce titre, il tenait à rappeler de manière récurrente ses hauts faits d'armes lors de ses participations – certes fugaces, mais déterminantes – à deux mouvements revendicatifs *new-age*, en marge de pourparlers internationaux sur cette question cruciale. En somme, si la Convention des Nations Unies sur les droits de l'enfant a été adoptée quelques années plus tard, en 1989, et ratifiée par l'ensemble des États de la planète, c'est probablement – il faut bien le reconnaître – grâce à l'action de philanthropes combatifs de la même trempe que Virgile Leitaud. C'est dire si l'intéressé ne fut pas choqué de constater un beau matin de mai dernier que Cassandra N'Djoku, sa petite voisine du premier, tout juste vieille de ses huit ans, présentait une ecchymose suspecte au niveau du pli de l'aine. Virgile Leitaud donnait des cours de solfège à la petite Cassandra. En retour, au moment de quitter le domicile pour prendre son service de nuit, son aide-soignante de maman solo glissait un billet dans la main de sa petite fille à l'attention du « concierge », à chaque fois que celle-ci montait voir celui qu'elle avait affectueusement baptisé « tonton Virg' » pour parcourir la gamme, assise face un piano, son corps chevillé à celui de son dévoué protecteur. Ainsi, la fillette découvrait à la fois la grande musique et n'était point esseulée en son foyer, en attendant le retour de sa mère à des heures avancées. Quant au « concierge », il passait de doux moments avec sa jeune élève, lui qui avait été privé de toute descendance. Tout se déroulait donc à merveille depuis deux ans, dans le cadre de ses leçons particulières prodiguées à cette jeune enfant éveillée, chez qui « tonton Virg' » supputait avoir déniché un don pour la musique, une mélomanie précoce, une ferveur pour la note. C'est notamment pour ce motif purement éducatif et charitable que Virgile Leitaud se ménageait toujours une dizaine de minutes à la fin de chaque cours-garderie, pour écouter avec l'enfant un morceau de musique puisé dans sa large collection de vinyles, compilant des rythmes plus anciens aux airs actuels. Dans ces moments précis, il ne dérogeait jamais au rituel de chercher une glace à l'eau dans son congélateur pour attendrir davantage l'enfant. Virgile Leitaud s'en souvenait bien : c'était un mardi. Le 11 novembre dernier, lui semblait-il. Tandis que Franck Sinatra interprétait son titre anthologique « *Strangers In The Night* », daté de 1966, pour le plus grand bonheur de sa petite protégée, mue par son enthousiasme innocent, Virgile Leitaud s'aperçut, « un peu par hasard » dira-t-il par la suite, de la présence de cette ecchymose sur le corps de Cassandra N'Djoku, alors qu'elle se tenait à côté de lui, sur le banc de piano, et que sa petite jupe rose à pois vert était « mécaniquement » remontée au-dessus du genou… L'adverbe revêtait toute son importance pour un jury de cour d'assises. Virgile Leitaud était un homme perspicace, mais vieillissant. Il n'avait plus l'acuité visuelle de ses vingt ans. Mais, à bien y regarder, se disait-il, ce n'était pas la première fois que la peau de cette petite fille marquait étrangement, et d'ailleurs sur des zones de son corps anormalement exposées pour des jeux de son âge au cours desquels la petite Cassandra aurait pu plausiblement se blesser. En « concierge » omniscient, nanti des grandes révélations autant que des petits secrets de famille ayant cours au sein de la maisonnée, Virgile Leitaud fit rapidement le lien entre les bleus de la petite et certains cris audibles depuis l'appartement de Sikele N'Djoku, la mère de Cassandra, souvent tard dans la soirée. Il lui avait semblé entendre une voix masculine proférer régulièrement des menaces à l'encontre de sa voisine. Les murs et les plafonds étant plus fins que du papier journal dans ces cités-dortoirs, il suffit parfois de tendre une oreille dans la cage d'escalier, ou pencher à peine sa tête vers le vide-ordure, pour ouïr du mobile d'une dispute conjugale ou d'une réjouissance familiale. C'est peut-être là l'unique et indéniable défaut de Virgile Leitaud : sa considération exacerbée d'autrui le portait à prendre régulièrement des nouvelles de son prochain dans les moindres détails, quitte à certes commettre quelques indiscrétions, mais toujours en prenant bien garde de ne pas interférer dans la paix des ménages. Mais, à mesure que les semaines s'écoulaient, Cassandra rechigna à s'asseoir à côté de son bienfaiteur. Et, un soir, ce fut finalement une nette rebuffade de sa part, ânonnant quelques suppliques infantiles à l'adresse de sa mère, accompagnées de longs sanglots, car « tonton Virg' » avait prodigué à plusieurs reprises les premiers soins sur cet abcès qui s'imposaient, en lui écartant ses petites cuisses potelées... Après cet épisode traumatisant pour elle, Cassandra ne souhaita plus revoir son « tonton Virg' », qui lui avait « fait trop mal », au cœur du sanctuaire intime de son petit corps frêle, proie de prédilection du vice de certaines grandes personnes...

« En somme, tout y est, Monsieur le Président, rien ne manque dans ce tableau élogieux » abonda son avocate, Maître Bénédicte de Saint-Just, face aux accusations d'attouchements sexuels et d'abus d'autorité sur mineur de 13 ans dont il était fait grief à Virgile Leitaud. « Point d'hagiographie dans mes propos, mais l'unique et stricte vérité au sujet de cette belle personne qu'incarne mon client », avait-il ajouté en propos conclusifs de sa plaidoirie laudative. L'affaire fit l'objet d'un classement vertical. Virgile Leitaud fut relaxé de toute la prévention. Et la mère de Cassandra déboutée en accusatrice éhontée, afin de masquer – à coup sûr ! – de potentiels mauvais traitements infligés par des amants trop nombreux pour une seule femme, et souvent absente du domicile familial qui plus est ! Avec, au passage, quelques substantiels dommages et intérêts à verser au « concierge » pour le préjudice moral causé à sa personne. Le portrait de cette indigente aide-ménagère congolaise, dont le dossier de naturalisation avait achoppé, car ne maîtrisant pas spécialement les subtilités de la langue de Molière, vola en éclats face à quarante années pavant le parcours irréprochable d'un homme consacré au bien de sa communauté. À ce titre – cerise sur le gâteau ! – ce prévenu au grand cœur, diffamé mais non défait, eut beau jeu de ne revendiquer in fine qu'un euro symbolique au titre des diverses réparations que l'accusatrice calomnieuse lui devait, au moment où celle-ci fondit en larmes dans le prétoire, accablée par tous ces frais de justice incommensurables pour sa modeste bourse dont elle ne savait comment s'acquitter. Quant aux « faits imaginaires » dénoncés par une « enfant agitée », « de toute évidence, manipulée par le monde des grands », le tribunal conclut doctement à « quelque égarement de sa pensée innocente, qui aura dépassé son entendement de fillette ». Et, pour couronner le tout, un pigiste, connu pour sa verve emphatique en faveur des « martyrs des erreurs de justice », avait cru bon de titrer dans la chronique judiciaire du lendemain : « Liberté, pour le dernier des princes de cœur ».

Jamais verre de fine ne fut aussi goûteux. Ravigoté, Virgile Leitaud posa nonchalamment sa paire de ciseaux en acier chromé, ainsi que son journal, sur le guéridon de l'entrée, son entrefilet apothéotique dans l'autre main. Il plaça soigneusement ce dernier au centre de l'un des volumes de « *L'Encyclopédie* » de Denis Diderot, à la manière d'un biologiste aux herbiers rares. De précédentes coupures de presse jaunies, glissées entre les pages et diffusant leurs remugles caractéristiques, traitaient d'affaires aux similitudes frappantes. Toutes à la lettre « C » précisément. Mais pas « C » comme « concierge » cette fois-ci. C'étaient à la fois les « C » des mots « cinéma », « chance », « chasseur », « Cassandra »… « criminel »… qu'arborait sa fine bouche, dont la perfidie se dissimulait de plus en plus mal sous ses poils grisonnants. Le rictus diabolique de celui qui a su, contre toute attente, se rendre victorieux d'une situation condamnable – et partant mal aisée – vint immanquablement se plaquer sur son visage soudain plus creusé, et paraissant bien moins bonhomme que d'accoutumée. À nouveau lavé de tous soupçons sur son hypothétique part ténébreuse, Virgile Leitaud pourrait enfin se consacrer à la préparation de son périple en Asie du Sud-Est, pour y faire de nouvelles et tout aussi jeunes rencontres. Il alla se servir une autre flûte de ce délicieux champagne Tettinger 2002, que Madame Aldine Clerc, la présidente du syndic de la copropriété, lui avait offert à Noël deux ans auparavant, en guise d'étrennes de... concierge. Il alla positionner le 45 tours de « *L'Anamour* » de Serge Gainsbourg, son maître à penser, sur son vieux tourne-disque. Et, lorsque le diamant vint révéler du sillon les premières paroles de la chanson, il porta la coupe à sa bouche et savoura toute l'effervescence du moment. Il caressa la tête de son preste Austin, celui-ci ne manquant jamais une occasion de se pelotonner contre un maître ravi de ses effets. Pourtant, c'était le « C » du mot « coupable » que l'on fêtait ce soir-là, un coupable bien réel des faits ignobles dont il était bel et bien le seul responsable. Aussi coupable des accusations d'attouchements sexuels sur mineur de moins de 13 ans qui lui avaient été portées en l'espèce que de toutes celles qu'il avait habilement esquivées par le passé. Comme autant de petites victimes outragées deux fois. Rien ne pourrait plus l'atteindre désormais, il le savait : il jouissait d'une solide immunité sociale, bien plus enviable que toute amnistie judiciaire, consolidée par des aveugles qui n'entendent déjà plus les cris de cette innocence violemment volée. L'éclat pâle du soleil sur sa peau déclinait au terme d'une froide journée de mars. Virgile Leitaud laissa échapper un ricanement sardonique entre deux borborygmes. Il alla se coucher fort aise, fier comme Artaban.

*****

« Cherchez-moi Haténa. Qu'elle vienne rapidement ! J'ai à lui parler », ordonna la Commandante Annette Ducros. Cela faisait vingt-et-un an ans que la « Papesse » – pseudonyme d'imperator dont elle avait été gratifiée depuis qu'elle avait pris la tête de la Brigade Criminelle à Strasbourg – régnait sans partage sur les unités d'investigation placées sous son commandement. Autant dire que pour flairer les dossiers à haut potentiel, elle avait l'art et la manière. Et, justement, ce matin-là, son attention fut passablement attirée par une affaire qui lui sembla atypique, compilée pêle-mêle dans le tout-venant des faits de la veille. Il s'agissait d'une histoire de personne âgée qui, selon toute vraisemblance, s'était fait molester à son domicile, avant de décéder peu de temps suite à son agression. Fait divers certes tragique, mais somme toute répandu au cœur des immensités citadines.

« Sale temps pour les seniors des villes à notre époque. Chacun le sait, les criminels à plus forte raison », songea-t-elle philosophiquement.

Toutefois, son instinct la titillait : quelque chose cadrait mal dans ce tableau, trop simpliste pour la commandante. Elle le savait, elle le sentait. En dépit de toute considération objective, le temps passé à la « Crim' » avait enseigné à cette matoise limière à davantage se fier à son intuition d'enquêtrice, qui ne l'avait jamais trahie en trente-deux ans d'une carrière exemplaire. Après tout, l'affaire de l'empoisonneuse Sofia Molino – dite « la Veuve Noire » – et le braquage de la Caisse des Dépôts et Consignations de Toulouse à la

fin des années 1990, lui avaient valu une décoration et deux citations à l'ordre de la Nation, alors que tout ceci ne tint finalement qu'à un pressentiment, suivi de l'initiative osée d'une jeune enquêtrice, décidée à ne pas suivre les sentiers battus de l'investigation, et ce, contre l'avis de tous, y compris ses supérieurs. Mâchouillant délicatement la gomme de son crayon, notre récipiendaire se prit à scruter sa médaille d'acte de courage et de dévouement échelon or qu'elle avait reçue des mains du préfet pour ses états de service de l'époque, convaincue de tenir en main une nouvelle pépite, lorsque l'on frappa à sa porte.
« Entre, la miss ! » lança-t-elle de manière enjouée.
- Tu voulais me voir, Annette ? demanda une voix douce dans l'entrebâillement.
- Assieds-toi, Louise, lui intima la « Papesse ». Tu as vu la synthèse de la veille ? Je veux parler de l'inter' de la patrouille à onze heures du soir ? Tu en penses quoi ?
- Oui, je l'ai vue, répondit la Capitaine Haténa. Tout ceci a l'air de sentir le *homejacking*...
Sa supérieure hiérarchique se leva de son fauteuil et jeta un regard vide à travers sa fenêtre, par-delà le mur d'enceinte de l'hôtel de police. Elle s'esclaffa :
- Ah ! Un saucissonnage, vraiment ?! Tu n'es pas sérieuse, Louise ? Je ne suis pas un lapin de six semaines, tu sais. Je traite des *homejackings* depuis Mathusalem et je te dis que cette affaire est tout, sauf ça. Cette histoire sent mauvais. Il y a autre chose de plus grave derrière, j'en suis sûre !
Louise parut interloquée un bref instant. Elle questionna benoîtement :
- Et quoi d'autre alors ?
- A toi de me le dire, rétorqua la Commandante Ducros avec malice. C'est pour cela que je t'ai convoquée. Prends le Major Alexi avec toi, et deux autres de tes gars, et allez me faire un PV de constat' aux petits oignons. Je le veux sur mon bureau pour le début d'aprèm'...
- Mais, les constatations ont déjà été établies par l'équipage primo-intervenant, essaya de transiger Louise, et il n'y a pas réellement d'intérêt à…

- Vas-y, tu perds du temps. Bon courage, Louise, clôtura-t-elle sans ménagement le propos.
La jeune capitaine prit congé de la « Papesse », non sans dépit, et pesta dans les escaliers qui la conduisaient à l'étage inférieur, où se situait son unité.
- Carrément ! Ce n'est pas en me faisant perdre mon temps à rebosser sur des enquêtes toutes cuites que je parviendrai à faire fondre le portefeuille de dossiers de ma section ! pensa-t-elle, agacée, en entrant dans son bureau.

La Capitaine de Police Louise Haténa venait de fêter son vingt-sixième anniversaire en juin dernier. Et pourtant, sa verdeur, son opiniâtreté et son habileté tactique, dans le déliement des langues surtout, convergeaient pour faire d'elle l'élément le plus prometteur de la « Crim' ». Une « grande dame en devenir », avait pu lui glisser à l'oreille un cousin, de quatorze ans plus âgé qu'elle, lors de sa cérémonie de sortie de promotion à l'E.N.S.P. Ce « vieux con de Gabriel » – une périphrase un peu bravache dont elle l'avait affublé – était tout de même parvenu ce jour-là à faire rouler d'intenses larmes d'émotion sur ses joues. Excellemment positionnée au sein du classement général de sa promotion, Louise était aisément parvenue à briguer l'un des postes qu'elle convoitait tant : devenir chef de section au sein de la prestigieuse « Crim' de Stras' », comme elle le serinait au sein du foyer-bar de l'école de police. Peu encline à la tendresse avec sa subordonnée, la « Papesse » ne s'était pourtant pas fourvoyée sur ses qualités d'enquêtrice, et elle s'était proposée de façonner sa favorite, un peu à son image, en lui confiant le commandement de la seconde section de son unité – la « 2 » pour les intimes –. Elle se reconnaissait probablement en elle, vingt-cinq ans plus tôt. Ce portrait de Louise ne fût qu'élogieux et non dithyrambique, si seules ses compétences professionnelles avaient été énumérées. En réalité, il s'agissait d'une leste jeune femme d'1,65 m, originaire de la Vallée de la Bruche, parée d'une amène beauté, puisqu'auréolée d'une jongle brune sauvage et dotée d'exquises jambes à se damner. L'épiderme soyeux de son corps gracile de nymphe, finement ciselé, galbé par une poitrine enchanteresse et des hanches édéniques, mettait en exergue ses délicieuses prunelles félines si pénétrantes. Ces dernières étaient à ce point ignescentes que tous ses interlocuteurs, même les plus rétifs de prime abord, finissaient par se laisser envoûter par ses deux obsédantes obsidiennes – une forme de grâce plutôt opportune pour recueillir les aveux des mis en cause passant entre ses mains, tous charmés comme de vulgaires serpents de foire –. Elle jouissait de ce don insolent que partagent les femmes héritières de la splendeur naturelle d'Aphrodite ou de Freyja. Portée au pinacle d'une célébrité mondaine, Louise Haténa aurait pu rivaliser de charisme et de séduction avec une Audrey Hepburn ou une Sofia Loren, ses perpétuelles dauphines, n'en déplaisent à ceux qui lui prêtaient d'ordinaire davantage de ressemblance avec une autre sublime actrice, Natalie Portman – il est vrai, plus proche d'elle générationnellement que les deux précédentes susmentionnées –. Abreuvés de lyrisme, d'aucuns auraient pu prétendre que cette jeune officière de police empruntait nûment son éclat à la Joconde et personnifiait le portrait archétypal de l'incognoscible succube, capturant les âmes mortelles depuis le tréfonds de leurs fantasmes, qu'aucune décade, même parmi les moins débonnaires, jamais n'altère. Mais ce piédestal qu'elle foulait d'instinct ne compromettait en rien une simplicité de cœur, qui avait Louise pour exact synonyme, quoiqu'elle ne fût pas exempte d'analepses intempestives à certaines heures cruelles pour Haténa, cette déesse nubile. En cela, elle jalousait conserver ses raisons intimes.

C'est à peu près l'image que se plaisaient à cultiver mutuellement la douzaine d'agents placés sous son commandement. Mais, cette admiration collective n'excluait, sous aucun prétexte, le respect infrangible dû à leur capitaine. Ils avaient beau grogner par moments, lorsqu'elle leur donnait certaines instructions – surtout les vendredis, après 17h00 – il était à peu près certain qu'ils auraient tous suivi leur Haténa jusqu'au Tartare. Sa méthode ? Une fois conquis par son charme inné, elle savait vous attraper par un petit bout du cœur, en personnalisant son écoute, et surtout en prenant le temps de rester humaine dans les instants les plus dramatiques, comme dans les phases d'effervescence collective. Elle agissait en femme de tête, conviviale et dure à la fois, à la manière d'une louve *alpha*, aussi éprise de sa meute qu'aux prises avec elle, en les appelant maternellement ses « gars » – qu'elle évoquait volontiers sur un ton fallacieusement sec auprès de ses « n+1 » –. D'ailleurs, le dernier affecté dans le groupe, Jean-Kévin Ernwein, alias « Ernie », policier adjoint au casque d'or, préparant le concours de gardien de la paix, n'avait pu échapper à l'étiquette du « poussin-de-combat-de-l'année », décernée par une Capitaine Haténa se faisant un brin taquine, mais qui collait comme un gant au pioupiou de la bande. Celle-ci était d'ailleurs largement relayée par le Major Jean-Marc Alexi, le colossal cerbère de l'équipe. Le major, c'était le major. À la fois vieux routard des C.R.E.A.I. et fin horloger de la mesure de garde à vue, l'adjoint de l'officière, symbolisait à la fois un roc, une sentinelle et un couteau suisse tant pour survivre dans les champs de mines de la procédure pénale qu'à six heures du matin, devant le domicile d'un suspect, une cigarette au bec et un bélier à la main en train de « défoncer une lourde », selon son expression argotique favorite. On pouvait tout demander ou presque au Major Alexi, tant il serrait les rangs de la brigade et veillait loyalement au grain, alternant coups de gueules pédagogiques et chiquenaudes paternalistes dans le dos de ses troupes. Il éprouvait une profonde loyauté et une affection sincère à l'égard de Louise, qui le lui rendait bien. Tous deux n'avaient pas mis bien longtemps à partager moult atomes crochus.

« Vous me rappelez ma petite fille lors de son premier jour d'école », avait ironisé le major, au premier jour de leur rencontre, lors de la prise de fonctions de la capitaine.

- C'est drôle que vous me disiez cela, avait raillé Louise en représailles, car mon grand-père m'a dit la même chose le jour où on l'a emmené à l'« E.H.P.A.D. des Vieux Chênes » ! Oupsi !

L'assistance s'esclaffa bruyamment aux dépens du Major Alexi, qui ne revint jamais à la charge sur le terrain de la galéjade. Ce fut probablement de cette manière que naquit un des duos chef-adjoint parmi les plus symbiotiques qui eût été donné de rencontrer dans les dédales des commissariats de France, quoiqu'improbable de prime abord. Leur complicité était telle qu'ils ne s'échangeaient que peu de mots pour se comprendre. Ainsi, les silences de la Capitaine Haténa étaient à ce point toujours plus éloquents que ses paroles pour son adjoint, surtout lorsqu'ils trahissaient l'affliction lancinante de Louise face au martyre qui la terrassait au plus profond d'elle-même depuis bien longtemps.

Ses crins châtains aux reflets auburn, d'inspiration hongroise, étaient devenus une sorte de sémaphore pour « les gars de la 2 ». Louise n'était pas toujours une grande communicante et pouvait être, dès potron minet, plus taiseuse qu'un gardé à vue en attente de son déferrement. Ses brèves phases d'absence contrastaient avec la pétillance de son tempérament à d'autres moments de la journée. Ses enquêteurs avaient fini par arrêter un nom de code entre eux pour se prévenir des passages à vide de leur officière : c'étaient les « Heures H ». « H » pour « Haténa », autant que pour les Heures panathéniennes marquant les phases-clés d'une journée. Ainsi, lorsqu'elle se planta seule au milieu de la cour de l'hôtel de police vers 10h00, et que le Major Alexi l'aperçut en écartant les lamelles de son volet, c'est sans aucune forme de retard qu'il la rejoignit d'initiative, accompagné de deux de ses gardiens de la paix, un ordinateur portable sous le bras. Tout ceci fleurait bon la matinée « transport-constat' ».
« Où va-t-on, Capitaine ? » interrogea son adjoint, tandis qu'il démarrait le véhicule administratif.
- Rue de Rome, au 6, répondit-elle. Sur un patriarche agressé chez lui. L'ancien n'a eu aucune chance, d'après le compte-rendu des primo-intervenants de la P.S.
- C'est le saucissonnage de la nuit dernière ? J'en ai entendu parler au café tout à l'heure, grommela le Major Alexi. Le vieux est à la morgue. Les « nuiteux » l'ont ramené ce matin. L'affaire a l'air pliée d'avance. On va y faire quoi de plus, Louise ?
- La « Papesse » l'a décidé, point-barre, tança la Capitaine Haténa.
- Ah… si c'est sa majesté la « Papesse » qui a parlé, alors là, ça change tout, blasonna le vieux major.
- Carrément, Jean-Marc. Il faut le faire, c'est tout, conclut Louise, d'un ton résigné.

Elle jeta ensuite un rapide coup d'œil dans le rétroviseur à ses deux jeunes collaborateurs, serrés sur la banquette arrière comme des harengs en boîte, et ajouta :
« Paraît que la scène de crime est plutôt *hard*. Va falloir vous accrocher, les gars. Et surtout pas d'« effet tunnel », sinon on va avoir le droit de revenir. Je ne veux rien d'autre que de la bonne constat', ok ?... »
Puis, toute concentrée dans sa mission, elle alluma l'autoradio.
Malheureusement pour elle, la station diffusait le titre mélancolique « *All The Roadrunning* », co-interprété par Mark Knopfler des Dire Straits et Emmylou Harris, ce qui eut pour effet d'assujettir Louise dans un état cérébral astringent, lardant son cœur d'amertume et de *spleen*, à mesure que défilaient pêle-mêle tous les souvenirs d'un passif brutal autant que ceux d'un passé heureux. Car le rôle de l'invincible Capitaine Haténa, savamment campé par la mignonne, se devait de coexister avec les profondes fêlures de la jeune Louise, aussi contrite que victime d'abus de la part de l'homme de sa vie, ce fiancé qu'elle avait tant aimé et à qui elle avait tout offert, mais par trop donné. Sa jolie chair diaphane, ponctuée de délicats grains de beauté, dont un large et proéminent estampait son tibia gauche, avait été souillée, mâchurée par une pléthore de coups violents, engendrant d'irréversibles stigmates psychologiques, dont le criminel compagnon s'était rendu coupable. Louise n'avait jamais déposé plainte pour ces actes barbares, ni eu la force de confier à quiconque cette douloureuse flétrissure – pas même à ses boulangers de parents adoptifs, ni à son cher frère Ludovic – et se contentait d'aborder philosophiquement cette corde sensible de son existence, en prenant soin de n'user que d'expédients et de circonvolutions potassés à l'avance. D'ailleurs, la morne Louise des « Heures H » affectionnait parfois de plaisanter avec noirceur sur le fait que toute sa biographie pouvait être résumée dans une courte et sombre déclaration de main-courante.

*****

A cinq minutes d'arriver sur les lieux, Louise endura un court moment d'intense tachycardie, qu'elle redoutait comme à chaque fois.

Cette désagréable sensation de douleur aiguë l'assaillait toujours peu de temps avant de découvrir une scène de mort violente ou de blessures graves. Sa mémoire auditive répertoriait les cris et les pleurs de chacune des victimes ou de leur famille dont elle croisait le chemin, sans jamais pouvoir les évacuer vraiment de ses synapses. Le droit à l'oubli n'existait pas pour elle, le seul regrettable défaut de son for intérieur sans doute. Ses consultations éparses chez un psychologue avaient permis de mettre un mot sur ses maux : « *transfert* ». La Capitaine Haténa savait que son esprit s'inscrivait toujours, automatiquement, dans une brève phase de transposition personnelle, avant de laisser place à la procédurière distinguée et objective qui se révélait en elle.
Son véhicule arrêté, une main sur le volant, le Major Alexi connaissait par cœur cet inquiétant rituel et attendait quelque réaction de sa cheffe sans oser la regarder, ne sachant que tenter pour l'apaiser.
« Qu'attendez-vous donc, messieurs ? On y va. Au travail ! » clama Louise sur un ton provoquant au bout d'un instant, pour se donner du courage et faire face à sa propre pâmoison.
*Ce sont souvent les cœurs les plus tendres qui ont reçu les coups les plus durs*, selon l'adage consacré. Louise Haténa n'y faisait pas exception. Les trois fonctionnaires sortirent de l'habitacle du véhicule comme un seul homme, suivis de près par leur capitaine, qui parvenait peu à peu à dominer son malaise. Des relents d'eau de javel, mélangés à des effluves de cuisson vapeur, délivraient une signature incommodante toute spéciale à cet immeuble construit après-guerre, dont les revêtements de sol, constitués de mosaïques multicolores immémoriales décaties par l'usure du temps, auraient pu être datés au Carbone 14, tant ils avaient été foulés aux mêmes endroits par des générations de locataires depuis près de soixante-dix ans. Étrangement, les haut-le-cœur que ressentaient ses agents, inopinément plongés dans cette atmosphère nauséabonde et surannée, permirent à la Capitaine Haténa de se détacher des siens, une fois arrivée sur le perron de l'appartement du malheureux.
« Alors, les gars, vous n'allez pas me dire que l'odeur de bouffe trop cuite et de détergents à deux sous vous déplaît à ce point ? » fanfaronna l'officière, se portant à présent comme un charme,

attendant impatiemment sa petite troupe sur le palier du quatorzième étage.
- Rassurez-vous, Capitaine. Tout va pour le mieux, on en a vu d'autres. Pas vrai les gars ? rétorqua le major avec espièglerie.

L'un des gardiens de la paix ôta les scellés judiciaires apposés sur le chambranle de la porte. Une fois la serrure déverrouillée, la Capitaine Haténa pénétra dans les lieux, stylo à la main. En tant qu'officier de police judiciaire saisi, elle coordonna les actes procéduraux de constatation à opérer dans le domicile. Elle commanda à ses assistants d'inspecter minutieusement chaque pièce de ce studio chiche d'une quarantaine de mètres carrés de superficie. Quant à elle, l'endroit exact où avait été découvert le corps l'accapara immédiatement. La scène de crime avait été assurément d'une grande violence. Le pauvre homme n'avait vraisemblablement eu aucune chance d'échapper à son assassin. L'envergure des traces d'effusion de sang relevées par les agents spécialisés de police technique et scientifique attestaient de cette furie criminelle. La position du corps de la victime qui avait gît sur le carrelage blanc de la cuisine, laissée pour morte, augurait d'un décès sur le coup, ou très rapide à tout le moins, probablement en raison de son âge et de son état de vulnérabilité au moment des faits. L'attention de l'officière de police fut rapidement attirée par le réfrigérateur.
« Des prélèvements d'A.D.N. et des relevés d'empreintes digitales ont-ils été effectués, Jean-Marc ? » demanda-t-elle.
- Il faut que je voie cela avec les gars de la P.T.S. Je pense que oui. Pourquoi ? Tu as trouvé quelque chose d'intéressant ? répondit le Major Alexi.
- Non, rien. Mais, selon moi, tout s'est déroulé ici. Entre le mini-bar et la cuisinière. Observe le capot du frigo : il est salement rayé et enfoncé. Et il n'y a pas de rouille, regarde les éraflures. Ces dégâts m'ont l'air très récents, affirma la Capitaine Haténa.
Puis, elle entreprit d'ouvrir le compartiment congélation, situé dans la partie haute de l'appareil.

Quelle macabre découverte fit-elle ! Tout était maculé de sang à l'intérieur, le revêtement étanche de la porte du compartiment se trouvait bosselé, et sa structure métallique passablement abîmée.
« Venez voir, les gars, héla l'officière de police depuis la cuisine. Faites-moi un beau paragraphe là-dessus dans votre P.V. »
- Hallucinant ! s'exclama l'un des gardiens de la paix, sous le choc.
- Ça a cogné dur et saigné ici. Regarde la porte. Il y a de l'hémoglobine partout et même un peu de matière céphalique, je crois bien, constata le Major Alexi.
- On a eu un retour de l'I.M.L. sur les causes de la mort ? interrogea Louise.
- Non, pas encore, répondit le troisième assistant. Une autopsie est prévue demain à 9h00, avec le Docteur Klein.
- Ahah ! Ce sera donc la charmante « *Doctor Horror* » qui mettra la main à la pâte ! pouffa Louise, en fixant son adjoint d'un œil narquois. Celui-ci parut d'un coup gêné aux entournures et préféra garder le silence.
« Je te laisserai y aller, Jean-Marc, reprit-elle. Elle t'adore, toi. Me concernant, c'est une autre limonade. Sinon, messieurs, ça donne quoi dans le reste de l'appart' ? Avez-vous découvert d'autres éléments ? »
- Rien de transcendant, Capitaine, répondirent en chœur les deux gardiens, devant leur major qui semblait inscrit aux abonnés absents.
- Un grand bordel dans cet appartement, reprit l'un d'eux, on est encore tombé sur un syllogomane, à coup sûr ! Pour vous dire à quel point, Capitaine : le type gardait un vieux pot de sauce au pesto sur la table de sa terrasse pour s'en servir de cendrier ! Tu m'étonnes que le bailleur a attaché des filets aux balcons des appart' pour éviter que les locataires ne sautent ! C'est la misère ici. Ça devait déjà être le capharnaüm avant même les traces de lutte dans le salon, je suppose. En plus, il y a des disques balancés partout.
- Et ça ? fit remarquer la Capitaine Haténa en désignant un objet brillant qui jonchait le sol au milieu des immondices.
- Ah oui, pas mal ! Un deux-titres de « *I Like To Do It* » de KC and the Sunshine Band ! A l'heure du *streaming*, je me demande qui peut bien encore écouter aujourd'hui des *Compact Discs* ! se moqua allègrement son interlocuteur, en ramassant la galette sur le sol.

- Moi, par exemple, répliqua lapidairement le Major Alexi, soudain de retour aux affaires. Ça te pose un problème particulier, fiston ?
- Euh, non, Major, tempéra son collaborateur, un brin décontenancé. Je voulais juste dire que les vinyles étaient plus *vintage* que les *C.D.s* et qu'ils se vendaient mieux sur...
Soudain, un bruit sourd de piles d'objets s'effondrant sur le sol fit tressaillir les quatre fonctionnaires. Un grand silence se fit ensuite. Mais, au bout d'un instant, des lames de parquet craquèrent légèrement.
« Ça vient du fond du couloir, par là-bas ! » s'écria l'officière, tout en chaussant son arme de poing qu'elle venait de sortir de son étui.

La Capitaine Haténa progressait prudemment vers le fond du corridor, qui donnait sur une porte mal éclairée, le canon de son pistolet semi-automatique pointé dans sa direction. Le Major Alexi lui avait emboîté le pas, son arme à la main également. Parvenus à la hauteur de la salle de bains, les deux agents se positionnèrent de part et d'autre de cette porte verrouillée, qui semblait donner accès à une sorte de cagibi. Le major entreprit de placer sa main sur la poignée, afin de faciliter la pénétration de l'officière dans les lieux. Il fit un signe de la tête à sa cheffe et ouvrit d'un coup sec la porte. Louise fit un bond tactique à l'intérieur de l'appentis en criant « police ! ». Rien ne bruissait sur le coup dans cette profonde obscurité, où l'on distinguait des piles de vêtements et toutes sortes de brimborions qui venaient d'être renversées. Finalement, elle eut pour seule réponse un miaulement – ou plutôt un petit « mi... » – plaintif émanant d'une fine silhouette chaloupante truffée de deux agates.
« Mais qu'est-ce que tu fais enfermé là-dedans, toi ? » dit Louise à haute voix, compatissante, tout en remisant son arme à la ceinture.
Un chat roux sortit tout penaud de son antre. Bien ébloui par la lumière, cela faisait a priori un bon moment que le félin se trouvait à l'intérieur de cette pièce, sans vraiment savoir comment s'y prendre pour s'en évader. Louise s'agenouilla et caressa tendrement la tête du pauvre animal, manifestement heureux de retrouver la civilisation.

« C’est franchement bizarre, reprit Louise. Comment ce chat a-t-il pu se retrouver dans ce cagibi, alors qu’il n’y a aucun accès possible pour lui, autre que la porte ? »
- Probablement, car on l’y aura poussé, répondit le major. Tiens, regarde, Louise, sa gamelle est pleine de croquettes dans la cuisine, il n’a pas l’air d’y avoir touché depuis un bon moment.
- Tu as raison, Jean-Marc. Ça n’a pas l’air d’être son proprio, ni l’aide-ménagère, qui auraient pu faire un truc pareil. Regarde toutes les photos du matou disposé dans l’appart’. Une vraie idole cette bestiole !
- Dans ma famille, on appelle les chats choyés des « chachoyés », plaisanta imbécilement l’un des deux gardiens de la paix.
- Allez, hop, on arrête là pour ce matin. On rentre, conclut l’officière, devant tant de marques d’esprit.
Tandis que les « gars de la 2 » se dirigeaient vers la porte du domicile, la Capitaine Haténa resta seule, songeuse. Elle prit machinalement le médaillon du collier du chat entre les doigts et se persuada en parlant à voix basse :
« Toi, mon petit Austin, je suis sûre que tu en sais bien plus que nous tous. Je parierais mes galons que tu as vu la tête de l’assassin de ton maître... »

*****

Ce n’était pas si souvent que Jean-Marc Alexi passait une cravate autour de son cou. Les motifs antédiluviens, qui ornaient la dernière qu’il avait conservée de toutes celles de ses années de « pjiste *boomer* », trahissaient à eux seuls une profonde aversion du fonctionnaire pour « les costards trois pièces » – qu’il considérait comme les dignes oripeaux de ses commissaires successifs – autant qu’un truculent côté « Vingtième Siècle » que sa personne cultivait savamment aux yeux de ses pairs les plus jeunes, lui valant de-ci de-là quelques persiflages anthologiques de la part des mauvaises langues de la brigade au sujet de « ses *fashion* faux-pas ». Mais, qu’importe. En dépit d’une garde-robe qui se réduisait comme peau de chagrin au gré des années, inversement proportionnelle à ses points d’indices qui caracolaient au faîte d'une carrière plus qu'honorable – trois divorces ayant étrillé moralement l'homme, à son corps défendant – l'Adjoint de la « 2 » affectionnait tout de même de plaire a minima. Question d'ego ou question de survie pour cet homme séparé, isolé, et a priori dépassé par son temps, face à une forme naissante de misérabilisme intellectuel qui menaçait, à bientôt cinquante-neuf printemps révolus… Il fallait tout de même reconnaître que l'endroit où l'intéressé se trouvait n'invitait pas spécialement à la jovialité chamarrée et aux paillettes des défilés de mode. En réalité, nous étions vraisemblablement aux antipodes du dernier chic : mobilier en formica, carreaux porphyre mouchetés et effluves de formaldéhyde plantaient l'ambiance.

En un sens, l'accoutrement du major était plutôt accordé – pour ne pas dire ton sur ton – avec ce décor glauque.

Un bruit de talon haut pressé vint bientôt le tirer de sa torpeur en résonnant dans le long corridor de l'I.M.L. : c'est la mort qui hâtait le pas pour venir à la rencontre du policier. Une faucheuse incarnée, vue mille fois par tous les flics *rookies* du département, mais au contact de laquelle aucun d'eux ne s'habituait jamais vraiment.

- Bon-jour, mon cher Jean-Marc ! scanda une voix aussi rauque que tabagique. À vrai dire, lorsque j'ai appris que c'était vous qui alliez assister à mon autopsie, j'étais ra-vie ! De tous les O.P.J. de la « Crim' », vous êtes de loin mon préféré, vous savez...

Embarrassé par cet aguichage, un infirmier assistant se plut soudainement à scruter doctement les scalpels briller, tandis que Jean-Marc Alexi piqua également un fard, tout en commençant à regretter d'avoir porté son plus beau complet veston. Avec le temps, c'était devenu un secret de polichinelle : dans des moments de rare gaieté, la « *Doctor Horror* » admettait bien volontiers nourrir un *crush* envers l'adjoint de cette « petite conne de Haténa » – oui, l'anamo-pathologiste était réputée pour ne pas mâcher pas ses mots devant ses collègues en salle de pause à l'encontre des personnes qui l'insupportaient –. Le major ne pipa mot, mais ne paraissait pas totalement insensible aux chants de sirène de la bougresse. Cependant, depuis leur dernière rencontre dans les couloirs de la « 2 », cette « détective du bistouri » avait manifestement abusé des *cigarillos* et

du fond de teint *discount*, et dérogeait désormais aux rudiments les plus élémentaires du marivaudage.
« Bonjour Docteur, vous savez que vous pouvez compter sur moi pour les autopsies complexes, je ne raterais cela pour rien au monde », enchaîna le Major Alexi, sur un ton humoristique certes, mais quelque peu perplexe par cet élan d'amabilité qui lui était publiquement destiné.
- Quel flatteur vous faites !... s'exclama la médecin-légiste, un battement de cils en sus. Personne n'a envie de venir ici habituellement ! C'est bien le dernier endroit où l'on aimerait se retrouver, je dois avouer. Mais, vu que c'est vous qui le dites, cher Jean-Marc, je veux bien vous croire sur parole… Allons-y.

La praticienne à la chevelure brune rousse se dirigea à présent dans le large vestibule de l'I.M.L. vers des doubles portes battantes, maintes fois repeintes à la chaux, aux poignées de cuivre polies par soixante années de mains expertes en dissection. L'infirmier-assistant et le major lui emboîtèrent le pas. L'avait-elle orchestré délibérément ou était-ce le fruit du hasard ? Mais l'acuité visuelle du policier discerna bientôt – et avec ravissement – les jarretelles des bas de la « *Doctor Horror* » à travers les fentes latérales de sa blouse blanche, qui dévoilaient alternativement deux cuisses bien replètes, au gré du pas métronomique de la médecin-légiste, sous une jupe trapèze trop étroite qui la boudinait ostensiblement. Le satin de ses collants résille et le talon aiguille des bottes Chelsea noires qu'elle chaussait, serties de deux grandes boucles argentées au mollet, ne laissèrent pas insensible notre agent de la force publique et parvenaient à compenser l'allure globalement vulgaire de ses atours.
« Oui, parfaitement, elle est vulgos, cette toubib ! », s'était d'ailleurs emportée Louise au sujet de la thérapeute à la réputation libidineuse galvaudée.
Il est à rappeler que l'officière et la médecin-légiste n'avaient pas mis trente secondes avant de se toiser, prélude à une roide détestation larvée, toujours prompte à la résurgence. La malencontre s'était produite quatre ans auparavant, peu de temps après l'arrivée de la Capitaine Haténa à la « 2 », lors d'une rentrée solennelle de la

magistrature au Tribunal Judiciaire de Strasbourg. La rencontre entre les deux femmes fut brève mais d'emblée électrique, au point qu'elle est restée gravée dans le marbre des annales de la brigade.
« Dites-moi, Capitaine. C'est vous, le nouvel « avion de chasse » qui a débarqué à la « Crim' », dont tout le monde parle ? » avait décoché gratuitement le Docteur Aurore Klein, d'un ton mesquin.
- Non, pas du tout. A moins que vous ne vouliez peut-être parler de l'officier de police qui commande la plupart des enquêteurs que VOUS assistez dans leurs constatations, Docteur ?... avait indiqué de manière cinglante la Capitaine Louise Haténa. Ce sarcasme inattendu surprit et déstabilisa son interlocutrice.
Faisant mine d'ignorer la remarque vexatoire de cette petite impertinente, la praticienne s'était alors tournée vers le Major Alexi, la bouche en cœur et les sourcils en émoi.
- Vous savez bien, mon cher Jean-Marc, pérora le Docteur Aurore Klein, que les prénoms féminins en « ore » suggèrent naturellement que les femmes qui les portent sont... en or. Que dire des autres prénoms féminins après cela ?... Ils sont destinés à rester en bas du podium comme les femmes qui les portent, je suppose.
Puis, satisfaite de son amère estocade, son regard névrosé croisa concomitamment celui de la jeune officière et lui lança un éclair. Louise ne dit mot, mais souriait largement.
« Ah, O.K. « Aurore » est donc une fille en « or », se figura-t-elle. On va-t'en donner, de « l'or », ma vieille. Tu ne vas pas être déçue. »
C'est ainsi que le sobriquet tenace de la « *Doctor Horror* » était né et aussitôt colporté allègrement au sein de la « 2 ». Par la seule volonté de « Miss H. » – « H » comme « Haténa » certes, mais surtout comme « Hyde », pour le coup – la part sombre de notre flique. Les Docteurs Jekyll et Klein n'avaient qu'à bien se tenir. À ce titre, le Major Alexi avait précédemment tenté de tempérer la colère de sa cheffe, en vain.
- Œil pour œil, dent pour dent. Ça tombe bien, elle bosse à l'I.M.L. C'est dans le thème, non ? Oupsi… lui avait-elle signifié aigrement en aparté.

*« …le sujet présente de graves lésions hémorragiques sous-arachnoïdiennes, provoquées par de multiples coups portés au niveau*

*de la région pariétale à l'aide d'un objet a priori lourd et contondant. Au regard de l'âge avancé du sujet, la région hypothalamo-hypophysaire souffrant manifestement d'une forme naissante d'ischémie naturelle, il est difficile d'établir avec certitude une étiologie précise du décès, nonobstant la présence de pétéchies conjonctivales traduisant la survenance d'une violente commotion cérébrale...* »
- Vous concluez à une cause idiopathique au décès du sujet, Docteur ? demanda l'infirmier.
Le Docteur Klein pressa sur une touche de son dictaphone et interrompit l'enregistrement de ses observations médico-légales. Elle posa l'appareil juste à côté de la scie sagittale, qui lui avait permis de décalotter le crâne de la victime dix minutes plus tôt.
« Je n'ai pas affirmé cela » répondit-elle.
- Nous avons retrouvé d'abondantes traces de sang dans l'appartement de la victime, précisément au niveau du capot de son frigo. Nous pensons que son assassin l'a tuée à coups de porte, en lui coinçant la tête dans le bac à glace, détailla le Major Alexi.
- Du bac à glace au bac à viande, il n'y a qu'un pas, comme je dis toujours ! ironisa la « *Doctor Horror* », qui venait discrètement d'inhaler une bouffée de cigarette dans un coin du bloc, entrouvrant une mince fenêtre en culs-de-bouteille gris pour s'en délester dans un souffle rocailleux.
- Vous suggérez que cet homme n'était pas en bonne santé au moment de son décès a priori ? interrogea le policier.
- Oui et non, je suis partagée, répondit l'anatomo-pathologiste, visiblement embêtée.
Elle se dirigea vers son bureau, ouvrit un tiroir et en sortit un feuillet qu'elle tendit à son interlocuteur.
« Tenez, Major, lisez voir les résultats des premières analyses toxicologiques pratiquées sur le défunt. Qu'en déduisez-vous ? » questionna-t-elle.
- Je note que son taux de potassium est particulièrement bas, observa le policier.

- Tout à fait, répondit le Docteur Aurore Klein, bien antérieurement à son décès, cela dénote une hypertension artérielle intracrânienne, qui devait être très forte chez le sujet. Quoi d'autre, Major ?
- Étrangement, poursuivit le Major Jean-Marc Alexi, le taux d'albumine dans son urine prélevée *post-mortem* est trois fois plus élevé que la normale...
A présent, ses bras décroisés et son mégot se consumant jeté par la fenêtre, la médecin-légiste se porta à la hauteur de la tête du cadavre, plaça ses mains sur ses lobes auriculaires et orienta le visage en direction de l'assistance, tout en disant :
- En outre, ses yeux indiquent des problèmes neurologiques significatifs, regardez donc l'anasarque avancée sous les paupières. Et cette tuméfaction oculaire n'a rien à voir l'homicide à proprement parler.
- Surpression artérielle, protéinurie et œdèmes… résuma à voix haute l'officier de police judiciaire. Hum, c'est quoi la solution de l'équation, Docteur ?
- Ça paraît incroyable, mais on dirait les symptômes d'une... éclampsie ! déclara la « *Doctor Horror* », d'un air inhabituellement hébété.
- Eh bien voilà, nous avançons, cher docteur ! La victime souffrait donc d'é-clam-psie avant son décès, triompha le Major Alexi.
- Voyons, vous n'y êtes pas du tout, Jean-Marc, rétorqua rageusement le Docteur Klein. L'éclampsie est une pathologie qui ne peut toucher que les femmes enceintes ! Et je doute fortement que ce monsieur âgé était à deux doigts d'enfanter quiconque avant de mourir ! À moins que la fine fleur de la « Crim' » soutienne l'inverse peut-être ?...
L'adjoint de Louise fut troublé par le regard soudain hautain de l'infirmier qui se porta sur le seul béotien de la pièce.
« Je l'ignorais, concéda-t-il sobrement. J'avoue ne plus savoir quoi en penser. »
- Moi non plus, cher Major, rassurez-vous, reprit la médecin-légiste d'une voix moins sévère. Il faut dresser un bilan toxicologique plus complet pour trouver la clé de cette énigme. Je n'ai jamais vu un cas pareil !

- C'est entendu, Docteur, dit le Major Alexi, réajustant son col de veste, soudain pressé de partir, nous nous reverrons alors dès que les résultats toxico' seront tombés. Je vais y aller.
- Ne nous quittez pas tout de suite, cher Jean-Marc, l'autopsie n'en est qu'à sa moitié, réagit la « *Doctor Horror* » sur un ton doucereux face à son interlocuteur médusé, tout en enfilant de nouveaux gants chirurgicaux devant son ordinateur. Puis, en deux clics, elle lança le titre « *Lundi Méchant* » de Gaël Faye en sourdine.
« Idéal et inspirant pour une autopsie de début de semaine, commenta-t-elle. Je travaille toujours dans une ambiance musicale, quand il s'agit des parties du corps humain les plus délicates à étudier. Cela m'inspire, allez savoir pourquoi… Allez hop ! C'est parti. Au tour des viscères d'être examinées ! »
Et, sans attendre, le Docteur Aurore Klein pratiqua une longue incision en V sur le bas-ventre de la victime, avant d'engloutir dans la tripaille ses mains boursouflées, caleuses et *french*-manucurées, jusqu'à mi-avant-bras, sous le regard écœuré d'un Jean-Marc Alexi, décidément bien mal à son aise avec sa cravate si seyante, et dont l'inconscient ébranlé s'imaginait à présent déambuler le long des étals de viande du marché de Rungis.

*****

Il pleuvait à verse sur Strasbourg cette nuit-là. Une silhouette évanescente serpentait dans les rues de la Petite France, à la lueur des candélabres. A hauteur d'un fourgon de livraison, à l'intersection de la rue des Moulins et du quai du Woerthel, elle s'arrêta net et retira le capuchon de sa tête. Elle frappa trois coups discrets sur la carrosserie du véhicule et l'imposante porte latérale s'ouvrit dans un long fracas de coulissement métallique. Elle monta dans l'habitacle, avant que la porte ne se refermât aussitôt derrière elle.
« Ils sont bien là, au numéro 2, premier étage, murmura l'individu trempé jusqu'aux os. C'est pile en face du resto. »
- C'est bien. Le patron va être content. Depuis le temps qu'on cherche à les loger, ceux-là ! répondit son interlocuteur, casque sur les oreilles.

- Ça parle russe. Je n'aime pas cela, surtout lorsqu'ils le font devant moi. C'est pour cela que je me suis tiré, ils m'ont manqué de respect, maugréa ce visiteur du soir un peu particulier, qui ne souffrait pas moins de la fraîcheur humide ambiante. Il tenta de se réchauffer comme il le pouvait, en se frottant énergiquement les mains, glacées comme jamais, tout en se recroquevillant sous son imperméable gris anthracite qui ruisselait littéralement dans l'habitacle du fourgon. Il compléta son propos par une question benoîte :
- Il n'est pas là justement, le patron ?
- Si, si, il devrait appeler sous peu, soupira l'autre, visiblement agacé par cet hôte dégoulinant aux élucubrations parasites, tandis qu'il s'affairait à suivre assidûment les échanges verbaux qui avaient cours dans ses écouteurs. Au bout d'un moment, une moue partiellement déçue affichée sur son visage, il les retira de ses oreilles, les jeta dans un vide-poche flanqué derrière le siège passager et décréta :
- C'est mort pour ce soir, on arrête. On n'en tirera rien de plus, j'ai les feuilles en feu. Ils en sont à brailler et à s'arsouiller. À la *vodka* comme à chaque fois, j'imagine.
- Non, tout à l'heure, quand je suis parti, il y avait un cubi de cinq litres de rosé sur la table et deux « gros verres de salope », comme ils disent, remplis à ras bord, qui attendaient d'être bus par ces porcs, rectifia avec hargne l'impétrant aux lèvres exsangues.
- On voit bien que vous ne les aimez pas des masses, cher Aslan. N'est-ce pas contraire à la ligne diplomatique de votre gouvernement ? ironisa son amphitryon de fortune, au rictus provocateur.
- Ce n'est pas incompatible, objecta Aslan Kiral. On peut être fidèle à ses convictions politiques et détester certaines personnes.
Le portable du brigadier vibra au fond de sa poche.
« Bonsoir patron, dit-il en décrochant, vous allez être satisfait. Nous savons à présent où Centaure et Raspoutine crèchent. Au 2, rue du Pont Saint-Martin, ce qui confirme en tous points la géoloc'. Apparemment, ils y ont leurs habitudes au premier étage… »
Le policier jeta un regard en coin à Aslan Kiral et reprit :
« ...Oui, il est là avec moi dans le soum'. Il est venu de son propre chef, car il flotte beaucoup ce soir sur Stras'. Il a passé le début de

soirée avec eux et est sorti, lorsqu'ils ont commencé à causer en russe pour… »

La conversation téléphonique venait manifestement d'être interrompue sèchement par le commissaire divisionnaire. Le brigadier remit son portable à la poche et sembla tout penaud.

« Une contrariété peut-être, cher ami ? Apparemment, vous non plus, n'avez pas suivi la ligne directrice de vos supérieurs », renchérit Aslan Kiral.

- Vous êtes gonflé tout de même ! s'époumona son interlocuteur. Parce que vous décidez de quitter l'appart' des objectifs et qu'il pleut, vous vous pointez jusqu'ici pour vous abriter dans la cuve, au risque de nous faire détroncher par tous les sbires du F.S.B. qui traînent dans le coin. Et moi, trop sympa, je vous ouvre et me prends un coup de douze par le *boss*. Avouez que c'est le comble tout de même !

- *Qui pleure pour tout le monde finit par perdre ses yeux*, répliqua philosophiquement Aslan Kiral.

- Qu'est-ce que vous me chantez, là ? bougonna le brigadier.

- C'est un proverbe de mon pays. En Turquie, cela signifie que ce n'est pas recommandé de toujours s'apitoyer sur le sort des autres, sinon de grands malheurs peuvent vous arriver, compléta son interlocuteur.

- Ça tombe bien, abonda le brigadier. Le Commissaire Guibert vient de vous donner rendez-vous dans une heure et demie à l'Hôtel « Crève-Cœur », place Saint-Pierre-le-Jeune, pour vous débriefer. Pour l'anecdote, cet établissement est plus connu à Strasbourg sous son surnom : « l'hôtel du dernier rencard ». C'est habituellement là que dînent les couples pour la dernière fois avant de se séparer irrémédiablement. C'est presque devenu une coutume locale ici. Mais, il n'en a pas toujours été ainsi. Autrefois, cet hôtel s'appelait le « Jardin des Hespérides » et était réputé pour les magnifiques rencontres qu'on y faisait et qui changeaient votre vie à tout jamais, disait-on. Il faut croire que le gris du monde incommodant l'emporte à chaque fois sur la puissance des sentiments humains, aussi forts, sincères et tendres soient-ils.

- Ce que vous dites est très triste et difficile à accepter, déclara Aslan Kiral, consterné par ces douloureuses paroles.

- Vous savez, tout ça n'a rien d'étrange finalement, conclut le policier de manière sarcastique. Les liens que nos sources et nous entretenons sont à l'exacte symétrie des relations amoureuses : ça naît, ça vit, ça meurt. Et hop, *next one* ! Rien n'est éternel, Aslan, les promesses tout particulièrement, car elles n'engagent que ceux qui les écoutent. C'est un proverbe de MON pays. Il faudrait vous faire soigner, mon vieux, si vous y aviez profondément cru. C'est peut-être pour cette raison que le patron vous invite à le rejoindre là-bas, allez savoir... Partez maintenant, vous allez être en retard ! Et surtout, laissez-moi bosser tranquille...

Aslan Kiral chemina, pensif, à travers le centre-ville jusqu'à l'hôtel en question. La pluie s'était arrêtée, mais le vent avait pris sa suite. Frigorifié, son pas rapide tourna sec au coin de la rue de la Nuée Bleue et de la place Saint-Pierre-le-Jeune, pile sous la fameuse poule aux œufs d'or donnant la réplique à son voisin d'en face et mari de gallinacé chaque midi depuis 1920. Son large col de manteau, si pelotonneusement relevé, ne lui permit pas d'entrevoir tout de suite l'entrée de l'Hôtel « Crève-Cœur », qui se devinait pourtant tout au fond de la place, s'esquissant entre des troncs de platanes râblés, mais décharnés de leur canopée par les frimas hivernaux successifs. Si bien que, lorsqu'il atteignit le perron de l'établissement, le diplomate turc était transi des pieds à la tête. « Pas besoin de travailler avec les Russes pour se sentir en Sibérie ! », considéra-t-il à haute voix. Cependant, à peine eût-il pénétré dans le *lobby* de l'hôtel qu'un lénifiant sentiment l'enveloppa, comme une couverture bien chaude et réconfortante que la jolie petite marquise d'une nuit aurait pu placer sur ses épaules. À la réception, son attention fut précisément enjôlée par une hôtesse très accorte, parfaitement au courant de l'arrivée imminente du commensal du commissaire :
« Bienvenue à l'Hôtel « Crève-Cœur », votre Excellence, dit-elle, je vous attendais. Votre arrivée nous a été annoncée. Veuillez me suivre, s'il vous plaît. Monsieur Guibert me fait vous prévenir qu'il ne va pas tarder à vous rejoindre. »
Aslan Kiral fut emmené par l'affable personnel au grand salon de l'hôtel, puis placé dans l'une des alcôves qui offrait une perspective

privilégiée en direction de la scène, où allait se produire un jeune pianiste de talent encore méconnu. « *An Outfit Of The Day, by Serge Caquetusse* », put-il lire, sceptique, sur les *flyers* disposés sur les tables. Plusieurs clients de l'hôtel se pressèrent subito autour du virtuose pour le photographier et gambiller, dès qu'il apparut dans l'allée centrale pour rejoindre l'estrade et son instrument.
Une serveuse apporta au diplomate turc le rhum-cola qu'il avait commandé. Au moment de porter le verre à ses lèvres, il fut décontenancé par le récital qui venait de débuter, Serge Caquetusse instillant des notes inattendues en son for intérieur, lui paraissant bientôt aussi familières que déconcertantes.
Le pianiste était en train de reprendre magistralement le titre « *The Only Living Boy In New-York* » de Paul Simon et Art Garfunkel. Et alors, le *Cuba libre* fut à Aslan Kiral ce que la madeleine fut à Marcel Proust…

Il fallait revenir deux ans auparavant. Le printemps avait pris un peu d'avance à Ankara cette année-là. Le visage d'Aslan Kiral baignait dans la clarté pure d'un matin anatolien, luisant du regard azuré d'un janissaire à l'ascension fulgurante, trônant sur les marches du Temple d'Auguste et de Rome d'Ancyre, tout frais émoulu de la faculté des sciences politiques de l'Université de Marmara à Istanbul. Le jeune triomphateur, un brin faraud, avait été récemment admis au concours d'entrée du prestigieux Ministère des Affaires Étrangères de la République de Turquie. Au regard de son positionnement avantageux au classement général, le lauréat demeurait assuré de pouvoir briguer des fonctions dans une légation de renom. A ce titre, il venait de quitter, l'avant-veille, le monumental Palais de France, où il fut récipiendaire de son visa d'accréditation délivré des mains de l'ambassadeur. Le choix d'Aslan Kiral s'était porté sans barguigner sur un poste de vice-consul au Consulat Général de Turquie à Strasbourg, intimement séduit par cette florissante et humaniste métropole rhénane au rayonnement européen *sui generis*, dont il avait eu vent à maintes reprises durant ses études dans l'ancienne Byzance. Une fois affecté dans ses nouvelles fonctions, le jeune diplomate turc se signala très vite à sa hiérarchie par sa force de travail, celle-ci ne tarissant pas d'éloges à son égard. Nonobstant l'amplitude horaire de son labeur, à ses moments perdus – toujours à la merci d'un emploi du temps parcimonieux – il s'était pris de passion à dispenser des cours d'histoire et de géopolitique méditerranéennes à l'adresse d'étudiants appliqués, triés sur le volet, tout aussi décidés à embrasser le même cursus au sein des affaires étrangères turques et parcourir le vaste monde. Au détour d'une succession de cours d'érudition élaborés au cordeau, une étudiante singulière retint tout particulièrement l'attention de son professeur. Elle se prénommait Zeynep. Elle impressionnait Aslan par la verdeur, le psychisme et la combativité dont elle faisait preuve dans le but de s'affranchir du milieu prolétarien au sein duquel elle avait grandi. Ses parents étaient de modestes restaurateurs et tenaient une petite échoppe rue du Général de Gaulle. En tant que fille aînée du foyer, elle devait mettre la main à la pâte – c'était le cas de le dire ! – en préparant chaque jour les galettes de pain pide, qui accompagnaient les boules de *keftas*, y compris en fin de semaine, avant de prétendre à poursuivre ses journées d'études. Ému et contrarié, Aslan s'était rapidement senti concerné par la situation de cette jeune femme, qui, au-delà de chercher à s'émanciper de la tutelle familiale, osait surtout un dépassement opiniâtre d'elle-même pour se soustraire au carcan de sa condition sociale. À sa connaissance, aucun autre étudiant ne fut confronté à pareille situation. Face à cela, Aslan eut à répondre à ce dilemme introspectif, cher à Max Weber un siècle et demi plus tôt, entre éthique de responsabilité et éthique de conviction. Ainsi, incombait-il au professeur de maintenir la nécessaire distance altière par égalité de traitement entre ses apprentis, en dépit du fait qu'ils ne disposaient pas tous des mêmes chances et commodités pour accéder à leur objectif professionnel – ce qui revenait in fine à se rendre complice par omission de la reproduction d'inégalités sociales – ou succomberait-il à la témérité de s'engager personnellement en faveur de la réussite de cette jeune étudiante, davantage que pour tant d'autres d'apparence si semblable – mais en même temps si unique, si extraordinaire, si talentueuse – pour pourfendre l'ouroboros sociétal de la lutte des classes, au péril de se fourvoyer en se livrant aux plus aléatoires répercussions sur son for intérieur ?... La spéciale et le

spécieux confluaient dans l'esprit échauffé d'Aslan : il lui fallut décider, et vite. C'est probablement ce sourire ravissant que Zeynep arbora lorsqu'elle reçut la meilleure note de la promotion, qui, sans crier gare, emporta dans son sillage la stature césariste du diplomate d'airain, au profit d'un cœur retrouvé, inné au statut d'humain. A partir de cet instant précis, comme Aslan l'avait pressenti, rien ne serait plus jamais comme avant. Une bonne quinzaine d'années les séparait, mais ils se comprenaient de manière symbiotique. Aslan ne lâchait plus sa protégée d'une semelle, tant il voulait qu'elle parvienne à réaliser son rêve, qu'elle s'accomplisse pleinement, qu'elle devienne ce qu'elle était en somme, comme le philosophait Socrate. Aslan se montrait très soigneux de sa nouvelle égérie, qu'il surnomma bientôt affectueusement « petite Z » – doublant l'allusion espiègle tant à son prénom qu'à sa catégorie générationnelle –. L'esprit éveillé de Zeynep ne fut pas en reste : tandis qu'Aslan lui désignait la *qibla* à partir de la voûte céleste, à l'occasion de l'un de ses soliloques traitant de l'Islam, la jeune femme prit malicieusement à revers son enjoué Pygmalion et lui rendit la pareille en une seule phrase, qui résonnait encore aujourd'hui aux oreilles d'Aslan :
« Tu n'as cessé de me guider depuis que l'on se connaît, tu seras mon Étoile Polaire pour toujours... »

Admiratif de cette pertinente saillie formulée par son *alter ego*, Aslan fut laissé pantois par sa Galatée. L'un de ses péchés mignons consistait simplement à observer Zeynep mettre sa main dans ses fins cheveux longs, ou à mordre délicatement dans un croissant rompu en deux, sur le coin d'une table dans son appartement – situé au quatorzième étage d'un immeuble, devenu le « Quatorzième Ciel » comme deux fois plus de « Septième Ciel » entre eux deux –, avant d'aller en cours. Au point du jour, l'éclosion d'instants aussi précieux prenait la saveur d'une promesse d'éternité ; il ne pouvait en être autrement entre ces deux-là, car jamais autre matinée de sa vie ne lui aura paru plus enchanteresse, plus intense, plus métempirique, à ce point hors du temps assassin. Ce n'était pas ce qu'ils échangeaient en paroles qui était important, mais bien ce qu'ils vivaient réellement, l'intense degré de leur partage et ce qu'ils commençaient à éprouver l'un pour l'autre. Sans jamais se l'avouer, mais tout en se le concédant. Les mots perdent tout utilité aux âmes imbriquées, fusionnées. C'est dans un moment de ce type qu'Aslan l'a prise spontanément dans ses bras, en pleurs, car craignant d'échouer au concours tant attendu, dont l'imminence portait la pression morale à son comble. Lorsqu'il enlaça tendrement Zeynep par la taille, en apposant pour la première fois ses mains sur le haut de ses reins pour la rassurer, ils se tenaient tous deux sur un trottoir, dans la rue des Balayeurs, non loin de la terrasse d'un café bercée de musique, faisant la part belle à Simon et Garfunkel, qui choisirent de faire coïncider la magie de la scène avec leur tube aux accords séraphiques de 1970. Blottie dans ses bras, les yeux de Zeynep étincelèrent d'une rare passion et invitèrent son protecteur à cueillir ses lèvres de soie. Bien que dévoré jusqu'au sang par une fougueuse envie de l'étreindre, Aslan n'eut pas l'outrecuidance – ou le courage, c'est selon – d'embrasser celle qu'il aimait profondément. Quelque chose de fondamental entre eux venait de se briser. La suite fut aussi lapidaire qu'irréversible : elle déçue, lui repenti, elle réussit son concours haut la main et disparut de sa vie pour toujours, peu de temps après une brève affectation à l'Hôtel de Police de Colmar, en tant que traductrice-interprète. Cette rue maudite, tombeau des baisers manqués, portait bien son nom en définitive : elle sonna le glas de leur idylle, à leur grand regret à tous deux, en la livrant en pâture aux services de la voirie qui passèrent, dès le jour suivant – pénultième à la Saint-Valentin – un bon coup de balai sur d'insignifiantes poussières d'étoile polaire...

Écouter ce Serge Caquetusse – a-t-on idée d'un nom de scène pareil ! – se produire à l'Hôtel « Crève-Cœur » avait littéralement piqué au vif le palpitant du Stambouliote. Il s'essuya discrètement le coin des yeux avec une serviette et fixa, malheureux comme les pierres, cette saleté de rondelle de citron vert impossible à becqueter, collée au fond de son verre de rhum-cola vide. Comme tant d'hommes l'ayant précédé dans l'Histoire, ébranlés par un chagrin d'amour, Aslan Kiral se résigna à partir à la guerre pour tromper son échec sentimental. Cela tombait à point nommé : le Kremlin ordonna l'invasion de l'Ukraine par les forces armées russes douze jours après. La Turquie adopta rapidement une position de médiatrice entre les belligérants. Par la force des événements qui se précipitèrent, Aslan Kiral et ses collègues se retrouvèrent aux avant-postes des luttes d'influence diplomatiques et subversives faisant rage au cœur de la capitale européenne, devenue subitement objet de multiples convoitises géopolitiques et médiatiques, dès les prémices de ce qui fut qualifié de premier conflit armé sur le sol européen depuis la fin de la Seconde Guerre Mondiale. Aslan Kiral et son équipe étaient plus particulièrement chargés de faciliter la coexistence – à défaut d'entamer des pourparlers – entre les légations ukrainienne et russe établies à Strasbourg. Toutefois, à force de fréquenter assidûment les représentations diplomatiques des deux camps adverses, il avait peu à peu décelé les menées séditieuses diligentées par ses homologues moscovites pour approcher un jeune attaché consulaire ukrainien. Loin d'œuvrer pour la paix, les premiers avaient « tamponné, puis retourné » le second à leur avantage et collationnaient de cruciales informations par son entremise. Paris avait été averti sans délai par Ankara de l'existence de cette périlleuse collusion, qui mit son vice-consul à la disposition des services de renseignement français. Les intérêts nationaux des deux pays, de natures divergentes pourtant, trouvaient un point de convergence dans l'absolue nécessité de ne pas laisser les caciques du Kremlin opérer en toute impunité dans Strasbourg l'Européenne. C'est dans ce contexte de tensions internationales exacerbées que le Vice-Consul Aslan Kiral commença à collaborer avec le Commissaire Divisionnaire Boris Guibert, Chef du S.R. 67. Une main s'abattit tout à coup sur son épaule. C'était lui justement.

« Bonsoir Aslan. Je vois, à votre regard de cocker, que Serge Caquetusse vous a dardé de ses plus belles épines », dit-il sur un ton spirituel.

- Bonsoir Boris, répondit Aslan Kiral, la voix chevrotante. Ce pianiste, en écho au nom de l'hôtel, a un effet foudroyant sur le cœur. C'est assez incroyable, je dois dire.

- Retenez cet adage des services secrets pour la suite : *Homme de l'ombre n'est point ombrageux*. Allez, asseyez-vous. À présent, parlez-moi de vos Russes, vous avez des choses à me dire, il me semble… ajouta le commissaire divisionnaire en guise de transition.

*****

Au départ, Oleg Wisniewski était un honnête homme. Sous ses cheveux blonds mi-longs, surmontés d'*un kolpak* polonais, résidait l'âme charitable d'un brave gaillard, natif de la bourgade d'Olsztyn, située non loin de Gdansk. C'est d'ailleurs au bord de la Mer Baltique, sur les célèbres chantiers navals de la ville, que tout commence pour l'intéressé, parvenu à la quarantaine arrogante. Dans les années 1980, sous l'ère soviétique, ses parents eurent grande peine à l'élever, tant ils étaient indigents et manquaient de tout, mais jamais de fierté, dans leur combat quotidien à lui prodiguer la meilleure éducation possible. Toutefois, à l'âge de seize ans, ils durent se résoudre à mettre définitivement un terme à sa scolarité, afin qu'il soit embauché par le premier employeur de la ville. Seconder les soudeurs à fond de cale était un métier harassant et peu rémunérateur, mais permettait à Oleg Wisniewski de gagner quelques *zlotys* pour garnir la pitance des siens. Parvenu à la majorité, devenu chaudronnier-tôlier confirmé, le jeune ouvrier ambitionna de devenir ingénieur naval en suivant les cours du soir. Six jours sur sept, après onze heures passées près du haut fourneau à marteler des tuyaux et des profilés, en inlassable autodidacte, il s'attelait à bûcher maints ouvrages de mécanique et de construction navale qu'il annotait minutieusement en vue de passer l'examen. Il sentait bien que ses seuls savoirs empiriques ne se suffisaient pas à eux seuls et avaient besoin d'être étoffés et structurés de théories et de concepts techniques, qui lui faisaient cruellement défaut, faute de n'avoir pu poursuivre ses études jusqu'à leur terme. Le jour des épreuves, ses efforts aboutirent : Oleg Wisniewski fut l'un des rares *robotniks* de l'usine à décrocher la timbale. Quelques jours plus tard, il fut toutefois sidéré d'apprendre que le jury avait invalidé ses résultats, et l'avait par conséquent écarté des prétendants au poste d'ingénieur, « par nécessités financières de service » lui avait-on expliqué dans les bureaux de la direction, car le nombre de postes offerts avait été *in fine* revu à la baisse par la Société des Chantiers

Navals de Gdansk. Autour d'un verre de vodka, on plaisanta que le communisme avait beau été éradiqué de Pologne, cela ne garantissait pas un emploi à chacun. En réalité, il apprit par la bande qu'il s'agissait de permettre à un autre apprenti issu de la classe bourgeoise – moins bien classé à l'examen que lui, mais mieux placé dans les petits papiers de la direction – de ne pas faire subir l'opprobre d'un échec à sa famille, par ailleurs substantielle contributrice au comité d'entreprise de la société. Abasourdi par tant de duplicité éhontée de la part de ses employeurs en qui il avait placé toute sa confiance, Oleg Wisniewski demeura d'une impassibilité à frémir et parut encaisser le coup sans broncher, à la grande satisfaction de la direction, qui redoutait de prime abord une intervention syndicale fomentée par ce dernier. Oleg Wisniewski préféra quitter l'entreprise et trouva un emploi de mécanicien à la grande roue Ambersky de Gdansk quelques jours plus tard. Traînant ses guêtres sur le *spot* du Molo, affectionné par tous les estivants de la Baltique, alangui contre la balustrade de la jetée, il apprit dans le journal qu'un incendie dramatique d'une rare ampleur s'était déclaré dans les locaux de la Société des Chantiers Navals de Gdansk, avant de se propager à la majorité des ateliers de construction navale. La presse relatait un bilan lourd : trois morts, dont l'un des directeurs adjoints, pris au piège des flammes dans son bureau, et sept blessés graves, essentiellement dans l'unité de chaudronnerie, sans que l'on ait pu déterminer les causes exactes du sinistre. Pourtant, une rumeur persistante colportée à travers la ville évoquait une origine criminelle. Tout sourire, Oleg Wisniewski jeta son journal à la mer d'une main licencieuse. Une page de sa vie venait de se tourner et il comptait bien écrire les suivantes à sa manière, sans interférence désormais. Victime d'une ignominieuse injustice, il s'était ainsi juré que plus jamais personne ne viendrait contrecarrer sa volonté et ses projets, sous aucun prétexte, sans risquer de devoir subir son implacable courroux.

Six saisons estivales passées à travailler comme *extra* lors de la traditionnelle Foire de la Saint-Dominique à Gdansk permirent à Oleg Wisniewski de se constituer un coquet pécule. Dès lors, il entreprit d'ouvrir une petite échoppe au centre-ville de Sopot. L'ancien ouvrier, devenu auto-entrepreneur, était parvenu à créer un commerce de droguerie rentable, mais ne prospérait pas suffisamment selon lui – du moins par rapport au train de vie auquel il aspirait –. Pour accroître ses recettes, il se mit en tête de développer son entreprise en lui donnant une envergure internationale, en consacrant une part non négligeable de son activité à l'import-export. Afin de limiter les coûts salariaux, il assurait lui-même les achats auprès des fournisseurs étrangers, tout comme les livraisons à plusieurs clients européens. Durant ses absences, l'un de ses cousins résidant à Gdynia se chargeait de gérer la boutique. Un partenariat juteux pour le commerçant polonais s'établit peu à peu avec un distributeur allemand, élisant domicile à Kehl, à proximité immédiate de la frontière française. Ce dernier s'était montré très intéressé par le *« made in Poland »* – mais surtout par les prix bas pratiqués, qui trahissaient une stratégie assumée de *dumping* social voulue par Oleg Wisniewski vis-à-vis de ses fournisseurs pour accroître ses marges bénéficiaires –. La délinquance locale, notamment strasbourgeoise, ne tarda pas à s'intéresser au potentiel que recelait ce bouracan itinérant, traversant les frontières plus facilement que « le Passe-Muraille » de Marcel Aymé :

« Hé, le Polak ! l'interpella un jour un caïd local. Si tu sais parler notre langue, tu sauras nous dire d'où vient le mot *droguerie* »…

- J'attendais qu'on me pose la question, répondit-il malicieusement, nullement désarçonné par cette harangue.

L'affaire fut conclue rapidement entre « cousins ». Et deux semaines plus tard, aux détergents pour rideaux, lingettes hygiéniques mentholées et balayettes multifonctions, commencèrent à se mêler aux chargements des paquets d'une nouvelle nature à destination de certains *clubs* du littoral balte, moyennant de substantielles commissions de transit. « Le dépanneur » – le surnom qu'il s'était fait dans la profession – effectuait plusieurs aller et retours par mois entre Gdansk et Kehl et ne circulait jamais à vide, tant ses nouveaux amis étaient convaincus d'avoir trouvé la perle rare en la personne d'Oleg Wisniewski. D'autant que ses expéditions régulières en camionnette empruntaient le réseau routier secondaire de trois pays différents – ayant aboli les droits de douane et non les barrières de la langue – disposant de législations pénales hétéroclites et donc commodes pour un commerçant de son espèce. Et pour tangenter cet alignement de planètes propice au *business* du camelot polonais, s'ajouta le déclenchement de la guerre en Ukraine, qui fut une aubaine de premier ordre. Ainsi, sous couvert de fret humanitaire, à grand renfort d'aigles et de fanions aux couleurs ukrainiennes maculant la carrosserie de son fourgon, Oleg Wisniewski intensifia les rotations de sa flotte de véhicules qu'il venait d'accroître et engagea deux chauffeurs pour assurer le transport régulier des marchandises destinées aux plus démunis et alimentant concomitamment un beau trésor de guerre. Toujours fourmillant de nouveaux *challenges* professionnels, le Dantzickois décida de s'investir pleinement dans le développement de sa « filière des consommables » – comme il avait décidé de l'appeler avec une odieuse ironie –. L'affaire productive du « dépanneur » prit alors une toute nouvelle dimension.

Il fallait être candide pour ne pas saisir qu'à travers les propos tendancieux d'un individu comme Oleg Wisniewski – qui faisait aisément la lippe lorsqu'il était contraint d'aller à Canossa face à la concurrence –, le négociant en import-export n'expectait pas le moins du monde se consacrer à la fourniture de cartouches d'imprimante laser à grande échelle. Le marché de la prostitution, lui aussi en pleine expansion, exigeait d'être continuellement approvisionné en « consommables », en particulier dans les maisons closes badoises, réputées très friandes de jeunes *escorts* originaires d'Europe centrale. Pour appâter les bons pères de famille et autres chalands français à venir s'encanailler sur la rive est du Rhin, le bonisseur polonais, jamais en mal d'arguments de vente, n'hésita pas à s'associer avec un proxénète strasbourgeois pour piqueter ses filles, fraîchement débarquées du pays et savamment dépourvues de ressources, tout au long de l'avenue de la Forêt Noire à chaque début de soirée. Ils les récupéraient quelque temps plus tard, leurs clients ferrés pour la nuit, afin de leur assurer en toute quiétude des passes hautement tarifées de l'autre côté de la frontière, à la barbe des contrôles de police et de douane, en ayant préalablement loué un étage complet dans un hôtel miteux de la Hafenstrasse à Kehl. Devenu proxénète à son compte, puisque désireux de dépasser le statut de simple complice par fourniture de moyens, Oleg Wisniewski lança une O.P.A. sauvage sur les lieux de rencontre privilégiés par les noctambules interlopes de la capitale européenne, et diversifia son « offre de prestations » pour glaner progressivement des parts de marché aux petits « mac' » locaux. « *Blow job girls* », « *Girlfriend Experience (G.F.E.)* », ou « *classe A* », Oleg Wisniewski avait pensé à tout une gamme de plaisirs dépravés pour le bonheur de ses clients – et le sien prioritairement –. En chef d'entreprise avisé et aux préceptes tayloristes inculqués, il veilla à établir une organisation scientifique du travail au sein de ses trafics. En clair, il promouvait le travail à la chaîne du sexe, dont il régulait les cadences et « les gains de productivité », en prenant pour paradigme son expérience professionnelle acquise dans les unités de production des chantiers navals à Gdansk. Dès lors, le trafiquant polonais veillait d'une main de fer à faire respecter sans ménagement pour ses ouailles les O.D.B. qu'il avait esquissés dans ses bureaux, désormais basés à Kehl, au plus près de l'*input-output*. Puis, il se mit en tête d'installer « un siège social » sur le terrain, au plus près de son activité lucrative. Et tant pis pour Bartek, son cousin de Gdynia, qui allait encore rouscailler pour « quelques malheureuses heures sup' » à faire tourner sa droguerie lors de ses absences prolongées ! Mais n'ayant qu'une parole, fut promise une invitation pour sur un plan *indoor*, dans un bordel badois, lors des prochaines fêtes de fin d'année, afin de le remercier comme il se devait pour ses « bons et loyaux services ».

« Matières premières », « transport », « relations clients » : telles étaient donc les trois filières établies par Oleg Wisniewski, à la tête desquelles il avait placé des lieutenants de confiance, triés sur le volet à partir de ce que pouvait offrir de plus performant le vivier délinquant du cru, dans le but de susciter l'adhésion des petites frappes du secteur. Cette variante cynique de la *Pax Romana* avait pour objectif fondamental d'éviter une guerre des gangs, qui aurait préjudicié aux intérêts de sa petite entreprise qui ne connaissait pas la crise. D'ailleurs, il aimait se comparer à la figure d'un père qui prenait soin de ses « *blows* » – une épithète tout aussi cynique que mnémotechnique, dont il se vantait auprès de ses pairs – en leur prodiguant tout ce dont elles avaient besoin pour leur « éducation » et leur « bonheur », sans jamais devoir éprouver la nécessité de s'émanciper de la tutelle patriarcale de leur « *Sugar Daddy* » si protecteur. D'ailleurs, les rares filles téméraires qui avaient tenté de se soustraire à son emprise avaient toutes témoigné auprès de leurs collègues péripatéticiennes qu'elles avaient amèrement regretté cet écart de conduite dans leur chair et que l'on ne les y reprendrait plus – un barème intransigeant de traitements physiques barbares, qui n'avaient rien à envier aux ordalies du Moyen Âge, était appliqué avec avanie par « le dépanneur » lui-même, à titre d'exemple pour les autres –, du moins celles que l'on avait vu revenir vivantes et qui avaient encore la faculté de s'exprimer. Mais ce qu'il considérait être un « mal nécessaire », une sorte de conflit social avec ses employés, Oleg Wisniewski répugnait à en parler. Il préférait que l'on s'appesantisse sur sa participation à l'effort humanitaire international en faveur de sa « patrie de cœur », l'Ukraine. Et l'Ukraine le lui rendait bien. C'est en tous cas ce qu'il avait clamé au micro d'un journaliste britannique de la B.B.C., le vendredi 25 mars, qui l'avait interviewé à la frontière polono-ukrainienne, en train de décharger des myriades de colis alimentaires et de caisses de produits de première nécessité, issues des collectes de générosité populaire menées à travers la France, l'Allemagne et la Pologne, dont il sinuait allègrement les routes. A cet instant, en dépit du public venu nombreux pour féliciter le commerçant polonais pour sa philanthropie peu commune, personne ne soupçonnait la présence de deux jeunes Marioupolitaines, âgées de 20 ans, sédatées, puis ligotées et bâillonnées, avant d'être placées en quinconce – cette technique de fret, connue de tous les manutentionnaires, permet d'optimiser la place occupée au sol par les marchandises transportées – dans une cale à double fond spécialement aménagée – et accessoirement indétectable lors des passages à la douane – pour le trafic international de « consommables » humains auquel le Dantzickois se livrait à présent de manière industrielle pour ravitailler les bobinards les plus reculés.

Ce fut le plus bel « orgasme professionnel » de la carrière d'Oleg Wisniewski, selon ses propres termes. Il jubilait à chaque fois qu'il était invité par son auditoire, acquis à sa cause, à conter cette historiette aussi abominable qu'authentique. Sauf qu'elle enflait volontiers d'un luxe de détails apocryphes à chacune de ses narrations pompeuses, entre deux mornifles impudiques infligées sur le séant d'une « *blow* » venant à passer fortuitement à proximité de son « *daddy* », que celui-ci avait jugée assez callipyge pour ses *sniffs* de *coke*. Lui, le petit *robotnik* miséreux d'Olsztyn, parti de rien et qui ne valait pas plus de deux *zlotys* aux yeux de la plupart de ses compatriotes quinze ans plus tôt, avait accroché une réussite inespérée et était parvenu à fonder un empire mafieux colossal, qu'il s'était employé à étendre aux confins du territoire européen. Sa morgue, alliée à une mégalomanie paroxystique, que l'obséquiosité permanente de ses sbires savait entretenir à merveille, l'incitèrent bientôt à singer la stature d'un commandeur d'un genre nouveau, à la cote mal taillée, situé à cheval entre un vaniteux Alexandre le Grand de pacotille et un abject négrier contemporain, se prenant d'une passion coupable pour remettre au goût du jour concupiscent le vil concept de commerce triangulaire. C'est dans ce contexte qu'il célébra ses quarante printemps, entre les murs d'une superbe villa de Baden-Baden qu'il venait d'acquérir – pour ses vieux jours peut-être, pour blanchir une partie de ses avoirs criminels sûrement –, entouré de sa garde rapprochée d'aigrefins et de ses « *blows* » préférées. Et là, au soleil couchant, dans cette luxurieuse atmosphère de lupanar aux accents baroques et aux effluences de paradis artificiels, sur fond de « *Nothing's Gonna Hurt You Baby* » de Cigarettes After Sex, face à un gargantuesque *karpatka*, surplombé d'un « 40 » esquissé à la crème mousseline et souligné par des traits épars de sirop de rhum ambré, Oleg Wisniewski, au faîte de sa puissance, savoura quelques *niespodziankas* du pays préparées par ses convives, entre deux rails de cocaïne tracés sur une table basse en acajou, tandis que ses « *blows* », « parmi les plus dévouées » – comme il se plaisait à le faire savoir –, s'appliquaient à souffler ailleurs que sur ses bougies d'anniversaire…

## Chapitre 2 : Percer à jour la martingale

*Des dizaines de leprechauns, trifolium repens à la boutonnière ou au gibus d'apparat, couleur vert émeraude, d'ordinaire peu amènes et habituellement dissimulés dans la lande de l'arrière-pays des Falaises de Moher, accoururent à la diable, par monts et par vaux, depuis que les Gaëls eurent répandu la fabuleuse nouvelle dans tout le royaume : avait été officiellement annoncée la présence en Eire d'une jeune princesse hellénique – fût-elle l'avatar d'une hérétique banshee ? –, ayant récemment cheminé à dos de licorne, dont la beauté monumentale égalait en tous points celle d'une cariatide de la Grèce Antique... On racontait que la douce inconnue à l'auburn toison méditerranéenne était descendue de sa légendaire monture, avant de s'allonger mystérieusement à plat ventre sur le plateau apical enherbé de l'une de ces vertigineuses falaises, encoignée les mains jointes dans la traîne de sa toge pour ne pas essuyer impuissante les assauts incessants de l'aquilon, les pieds innocemment recroquevillés en l'air, dans le seul but de pouvoir contempler impassiblement la ligne d'horizon… Elle semblait pétrifiée par tant de poésie océane, à l'affût d'une quelconque prophétie venue du large – un présage d'amour peut-être –, cherchant à percer les secrets de son avenir à travers l'apostasie de ses certitudes passées d'écorchée vive, comme autant de désillusions et de bourrèlements abandonnés au souffle rugissant du vent du Nord... Son envoûtement profond pour le sac et le ressac des flots, se brisant avec moult fracas sur les contreforts rocheux en contrebas, ne lui permit pas d'entrevoir immédiatement que tout un peuple ord foisonnant de farfadets et d'elfes s'était rapproché d'elle en tapinois, aux fins de ne lui consentir aucune échappatoire possible... Dès lors, lorsqu'elle prit conscience de cette furtive manœuvre, il fut bien trop tard pour l'affronter et la belle succomba sur-le-champ à un sursaut d'angoisse ; elle s'épouvanta derechef en constatant que ce petit monde inouï ne renonçait à grouiller autour d'elle, déterminé à l'aborder coûte que coûte... Esquivant ses assiégeants, l'infante parvint à enfourcher sa licorne à corne d'or, et d'une traite, gagna les environs de Ballycotton, bien qu'ahanée par l'ascension d'abruptes écores – rendue pénible par une toilette princière importune – se plaçant bientôt à croupetons au bord d'un précipice aux tumultes marins dantesques, avant d'abdiquer ses pieds ballants au vide, prélude à l'engloutisseuse Charybde et à la férocité des crocs acérés de Scylla, toutes deux s'impatientant d'appétit à quelque encablure de la divine... Celle-ci, dans un élan de désespoir abyssal, tenaillée entre les périls d'une vie de servitude volontaire qui la poursuivait et une mort certaine qui l'expectait bien volontiers, acquiesça à l'idée salutaire d'une agonie digne du mythe de l'héroïne qu'elle campait en cet instant fatidique de son existence, plutôt qu'à l'infamie d'avoir forfait par déni et couardise face à son implacable destin de céleste femme… Et, ses convictions de jeune princesse chevillées au palpitant, la noble Hélène lâcha prise et se laissa choir, corps et âme, en plein épicentre d'éternels ténèbres aux dimensions incommensurables…*

*Happée par une bouche-caverne béante et poséidonique, puis digérée par les entrailles de Gaïa, il était évident que la servile dulcinée ne donna pas cher de sa peau, se résignant sans ciller à son funeste sort. Bien que son corps fût inexorablement charrié par un Styx pétulant jusqu'au fond d'abîmes sans retour, sa chute fut subitement ralentie, puis interrompue par la collision de celui-ci avec une surface polie et glacée. Un brin assommée, son altesse se refusa à écarquiller les yeux, mais, bientôt, sa curiosité fut plus obnubilante que son appréhension. Son regard craintif se surprit à découvrir une oblongue et étroite nef, à l'architectonique voûte de style gothique érigée en pierres de Caen, datée de la fin du 19e siècle, supportée par plusieurs piliers édifiés en marbre rouge de Cork, entre lesquels se succédaient de magistraux vitraux aux coloris irradiants. Dans le même temps, elle fut ébaubie par la robe mondaine dont elle fut mystérieusement affublée, ayant aliéné son antique chiton détrempé. Ses nouveaux effets vestimentaires, d'un naturel raffiné, étaient aussi diaprés que nitescents : surmontant de bouffants jupons jaunes ornés d'étoiles insulaires bleu marine, une kyrielle de roses rouges à pistils orange parsemaient deux immenses péplums blancs cuirassant ses flancs déliés, tandis que son corset azuré à collerette blanche devait sa somptuosité au lustre d'une constellation de boutons d'or fin qui le maculait… En manière de touche finale, des bottines et une ombrelle de couleur fuligineuse ponctuaient ce portrait impressionniste si féminin. Mais qui l'avait-elle vêtue de la sorte ? Et surtout, par quel prodige était-elle parvenue en ces lieux ? Elle crut bientôt reconnaître une ritournelle typique du pays, familière à son oreille, qui ondoyait dans les couloirs du château. Un petit renard roux et blanc – hôte saugrenu de ces lieux mirifiques – vint clopin-clopant à sa rencontre et lui indiqua qu'elle s'était égarée entre les murs de l'Abbaye de Kylemore, avant de l'inviter à observer le vitrail des cinq vertus allégoriques embrassant l'âme de la femme qu'elle était devenue au fil des ans... Il s'agissait du Courage dont elle faisait preuve au quotidien, de la Foi qui ne cesserait jamais de l'habiter, de la Charité la rendant si précieuse pour autrui, de l'Espoir appelé à renaître dans son cœur et de la Chasteté à laquelle elle fut contrainte. Mais, à peine apprivoisé par la princesse grecque, le gentil goupil, unique au monde bien que semblable à cent mille autres, lui révéla, en guise d'adieux, qu'en dépit de l'apparente quiétude de l'endroit, elle courrait un grand danger à demeurer en cette bâtisse et que l'essentiel demeurait invisible à ses yeux... Ainsi, pour voir bien avec le cœur, il eût fallu qu'elle poussât les portes-fenêtres du grand salon pour s'aventurer dans le vaste jardin victorien de l'ancien domaine de Zimmermann, joyau de l'art topiaire local, et suivît le cours du Lough Touthe pour s'apercevoir que la populace du Comté de Galway avait été exhortée, par un décret du néronien Empereur Maximilien Ier, de s'adonner à d'effrénés pas de gigue irlandaise, abreuvés de stout, au son des « Lacs Du Connemara » de Michel Sardou, au seul motif impérieux que la vie est une folie, et que la folie, ça se danse… Une mort violente par bastonnade sur les mésogastres des cavalières était systématiquement requise contre celles qui ne déféraient point à l'oukase impérial. Terrorisée par cette ubuesque nigauderie, la mignonne prit ni une ni deux la poudre d'escampette pour rallier le rivage lacustre, mais heurta de plein fouet dans sa course une paroi convexe et un plafond tout de verre composés, qui vinrent bientôt figer sous cloche l'Abbaye de Kylemore et ses dépendances, avant de la saupoudrer de perpétuels flocons de neige – la calamité la plus redoutée par les Irlandais, paraît-il –. Maximilien Ier avait rattrapé la fuyarde, prise au piège dans cette boule à neige à ciel ouvert, où elle savait qu'elle ne trouverait désormais plus refuge. Elle entrevit la silhouette du renard s'asseoir un peu loin de l'empereur dans l'herbe, le regardant du coin de l'œil, avant de se rapprocher peu à peu de lui... À son contact, l'animal nestor se métamorphosa soudainement en un effroyable lion, dont le regard furibond lorgnait sur une proie qu'il devinait en mauvaise posture. Maximilien Ier, avec autant de cruauté que de délectation, faisant fi des hurlements et suppliques de la jeune princesse, baissa graduellement son pouce vers le bas, ordonnant au sanguinaire monstre félidé de se jeter sur sa victime avec force sauvagerie pour la dévorer tout entière...*

Louise poussa un cri et se réveilla en tressaillant. Elle était ruisselante de sueur. Lorsqu'elle sentit poindre une douleur au niveau de sa poitrine, elle comprit immédiatement que le glouton Austin venait de lui sauter pesamment sur le corps, exigeant sa ration roborative de croquettes pour l'après-midi. Il était près de quinze heures trente, en ce dimanche 14 mars. Pour se remettre de ses émotions haletantes, toujours alanguie sur son lit défait – au-dessus duquel pendait une guirlande de clichés 11x15 centimètres de ses proches amies, pincés le long d'une cordelette, dont celle avec Stacy devant l'usine Guinness de Dublin, – en *t-shirt* à bretelles et *short sportswear* gris, l'officière de police saisit son téléphone portable et positionna ses écouteurs dans les oreilles. La voix éraillée de Kurt Cobain, entonnant les paroles du titre « *Sappy* » de Nirvana, abordant la dualité entre bonheur et malheur contenue dans chaque sentiment humain, invita subrepticement l'inconscient de Louise à changer de dimension sensorielle. La lessiveuse mentale fonctionnait à plein régime en cette Sainte-Journée maussade. À la peur imbécile d'être tortorée par un rouquin matou rondouillard, à la panse vide et peu maniéré, se substituèrent incidemment d'éprouvantes retrouvailles avec sa colocataire à l'année, Dame Mélancolie – ou « le bonheur d'être triste », selon l'emblématique périphrase de Victor Hugo –, bien décidée à occuper l'espace vacant laissé par deux bonnes heures de sieste postprandiale. D'éruptives souleurs submergèrent rapidement la jeune femme. Les yeux de Louise Haténa s'emplissaient d'un voile larmoyant à mesure qu'elle passait en revue les moindres détails de son habitation promiscue, tributaire de troubles chroniques du voisinage. Une bouteille vide de Martini *bianco* trônait sur une petite commode du salon, où s'entassaient confusément des ouvrages aux origines didactiques panachées – bien que sa bibliothèque fût à dominante policière et espionne, sa mère l'étoffant pour partie chaque année à la Sainte-Louise –, dont l'excellente collection des « *Cherub'* » de Robert Muchamore, un fascicule anatomique signé Jüne Plã, offert par son amie Élodie, l'édition 2018 du Routard « *Irlande* », le chef-d'œuvre du « *Petit Prince* » d'Antoine de Saint-Exupéry et son antithèse perspicace contenue dans le broché « *Code 612, Qui a tué le Petit Prince ?* » de Michel Bussi, qui côtoyaient un Code Pénal vieux de deux ans, un improbable *C.D.* 2 titres de « *La Tristitude* » d'Oldelaf et quelques tablatures de guitare, en guise de séparateurs avec le reste du meuble envahi par une D.V.D.thèque improvisée, consacrée pour moitié à l'intégrale de la série télévisée d'animation « *Les Kassos* » de Balak – un D.V.D. du film d'animation « *Zootopie* » de Rich Moore et Byron Howard, offert par son cousin Gabriel pour « symboliser l'entrée en école de police de sa lapinette » se trouvait improbablement égaré au beau milieu de cette collection ! – et, pour le reste, à l'œuvre cinématographique de Quentin Tarantino, dont elle demeurait une *fane* absolue depuis ses débuts sur grand écran. Toutefois, à titre anecdotique, sa fidélité au réalisateur américain avait été écornée lors d'une séance photo en forêt à laquelle elle s'était prêtée avec amusement durant ses études secondaires ; Louise l'adolescente avait alors préféré au personnage de sabreuse, interprété par Uma Thurman dans la saga « *Kill Bill* », celui d'une autre femme d'action, la ténébreuse Lara Croft de « *Tomb Raider* » du film éponyme de Jan de Bont – chevelure brune filasse et amour des armes à feu obligent –. Néanmoins, sa passion pour le Septième Art ne gâtait en rien son goût prononcé pour les six autres arts majeurs, et plus spécifiquement la musique, le dessin et la littérature. Ainsi, une guitare *folk*, relique de ses années de musicienne *rock grunge* au sein de son lycée, trônait dans un coin de son studio depuis longtemps, non loin d'ailleurs du mythique album 45 tours « *Histoire de Melody Nelson* » de Serge Gainsbourg offert par une amie pour son vingt-quatrième anniversaire – quoiqu'elle ne possédât aucun tourne-disque pour savourer son vinyle –, tandis qu'à l'autre extrémité de la pièce était exhibé un V.T.T. d'occasion, béquillé contre un mur du salon. Perpendiculairement, se trouvait un long meuble de rangement à cases blanc, terminus pour de nombreux objets composites importés du foyer parental et scientifiquement répertoriés. Allant d'une palette complète de crayons et de fusain lui ayant récemment permis de donner la pleine mesure de son talent d'illustratrice quant à deux remarquables compositions personnelles – l'une représentant un chat pensif aux pupilles globuleuses et au large sourire carnassier, l'autre un florilège d'aéronefs militaires en forme d'hommage à l'Aéronavale française – à un compartiment étiqueté « boîtes », où est systématiquement remisé tout contenant de forme cubique – de la *magic-box* pour un spa solo à la boîte à infusions bio, en passant par l'hideux coffret à bijoux *homemade*, siglé d'une licorne blanche à corne d'or peinte à l'huile et truffé d'éclats de miroir sur ses faces, confectionné à son attention par son satané cousin Gabriel, ou ses médailles de judo remportées sur des adversaires mis en… boîte, eux aussi –, l'univers privé de la Capitaine Haténa phosphorait, en perpétuelle expansion, jusqu'aux confins de sa *kitchenette*, fief de ses paires de baskets blanches et de mocassins fétiches. Sur le bois du bar, faute de place, entre un ordinateur portable diffusant en boucle un portrait de Louise errant entre les colonnes de la Mosquée-Cathédrale de Cordoue et une sidérante cafetière italienne à piston noire, avait été jeté avec désinvolture un relief froid de tagliatelles au saumon – son plat préféré – servi dans une assiette en mélamine, aux trois quarts entamée lors du déjeuner dominical pris en solitaire, faisant office de presse-papier pour de poignants vers autobiographiques à la terreur sublimée, couchés sur une feuille Bristol à l'encre de ses tourments moraux et tavelures hérités de son ancienne vie :

« *Les imaginaires de nos jeux d'enfants,*
*Se meurent dans une éternelle agonie,*
*Dès lors que les premiers amusements*

*Franchissent la porte des jeux interdits.*

*Des murmures impatients aux gestes indécents,*
*Impudiques sont les nombreuses leçons,*
*Données dans l'intime par les pairs rassurants,*
*Excusées par les siècles et les traditions.*

*Les aveugles n'entendent déjà plus les cris*
*De cette innocence violemment volée,*
*Complices des cicatrices du vice à vie,*
*Laissant de chiffon la Poupée souillée.*

*Pour toujours, maudit soit celui*
*Qui a déversé sur Terre ces si grands maux,*
*Laissant le corps et l'esprit à jamais meurtris,*
*D'une douce enfant devenue femme trop tôt.* »

Totalement désemparée par ce spleen incontrôlable, Louise se leva pour boire un peu d'eau... Jouxtant l'évier, traînait une vieille boîte carrée de *candies* en métal bosselée – en forme de bus à impériale rouge londonien – qui n'avait étrangement pas vocation à rejoindre les autres articles du même type dans le meuble à compartiments précité ; et, pour cause, puisqu'elle contenait l'arme de dotation administrative de la Capitaine Haténa, un Sig Sauer S.P. 2022, ainsi que ses deux chargeurs garnis de quinze cartouches de 9 millimètres... Machinalement, elle posa son verre, vidé cul sec... Elle en ôta partiellement le couvercle, en prenant garde de ne jeter aucun regard à l'intérieur, de peur de s'en saisir autrement que de manière professionnelle... À vrai dire, il s'agissait bien là d'une authentique et redoutable boîte de Pandore, toujours à portée de main, accablant la raison de la jeune femme lors de ses fameuses « Heures H »... « *Y a-t-il encore quelque chose de bien à espérer ici-bas ?... Ai-je réellement envie de vivre ou dois-je me résoudre à juste survivre ?... Que puis-je bien attendre de ce monde putride pour qu'il me décille enfin ?...* » Au bout du compte, il y eut une détonation ! La descente émotionnelle fut raide pour Louise, surtout lorsqu'elle vit le chat bondir précipitamment en direction de la porte de son appartement, avant de s'y frotter de la tête à la queue. Son hôtesse avait remarqué qu'il réagissait de cette manière à chaque fois que des bruits provenaient des parties communes de l'immeuble qu'elle habitait ; en un sens, le brave veilleur Austin valait à lui tout seul le haut de gamme des systèmes d'alarme parmi les plus performants au monde – ce fut bien d'ailleurs la moindre des choses à laquelle sa féline majesté pouvait consentir, afin de remercier son hébergeuse tant pour l'hospitalité que la munificence dont elle faisait montre à son égard –. Cela se confirmait : des pas secs résonnaient de plus en plus fort dans la cage d'escalier carrelée et indiquaient que quelqu'un montait à son étage. Louise enfila tout de go sa combinaison intégrale *homewear* à capuche grise, en pilou-pilou, et n'eut juste le temps d'arranger ses longs cheveux quand on frappa son huis.

« Louise, c'est moi. Ouvre. Il fait un froid de canard ! » s'exclama une jeune femme d'un ton compendieux.

La Capitaine Haténa reconnut avec plaisir une voix des plus familières, qui lui réchauffa aussitôt le cœur.

- *Tire la chevillette, et la bobinette cherra, mon enfant*, se gaussa-t-elle, bien décidée à ne pas quitter sa cuisine pour rester au chaud. La référence à la célèbre consigne lupine tirée du « *Petit Chaperon Rouge* » de Charles Perrault n'avait pas échappé à l'intruse. La porte s'entrouvrit et cette dernière, une sacoche à la main, apparut dans un frêle reflet de soleil qui s'engouffra dans le logement en perçant coïncidemment la grisaille du jour. Il s'agissait d'Élodie Piémont, sa meilleure amie – ou plutôt sa « sœur de cœur », en termes plus appropriés – et accessoirement Vice-Procureure de la République près le Tribunal Judiciaire de Strasbourg, grevée par les affres d'une copieuse permanence T.T.R. de fin de semaine qui se lisaient sur son visage. Toutes deux s'étaient rapprochées dix ans plus tôt sur les bancs de la faculté. Elles avaient suivi leurs études de droit ensemble et investi dans une relation amicale étroite, devenue osmotique à l'issue de leurs cursus universitaires respectifs – une randonnée mémorable en Haute-Savoie y contribuant aussi pour beaucoup –, l'une étant résolue à briguer un poste de cadre décisionnaire au sein de la Police

Nationale, quand l'autre demeurait éprise de justice des mineurs, aspirant à incorporer sous peu l'École Nationale de la Magistrature à Bordeaux. Nonobstant leurs carrières juridiques dissemblables, les deux amies complices prenaient assurément grand soin à ne pas se manquer trop longtemps, les prétextes allant toujours bon train pour se fréquenter assidûment durant leur temps libre.
« Tu vannes, ma belle, mais c'est vrai que tu ressembles plutôt au Grand Méchant Loup sapée comme ça » rétorqua sa copine, d'une mine hilare, mais engourdie par une bise hivernale sévissant en contrée alsacienne.
- Perso', à choisir, je préférerais plutôt être comparée à Mercredi Adams. Celle-là, carrément, je la kiffe depuis toute petite ! rectifia sans broncher la policière.
C'est alors qu'elle aperçut le portrait de Louise, photographiée trois-quarts de dos en belle Andalouse, s'afficher en boucle sur l'écran de veille de son ordinateur portable, avant de porter son attention sur son poème bouleversant, moucheté de fines éclaboussures de sauce à la crème persillée. Élodie Piémont fut immédiatement interdite par l'intensité du *pathos* qui empoisonnait l'atmosphère du lieu.
« Je crois me souvenir que c'est Maxime qui avait pris cette photo lors de vos vacances en Espagne, reprit-elle. Tu penses encore à lui, j'imagine ? Après tout ce que ce salaud t'a fait subir, tu ne devrais pas ! Ce n'était qu'un mec violent, ne pensant qu'à cogner et soulever ses haltères à longueur de journées. Il t'a imposé des choses que tu ne voulais pas faire. Il ne te méritait pas et ne devrait être digne d'aucune considération aujourd'hui. Ne laisse pas son souvenir te pourrir l'existence, il n'en vaut pas la peine ! Tu es formidable, Petit Bouchon, et je me fais un sang d'encre pour toi, surtout quand tes yeux sont aussi noirs de chagrin. »
- Tu en as de bonnes, toi ! s'esclaffa son interlocutrice, d'un ton abattu.
- Peut-être, mais tu sais que j'ai raison au fond… répondit la magistrate, sûre d'elle.
- Je me raccroche à l'espoir, ajouta Louise, qu'un jour très lointain, j'aurais peut-être ma maison, mon chat, mon chien, avec l'homme que

j'aime. Et sinon, j'aimerais au moins pouvoir vivre une belle histoire, une fois dans une vie.
De manière opportune, Austin profita de la solennité paralysante des retrouvailles des deux amies pour se faufiler entre les jambes de sa nouvelle maîtresse et la réconforter de ses ronronnements affectueux.
- Je constate que tu as déjà le chat ; tu peux le rayer de ta *wishlist*, plaisanta Élodie, amusée par les révérences câlines d'Austin adressées à Louise. Tu vois, c'est un bon début. Au fait, tu ne m'avais pas dit que tu en avais adopté un récemment.
- C'est un « chachoyé » et non un banal chat de gouttière, s'il te plaît, meuf, taquina Louise, en caressant amoureusement le pelage de son nouvel animal de compagnie.
- Euh, pardon, mais c'est quoi un « chachoyé » ? interrogea son amie.
- Laisse tomber, je me comprends. *Private joke* avec les « gars de la 2 ». De toutes façons, il n'est pas à moi. Il appartenait au vieux pédophile qui s'est fait repasser chez lui le mois dernier, avoua la policière à la gardienne des libertés individuelles.
- Quoi ! Tu déconnes là, ma chérie ! la réprimanda Élodie Piémont. Tu parles de l'affaire Leitaud, n'est-ce pas ? Tu voles le chat des victimes maintenant ? Et d'homicide, qui plus est... Bravo Louise, je ne te félicite pas !...
- Oupsi, Madame le Vice-Procureur, mais j'héberge un témoin capital pour l'enquête, nuance ! corrigea-t-elle, d'un air rogue.
- Qu'est-ce que tu racontes ? s'interrogea la magistrate, en fronçant ses sourcils.
- Eh bien oui, Élo, expliqua l'officière, lorsque mes gars et moi sommes rentrés dans cet appart', nous avons très vite constaté que le chat du proprio assassiné avait été capturé et enfermé dans un petit cagibi. Probablement que Leitaud connaissait son assassin et que celui-ci s'est débarrassé du chat en l'isolant, avant de s'en prendre à sa victime.

Le ministère public parut intrigué par cette déduction policière à la pertinence notable. Élodie Piémont posa sa sacoche sur la table de la cuisine et l'ouvrit. Elle tendit une feuille à son amie.

- Tiens, regarde, Louise, dit-elle. Ce sont les résultats du bilan toxicologique complet que la légiste m'a envoyés ce matin. Apparemment, durant l'autopsie, elle n'arrivait pas trouver la cause exacte de certains symptômes très étranges...
- …ah oui, interrompit la Capitaine Haténa, sa fameuse histoire d'éclampsie ! Je sais, Jean-Marc m'en a parlé, ça l'avait visiblement sonné. La « *Doctor Horror* » lui avait bien pris la tête ce jour-là avec ses questions du genre « madame-je-sais-tout ».
Elle observa un silence lorsqu'elle prit connaissance du document et en étudia scrupuleusement tous les détails. Quelque chose d'annoté en bas de page la frappa.
- Oupsi, il y a truc pas clair selon moi. Tu as vu que le labo' a retrouvé des traces de tellure et de bismuth, anormalement concentrées au niveau de la sphère O.R.L. de la victime ? questionna Louise.
- Oui et... alors ? répondit candidement Élodie Piémont.
- Le tellure et le bismuth sont des métaux pauvres, de nature radionucléide, que tu trouves à l'état naturel, mais en doses infinitésimales. Ils s'apparentent au polonium et disposent de la même toxicité sur l'organisme humain.
- Comment ça, du polonium ?! Tu veux parler de la substance létale imputée soi-disant aux espions russes en mal de règlements de comptes et qui fait les choux gras des médias ? Tu es certaine de ce que tu avances ? Ce serait dingue ! s'étouffa la magistrate.
- Carrément, affirma Louise Haténa, satisfaite de sa démonstration autant que de son petit effet sur sa copine. Mais la véritable interrogation n'est pas là, ajouta-t-elle, d'un air énigmatique.
- À quoi tu penses ? fit Élodie Piémont, gagnée par la perplexité.
- Ça ne te paraît pas incongru que l'on prenne le temps d'empoisonner lentement un vieil homme, au sujet duquel, de toutes manières, il est prévu de le tuer en le rouant violemment de coups pour mettre fin à ses jours ? questionna la capitaine de police.
Le portable professionnel de la Vice-Procureure vibra au fond de son sac à main. La magistrate décrocha et son regard s'assombrit soudainement : on venait manifestement de lui apprendre une nouvelle de taille, qui allait bientôt cadencer ses prochaines heures de permanencière. Elle raccrocha et déclara, stupéfaite :

- C'est la fluviale qui a appelé le T.T.R. tout à l'heure. Les gendarmes viennent de retrouver une camionnette immatriculée en Pologne partiellement immergée dans le Rhin, côté français. Il n'y avait rien de spécial au premier abord et ils se dirigeaient logiquement vers un vol de véhicule classique, voire un banal accident avec délit de fuite...
- Et ? demanda Louise, impatiente.
- ...sauf qu'au moment de la remorquer pour l'extraire du lit du fleuve, poursuivit Élodie Piémont, les militaires ont constaté sous le châssis la présence d'un bras humain, qui pendait hors d'une cache en bois que l'eau avait fait gonfler. À l'intérieur, se trouvait le corps d'un individu, ayant a priori macéré dans la flotte depuis plusieurs jours, ses mains attachées dans le dos, et démembré au niveau du bas de l'abdomen.
- Quelqu'un lui a sectionné ses parties génitales, c'est bien ça que tu veux dire ? interrogea Louise Haténa.
- Oui, Louise. Elles ont même été déposées dans une petite boîte, placée sur le siège du conducteur, si tu veux tout savoir. Selon les premières constatations de la légiste, arrivée sur place il y a une demi-heure, la victime se serait fait découper à vif. En effet, ses poumons étaient remplis d'eau au moment de sa découverte. Ce qui signifie que l'acte de torture et de barbarie a donc été commis *ante mortem* sur ce type, et qu'il a ensuite été enfermé dans ce réduit et jeté à l'eau conscient.
- Gore, j'adore ! parodia Louise, en ôtant d'une main son légendaire *hoodie* polaire X.X.L. de *week-end*. Attends-moi deux minutes, Élo, je passe juste des fringues, avant de prendre ma plaque et mon calibre. Je viens avec toi. Je ne veux pas rater cela.
- Non, Louise, tu ne bosses pas aujourd'hui et tu n'es pas en forme qui plus est. Donc, je ne crois pas que ce soit une bonne idée de te… objecta la magistrate.
- Blablabla, je vais carrément mieux à présent, Élodie, renchérit la policière. De toutes façons, tu vas saisir la « Crim' » de cette affaire et la « Papesse » va nous la coller à la « 2 » dès demain. Autant que je m'y mette tout de suite, non ? En plus, tu as bien vu que je n'étais pas débordée aujourd'hui. Et, pour le bazar chez moi, je demanderai à Austin de ranger l'appartement en mon absence, mdr...

- Soit, tu l'auras voulu, concéda Élodie Piémont à l'impertinente. Au fait, en parlant de nettoyage et d'animaux, tu as vu que ta bagnole, stationnée sous le platane d'en face, est criblée de fientes d'oiseaux toutes sèches. Franchement, à ce point sale, on aurait pu penser qu'une escadrille de piafs avait mis un contrat sur ta tête ! C'est hallucinant qu'ils t'en veuillent à ce point-là !
Impassible, la Capitaine Haténa écarta le rideau et contempla l'immarcescible chef-d'œuvre de tous les serins du quartier sur la carrosserie grise de sa Volkswagen Up ! avant de se retourner vers son amie, un fin sourire au coin de ses lèvres pulpeuses :
- Oupsi ! En effet ! Ma tire de daron est H.S.... Raison de plus pour que je t'accompagne, Élo !

*****

Il la voulait parfaite. Chaque matin, le blondinet Jean-Kévin Ernwein s'appliquait durant un temps indéfinissable à shampooiner, lotionner et peigner sa chevelure dorée, son arme de séduction massive des samedis soirs et jours fériés. D'ailleurs, certains tenants de la vieille école au service s'autorisaient à affirmer que compter dans les rangs de la « 2 » un policier adjoint affublé de la même coupe de cheveux que Tony Montana – bandit du film « *Scarface* » de Martin Scorsese et héros absolu vénéré par celui que d'aucuns surnommaient « Ernie » – faisait mauvais genre et pouvait induire de sérieux atermoiements quant aux véritables motivations inavouées de ce garçon abstrus. Toutefois, la plupart des collègues de la plus jeune recrue de la brigade avaient davantage fait preuve de perspicacité et rapidement écarté tout préjugé à son égard. Force surtout était de constater que « Ernie » ne partageait aucun trait commun avec la délinquance, puisqu'il la combattait aux côtés des « gars de la 2 ». La Capitaine Haténa était de ceux qui croyaient en ses capacités d'évolution professionnelle, même si, le jour de son arrivée à la « 2 », l'officière avait été interdite par celui qui allait devenir plus tard son « poussin-de-combat-de-l'année » lors des concours. En effet, il fut alors tout feu tout flamme avec elle, confondant sa nouvelle cheffe de section – à peine plus âgée de trois ans, à la décharge du jeune *hidalgo*

– avec une potentielle conquête lors d'une rencontre fortuite dans le parking souterrain de l'hôtel de police de Strasbourg, au premier jour de son affectation à la « 2 ». L'approche du bellâtre fut aussi risible qu'inconvenante. Le titre arachnéen « *Sexy Boy* » du groupe de *French touch* Air en fond sonore, « Ernie » venait de stationner précautionneusement son coupé rouge d'occasion, aux jantes aluminium et becquet de hayon profilé tout neuf, quand il invectiva depuis son siège baquet en cuir la première jeune femme qui se mit à passer devant ses pare-chocs *tuning* :

« Bonjour mademoiselle, n'ayez pas peur, s'écria-t-il d'un air infatué et ironique, j'ai une Mercedes maintenant. Voudriez-vous être ma *go* et vous marier avec moi ? »

Littéralement abasourdie par ce pastiche d'Apollon en cercueil à cerceau, la Capitaine Haténa ne put spontanément s'empêcher de pouffer de rire. Toutefois, elle se ravisa aussitôt, lorsqu'elle comprit qu'il s'agissait du « collaborateur supplémentaire » que la « Papesse » lui avait promis pour renforcer ses effectifs à la rentrée. Martiale dans sa répartie, elle asséna au malotru :

- Bonjour. Monsieur Ernwein, je présume ? Je suis la Capitaine de Police Louise Haténa, votre officière, Cheffe de la 2e Brigade. Ça tombe bien, on vous attendait. Il y a du pain sur la planche là-haut. Suivez-moi, je vous prie.

- Euh, bonjour Capitaine, balbutia le policier adjoint, décomposé par sa bévue. Je suis désolé, j'ignorais qui vous étiez. Je ne me serais jamais permis de faire cette blague sinon, vous pensez bien...

Louise s'arrêta de marcher et fit face à son interlocuteur pour le sermonner vertement :

« Vous n'avez rien compris, Monsieur Ernwein. Ce n'est pas le grade que je porte qui doit vous réfréner dans vos blagues sexistes, mais bien les mêmes notions de respect et de considération humaine que vous devez tant à vos collègues masculins que féminins, et plus généralement aux citoyens de tous ordres, peu importe leur orientation sexuelle, surtout lorsque l'on porte un uniforme en prétendant faire respecter les lois. Que cela ne se reproduise plus ou vous devrez en tirer toutes les conséquences ! J'espère que c'est assez clair pour vous ? »

« Ernie » se sentit plus honteux qu'un petit garçon pris la main dans le sac par le marchand de bonbons, tant sa déculottée infligée par la Capitaine Haténa fut homérique. Si cela eût été rendu possible de s'y engouffrer, le jeune homme se serait réfugié dans la boîte à gants de son bolide en soldes. Mais, passé sous l'implacable férule des prunelles exorbitées de sa cheffe de groupe le frappant d'anathème de la plus austère des manières – classique contrecoup de trop longues « Heures H », disait-on –, le freluquet se sentit contraint d'observer une attitude pusillanime de repentance, succédant son officière sur les derniers mètres de couloir qui le séparaient de l'accès à son nouveau service. Cette scène avait tout d'avilissant pour lui, provoquée par son unique faute, qui resterait enkystée dans son esprit pour le restant de ses jours.

Cependant, cette piètre entrée en matière n'hypothéqua aucunement l'avenir d'« Ernie » au sein de la « 2 », encore moins auprès de sa cheffe de groupe. En effet, le jeune enquêteur avait quelque peu mûri au fil des mois passés aux côtés de ses pairs plus expérimentés et ses progrès, tant professionnels que comportementaux, s'étaient avérés fulgurants. Il s'était ainsi pris de passion pour la procédure pénale qu'il avait découverte par la « petite porte » et avait déployé une sagacité opérationnelle, qui s'était souvent avérée déterminante dans l'élucidation de certaines affaires criminelles complexes diligentées par la brigade. Ainsi, en dépit de l'aversion de « certains dinosaures de la boîte » qui persistaient à ne pas miser un *kopeck* sur son compte, « Ernie » avait réussi à percer dans le métier et capitaliser en légitimité aux yeux de l'immense majorité de ses collègues. Tant est si bien que, galvanisé par cet égrégore d'équipe, c'est un Jean-Kévin Ernwein opiniâtre qui envisageait désormais de se présenter à la prochaine session du concours de gardien de la paix. Quelquefois revêche, jamais pimbêche, abhorrant publiquement la Loi du Talion à la manière de Friedrich Nietzsche, Louise Haténa avait fini par passer l'éponge sur l'épisode incongru du forfant immature à la Mercedes et s'était progressivement appliquée à soutenir son jeune collaborateur dans son projet de carrière, allant jusqu'à le gratifier de ce surnom galliforme bienveillant déjà évoqué, signe – ô combien symbolique – du pardon tacite qu'elle avait *in fine* accordé à son subordonné pour son écart de conduite. Tout aussi subtilement, afin de remercier sa supérieure hiérarchique de la mansuétude dont elle avait fait preuve à son égard, exclusivement mû par d'honorables intentions, « Ernie » l'avait par la suite invitée au cinéma à deux reprises : la première fois pour assister à l'avant-première du film « *No Time To Die* » de Cary Joji Fukunaga, dernier titre de la saga du plus célèbre espion au service de sa Majesté, et la seconde, dans un style plus potache, pour se délecter des nouvelles péripéties de Hubert Bonisseur de la Bath, dans le film « *Alerte rouge en Afrique noire* » de Nicolas Bedos, ayant eu vent par indiscrétion – oui, le Major Alexi était parfois un peu trop volubile lors des pauses café – de la passion inaltérable de la Capitaine Haténa pour les romans d'espionnage. Celle-ci d'ailleurs ne dissimula pas son contentement de l'instant et sut gré auprès de son jeune impétrant qu'elle avait *coaché* pour son avancement. Et précisément, parce qu'il l'obtint haut la main, il la voulait parfaite, plus que d'habitude, sa crinière étincelante, ce fameux jour où sa nouvelle amie – une étudiante croisée quelques semaines plus tôt au travers des méandres des Internets, au carrefour d'un site de rencontre « sélectif », dont il n'avait connaissance que du florilège d'*outfits* suggestifs postés sur son profil – lui avait donné rendez-vous dans un restaurant semi-gastronomique pour célébrer son anniversaire. Elle avait déclaré dans un *chat* qu'il incarnait un homme « spécial » à ses yeux, tandis que celui-ci certifiait l'avènement d'une « e-romance ». Pour lui donner de sa bonne affection, libre, elle s'était d'ailleurs engagée à l'inviter au « resto » à un menu prestige à 200 euros, quitte à être sur la paille ; lui s'était ailleurs dégagé et évité presto tout menu litige, donné quitus, de sa bonne défection, pour, à 200 euros, faire ivre ripaille. « Ernie » avait certes mûri, mais il restait « Ernie ».

Ainsi, ambitionnant de vivre une soirée d'exception, c'est donc la toison gominée et l'eau à la bouche que l'intéressé fendit d'un pas léger la place Saint-Thomas en direction de cet établissement réputé de la rue des Dentelles, où *crush* d'une promise numérique et festin gargantuesque libre de droit de bouchon l'attendaient impatiemment.

Longeant la clôture d'une école maternelle rue de la Monnaie, son regard fut machinalement captivé par les ombres agitées de trois individus qui s'entremêlaient curieusement derrière une armoire électrique, à l'aplomb du tablier du pont Saint-Martin. Accablé par la faim, mais n'en oubliant pas moins ses devoirs d'agent de la paix publique hors service, « Ernie » décida de ralentir le pas avant de se caillebotter discrètement sur la grève, pour tenter d'analyser cette scène douteuse qui se jouait étrangement sous ses yeux, entre chien et loup, l'empêchant de discerner exactement s'il s'agissait d'une rixe en cours ou d'un simple groupe d'amis turbulents. La réponse à ses soupçons ne tarda pas, lorsque l'un d'entre eux requerra du secours en hurlant soudain à tue-tête, dans un accent slave : « Au secours ! Aidez-moi ! Ils veulent me tuer ! ». Alors, le Policier Adjoint Ernwein s'élança sur-le-champ vers le petit attroupement, sans pouvoir totalement distinguer dans l'instant l'état exact dans lequel pouvait se trouver la victime. Il eut à peine le temps de s'en enquérir qu'il reçut un coup de poing à l'arcade sourcilière de la part de l'un des deux assaillants de carrure golgothique. L'impact de ce crochet du droit le fit vaciller sur le moment. Certes un brin sonné par cette première affliction, l'effet de la vive douleur incita toutefois le policier à riposter sans désemparer par un balayage sec pratiqué au niveau du genou gauche de son agresseur, ce qui lui permit à la fois d'esquiver un second coup porté par celui-ci vers sa tête et de le faire chuter lourdement au sol, ne manquant pas de le faire jurer en russe. Le second individu prit la défense de son comparse, encore à terre, en décochant un violent coup de pied dans les cotes d'« Ernie », tandis que ce dernier lui prêtait malencontreusement son flanc droit. Surpris par cette nouvelle attaque, le policier, passablement endolori, poussa un gémissement, avant de saisir la jambe du délinquant pour se dégager et répliquer d'un revers de la main asséné au niveau des cervicales de ce dernier. La victime, de morphologie plus malingre, tenta de séparer les belligérants et intercéda, envers et contre tout, en faveur des deux coauteurs de violences aggravées, en échangeant quelques paroles en langue slave. Prostré, le visage tuméfié et partiellement ensanglanté, « Ernie » se tenait fermement au parapet du pont, éprouvant de substantielles difficultés à respirer, redoutant un épanchement pleural potentiellement provoqué par certaines côtes cassées. Nonobstant l'accumulation de blessures, probablement graves pour certaines, Jean-Kévin Ernwein disposa toutefois de la faculté de comprendre que ces trois hommes se connaissaient bien en réalité, et que celui qui avait réclamé de l'aide en feignant une situation de détresse ne paraissait pas plus victime d'agression physique que Jean-Kévin Ernwein n'était assistante sociale. En effet, le jeune fonctionnaire de police, pansant ses plaies à l'aide du seul mouchoir tiré de la poche de sa veste, fut médusé lorsqu'il constata avec grande confusion que le requérant avait spontanément préféré prêter son épaule au premier offenseur, qui claudiquait visiblement à ses côtés au moment de traverser le pont Saint-Martin, pour fuir ensemble vers le quartier de la Petite France, plutôt que de s'inquiéter de l'intégrité physique de son défenseur, l'abandonnant à son triste sort. Le second protagoniste, quant à lui, se tint de marbre et fixa un instant le policier adjoint, qui lui avait infligé un bel œdème et une probable cervicalgie à venir, avant de prendre ses jambes à son cou dans le sens opposé à ses camarades, à mesure que les sirènes de la maréchaussée galopante retentissaient de plus en plus fort.

Désormais isolé de ces deux cogneurs, « Ernie » relâcha la pression et se prit à laisser glisser sa main le long de la grille en fer forgé du parapet pour se maintenir tout contre, en position de chien-de-fusil cherchant par tous moyens à émousser le martyre dont il souffrait au niveau de la zone intercostale. Pendant ce temps, un groupe de badauds s'était formé à quelques mètres de lui, agitant à l'unisson leurs téléphones portables tous azimuts, sans toutefois songer à venir à sa rescousse. Mais, bientôt, une jeune femme s'avança seule vers le policier mal en point et lui parla d'une voix émue :
« Comment allez-vous, monsieur ? Vous souffrez beaucoup ? C'est moi qui ai demandé à vous envoyer une ambulance. Je vous rassure, j'ai aussi appelé la police. »
- Merci à vous, c'est gentil, bredouilla « Ernie », le dos tourné à son interlocutrice, mais, vous savez... c'est moi, la police… enfin, habituellement.

- Ah bon ? répondit-elle, interloquée. En tous cas, j'ai été témoin de tout. Ils ne vous ont pas loupé, ces mecs. Vous devez être salement dans les vapes, mon pauvre. J'étais à la terrasse de ce restaurant, en attendant quelqu'un, et j'ai vu de loin ce qu'ils vous ont fait.
« Ernie » dodelina doucement de la tête, avant de marquer un silence, puis tilta brusquement. Il se redressa tant bien que mal, se retourna et éprouva un choc en découvrant le visage de sa providentielle samaritaine.
- Non seulement, c'est moi la police, déclara-t-il d'une voix anhélante, mais... en plus... c'est moi que vous attendiez ce soir.
La jeune femme n'en crut pas ses oreilles et fut sous le choc.
- C'est moi, Jean-Kévin Ernwein. Pour vous servir, mademoiselle…, ajouta-t-il, avant de perdre connaissance et s'effondrer pesamment sur le pavé.

*****

Tel un lion en cage, le Major Jean-Marc Alexi faisait les cent pas dans le couloir du deuxième étage de l'hôtel de police, mains jointes dans le dos, dessinant des trajectoires erratiques sur le linoleum administratif gris avec ses *derbies* en daim usées jusqu'à la semelle. Cette interminable attente avait pour point d'orgue le bureau de la « Papesse », à la porte verrouillée à double tour depuis plus de deux heures et demi, d'où émanaient des éclats de voix audibles au-dehors de la part d'une assemblée houleuse, car par trop entassée dans l'office peu spacieux de la Commandante Ducros. De toute évidence, cette dernière s'employait véritablement à arbitrer les débats entre des participants hors d'eux, sans forcément en rechercher la modération. Cet état d'esprit s'illustrait d'ailleurs par les vociférations à intervalles réguliers que produisait la Cheffe de la « Crim' » depuis son fauteuil en cuir, comme on eût fait au perchoir du Palais Bourbon pour maîtriser la faconde de députés exagérément volubiles. Quant aux blancs laissés par la « Papesse », ils étaient largement comblés par les tirades d'une Capitaine Haténa, verte de rage par les enjeux d'une situation fâcheuse qui se présentaient pour « Ernie », haranguant son auditoire « pour ne pas laisser une injustice pareille se commettre ».

Ce furent à peu près les seuls mots de l'officière de police que put percevoir indiscrètement son adjoint, dont l'acuité auditive perça l'épais revêtement capitonné de l'huis de sa supérieure. Quarante-cinq minutes supplémentaires s'écoulèrent de la même manière, entrecoupées de pauses atones et de plaidoiries enflammées. Entre-temps, le Major Alexi, las de déambuler sans fin pour rien, avait interrompu sa folle course personnelle dans le corridor aux allures de 24 Heures du Mans et, comme transporté dans un état second par une patience qui avait touché ses limites et qui s'ingéniait à dégoter une échappatoire ludique, le policier en était réduit à gratter inconsciemment de son ongle de pouce les micro-projections de peinture beige mat, qui bavochaient les crapaudines des doubles battants des issues de secours de l'étage. Puis, enfin, un cliquetis de clés salvateur bruissa sur le seuil du bureau de la Commandante Ducros, dont la mine apparut déconfite au major, ce qui trahissait un échec patent de conviction, essuyé de haute lutte certes. Elle poussa la porte contre le mur et se figea dos contre elle pour la retenir, afin de saluer les délégataires successifs qui allaient prendre congé d'elle. Son étroit bureau libéra concomitamment une atmosphère de soufre et de sudation qui se répandit dans tout le couloir frais de l'étage, annonciatrice d'une cohorte de belligérants qui allait bientôt se retirer du champ de bataille. Le bal des départs fut ainsi ouvert par un diplomate russe qui hâtait le pas, engoncé dans un costume-cravate à rayures naguère taillé sur mesure, aux basques duquel pendait un étriqué et cérémonieux secrétaire-traducteur mis à disposition par le consulat. Suivirent un officier du cabinet disciplinaire, deux représentants de la division du contre-espionnage, et la Capitaine Haténa, qui se présenta devant son adjoint les cheveux défaits tout comme sa mine, à l'expression évaltonnée par une demi-journée d'intenses joutes oratoires.

« C'est terrible, Jean-Marc, confia-t-elle à voix basse à l'intéressé. Le petit l'a dans l'os, il n'y aura pas de procès. Im-mu-ni-té di-plo-ma-ti-que, qu'ils répètent là-dedans ! »

- Je ne comprends pas, pesta Jean-Marc Alexi. Les accrédit' des Russes sont certes en règle, mais il y a quand même un flag' et des témoins oculaires dans cette affaire. Ça compte, non ?
- Carrément ! Ça fait pourtant trois plombes qu'on tente de leur expliquer, la « Papesse » et moi ! Mais rien n'y fait, renchérit Louise.
La Capitaine Haténa vit la Substitute Élodie Piémont fermer le ban et serrer la main de la Commandante Annette Ducros.
- Ah, tiens, voilà le Parquet qui sort, reprit-elle d'un ton agacé.
- Écoute, Louise, enchaîna son amie magistrate d'un air complaisant, je sais que cette affaire de violences aggravées contre ton policier adjoint te cause beaucoup de chagrin, et vous ébranle tous dans ta brigade. Moi-même, je connais un peu ce garçon et suis attristée pour lui. Tu vois bien, nous sommes tous sous le coup de l'émotion, mais…
- Non, c'est toi qui vas m'écouter, Élodie ! interrompit brutalement la Cheffe de la « 2 ». Comment est-ce possible que tu ne poursuives pas ces deux brutes épaisses, ou a minima le premier qui a littéralement mis en pièces Jean-Kévin, et de manière gratuite qui plus est ? Tous les éléments à charge ont été réunis par les enquêteurs et sont irréfutables, tu l'as reconnu toi-même lors de l'avis Parquet. Ces deux coauteurs sont théoriquement encristés. Je ne sais pas ce qu'il te faut de plus pour les poursuivre…
- Je ne suis pas d'accord avec toi, protesta Élodie Piémont. Ces individus bénéficient d'une cause d'irresponsabilité pénale, c'est la loi. Et puis, peut-être que si ton collègue avait davantage pris le temps de la réflexion, en demandant des renforts par exemple, il n'en serait pas là aujourd'hui.
- Oupsi, c'est de sa faute, à t'écouter ! Arrête de dire n'importe quoi. Je te retourne le conseil : fais ton métier et laisse-moi faire le mien, ma chère ! répliqua sèchement l'officière.
- Capitaine, reprenez-vous ! intervint hiérarchiquement la Commandante Ducros.
La bien frêle Élodie Piémont, désarçonnée par l'attitude quinteuse de sa camarade officière, s'enfonça dans un sol qui se déroba soudainement sous ses pieds. Se sentant humiliée et bafouée dans son autorité, elle prit sur elle de retenir une irréfrénable crise de larmes et s'empressa de quitter les lieux en empruntant stratégiquement les

escaliers, afin de ne pas être contrainte de patienter devant l'ascenseur et déchanter davantage sous les huées de la policière.
La magistrate ayant détalé, le regard d'un fer assassin aurait été identique à celui que portait à présent la « Papesse » sur sa subordonnée, tant le malaise s'entremêlait à l'indignation qu'elle éprouvait face à cette scène humiliante à laquelle elle venait d'assister.
Louise s'en rendit compte et tenta d'apaiser le courroux de sa supérieure en se justifiant :
- Annette, dit-elle d'une voix plus modérée, « Ernie » s'est fait tabasser et est toujours dans le coma à l'hosto. Bon, O.K., je me suis emportée et je n'aurais pas dû agir de la sorte avec Élodie Piémont. Je la contacterai pour m'excuser, je te le promets. Mais, franchement, si je ne soutiens pas mes gars, qui le fera à ma place ? « Ernie » n'a pas été très malin de partir à la courette derrière ces mecs, sans savoir où il mettait les pieds, j'en conviens. Mais, bon sang ! Ces deux-là l'ont séché et l'ont laissé pour mort sur ce pont ! Et on leur fait gentiment cadeau de la taule, pas même une garde à vue, rien ?… » On casse du flic gratis maintenant et c'est juste normal ?!
- Le Parquet vient de te le dire fort et clair, jeune fille : immunité diplomatique, fin de l'histoire, tempêta Annette Ducros. D'autant que ces Russes sont suivis de près par les collègues du rens' qui étaient présents et qui ont apparemment un intérêt opérationnel capital à ce qu'ils ressortent libres comme l'air…
La Capitaine Haténa fronça soudainement les sourcils, se rapprocha de sa cheffe et tendit une oreille inquisitrice sur un passage de l'affaire que sa supérieure avait étrangement omis de lui mentionner :
- Il paraîtrait qu'ils ont un dossier en cours sur eux et tout le tralala de la raison d'État, reprit la Commandante sur un ton presque nonchalant. Tu connais la chanson avec les espions d'en face : tu n'es pas habilitée et tu n'as pas le besoin d'en connaître, alors *nada*.
- Pardon ?! s'estomaqua la Cheffe de la « 2 ». C'est ce qu'on va voir !
- Que vas-tu faire, miss ? interrogea la « Papesse ». Les secouer pour connaître le fin mot de l'histoire ? Tu vas t'y casser les dents et peut-être même passer au tourniquet, si tu vas trop loin.
- Carrément ! Ils vont voir là-bas comme je peux être *badass*, lança Louise à la cantonade. Le martèlement sec de ses escarpins noirs à

talons aiguille résonna tellement dans le long corridor, qu'on eût dit un marteau-piqueur sur une dalle creuse.
- Ça n'aidera pas « Ernie » à se retaper ! Reviens Louise ! tenta de parlementer le Major Alexi. Mais il était trop tard pour l'amadouer. La Capitaine Haténa, exaspérée par cette injustice criante faite à son collègue, avait déjà présenté sa carte de police devant le lecteur et désactivé le pêne de la gâche électrique de l'accès au service, avant de sortir et s'engager avec audace sur la passerelle extérieure de l'hôtel de police en direction de l'impénétrable portique à sas du S.R. 67.

Nullement impressionnée par ce sanctuaire de Delphes du secret défense, protégeant de son I.G.I. 1300, comparable à l'égide de Zeus, les « oracles de la police » – expression consacrée par d'aucuns, parmi les prévisionnistes hors pair de ce service, qui se plaisaient à gnoser alentour, tantôt avec dérision, tantôt avec impudence –, la Capitaine Haténa maintint pressé le bouton de l'interphone grésillant. La voix d'outre-tombe d'un cerbère digitalisé finit par s'élever depuis de ténébreuses superficies classifiées, en la gratifiant d'un « oui...? » itératif, concomitamment au léger bourdonnement de l'objectif rotatif d'un dôme-caméra miniature, qui pivota vers le minois de la jeune femme pour en inspecter les moindres contours fardés. En ses grade et qualité, identité déclinée et motif de visite argumenté, l'accès aux locaux sécurisés lui fut confidentiellement accordé. Alors, le monumental verrou électrique à double cylindre et six goupilles, épicentre de la porte à trois points en époxy bronze, blindée à plat grâce à d'épaisses feuilles de kevlar, se déclencha mécaniquement, autorisant la profane étrangère à pénétrer dans un écrin subreptice, qui ne devait jamais être dévoilé au commun des mortels justiciables et à la plèbe des administrés. Le sas franchi, Louise se retrouva dans une antichambre sombre aux parois métalliques, incrustée d'une glace sans tain pour celle située à sa gauche, anamorphosant, en un instant suspendu, une pèlerine officière de police en « *Vénus au miroir* ». Par analogie, la toile exécutée par le Titien vint naturellement à son esprit. D'impression première, à maints égards, Haténa se sentit bel et bien happée dans l'athanée. Mais, étrangement, ce ne fut point désagréable pour elle.

L'observant depuis une bonne minute, une voix féminine fit tressaillir la Cheffe de la « 2 » en l'abordant d'une manière peu académique, empruntant peu ou prou la rhétorique caractéristique des aèdes :
« *Notre regard nous voit, nous sommes vus par ce que nous regardons* », déclama-t-elle excellemment.
- Vous citez Patrick Lacoste, se plut à compléter Louise, retrouvant ses moyens. Ainsi, selon lui, nous passons de l'image visible à l'image intérieure à travers un miroir, à l'exemple d'Aphrodite ou de Vénus. Belle allégorie du clair-obscur de la conscience humaine pour un service de l'ombre !
- Bienvenue au S.R. 67, Capitaine, reprit son interlocutrice, d'un air satisfait. Je suis la Lieutenante-Colonelle Sharon Eradze, l'adjointe du Commissaire Divisionnaire Boris Guibert. Veuillez me suivre, s'il vous plaît. Il vous faudra tout d'abord émarger dans le cahier de sécurité avant de pouvoir rencontrer le chef de service. C'est la procédure pour tous les agents non habilités.
L'officière de police s'exécuta et respecta à la lettre les consignes qui venaient de lui être communiquées. La poussant précédemment à ruer dans les brancards au nom d'idéaux violés, son attitude revancharde se fit peu à peu plus ronde, bien que Louise Haténa demeurât décidée à ne se laisser influencer par quiconque sans broncher. Néanmoins, l'atmosphère si particulière du lieu – presque ésotérique – commençait à infuser en elle. Elle sentit monter dans ses reins les vertiges d'un trouble intérieur plutôt serein, une sorte d'ivresse des profondeurs qui la berçait délicieusement, loin de tout ressentiment contristant ou oppression quelconque. En quelque sorte, elle vivait la curieuse sensation d'une plongée pélagique au cœur des eaux noires d'une mer d'huile recelant un millier de mystères, chacun d'entre eux l'envoûtant sans nul autre pareil. À mesure que la Capitaine Haténa évoluait d'une allure féline sur le bleu cyanosé d'une moquette feutrée, qui l'était tout autant que la cadence de ses pas – elle veillait en effet à bien amortir le claquement de ses talons par crainte de perturber la quiétude de cet industrieux milieu peuplé de spécimens endémiques –, elle constata, à son passage, que se relevait la tête du moindre autochtone, tapi au fond de bureaux foncés qui défilaient de chaque côté, laissant apparaître des œillades d'espions aussi fugaces que perçantes, exaltées

par la flamme tamisée des lumens de lampes d'appoint en bois d'ébène. La lieutenante-colonelle introduisit la capitaine de police dans une vaste pièce digne des plus grands polars.
« Prenez place, Capitaine, dit-elle. C'est le bureau du Chef du S.R. 67, que vous devez sans doute connaître. »
La Cheffe de la « 2 », sidérée par la monumentalité du lieu, opina du chef par courtoisie en direction de son accompagnatrice, en ignorant totalement de qui il pouvait bien s'agir réellement.

Il fallait le voir pour le croire : au-dessus de l'imposant bureau qui s'étalait devant l'intruse, trônait l'épée d'apparat de ce commissaire, tirée de son fourreau et marquée d'une gravure personnelle, à proximité d'un bouillon au fil d'or qui l'enluminait. Tout autour, s'exposaient des tableaux composés de nombreux écussons, de prestigieuses décorations et de reliques de fonctions passées. Derrière l'obligée, de part et d'autre d'une porte-fenêtre enchâssée dans des murs recouverts de boiseries, ornées de cimaises et corniches d'antan, avaient été soigneusement disposés deux fauteuils *Clubmaster* aux larges accotoirs, en cuir marron pleine fleur pigmentée, qui bénéficiaient de l'apport d'une console discrète située à leur revers, sur laquelle reposait une bouteille de champagne millésimé, dans son seau, et deux coupes en cristal. La capitaine de police constata également la présence d'un *press-book* contenant plusieurs articles de presse ayant trait aux récentes affaires Leitaud et Wisniewski dont la « 2 » était saisie, ce qu'elle trouva plutôt incongru. A l'autre bout de la pièce, jouxtant une bibliothèque aristotélicienne en acajou, trônait sur les lames du parquet massif point de Hongrie, une auguste statue de panthère noire assise, dont les courbes souples et le balancement indolent de sa queue contrastaient avec la tête aux crocs acérés de la bête, immuablement orientée vers l'entrée, pour ne jamais perdre de vue les rares visiteurs imprudents qui oseraient s'aventurer en ces lieux. Haute de plus d'un mètre, cette Bagheera bigarrée veillait au grain avec vigilance, autant qu'elle couvrait de son ombre protectrice un cactus chaleureux et dodu, parfaitement à son aise dans son pot tressé de lanières blanches. Louise Haténa trouva que le caractère amène de cette plante chatoyante détonait

radicalement avec l'atmosphère sarcophagique de l'endroit, rythmée par la pendule de l'horloge franc-comtoise attenant à la bibliothèque. Celle-ci vint sonner dix-sept heures, lorsqu'un homme, dissimulé dans un coin d'un bureau communiquant avec celui du chef de service – dont la Cheffe de la « 2 » n'avait pas absolument remarqué la présence – ramena sa chaise et passa le visage par l'encadrement de la porte séparative.
« Vous l'attendez aussi, je suppose ? » entama-t-il la conversation.
- Euh... oui, répondit Louise.
- Il ne viendra pas, reprit-il. À moins que vous n'alliez à sa rencontre, sur l'Olympe…
- Je ne vous suis pas du tout. Oupsi. Que dites-vous, monsieur ? fit l'officière.
- Vous ne me connaissez pas, je crois : Igor Svarowsky, je suis docteur *honoris causa* à l'Université de Strasbourg et spécialiste renommé ès qualité en langues et mondes slaves. J'exerce également les fonctions de traducteur-interprète pour le compte personnel de Monsieur Guibert et l'assiste étroitement dans les enquêtes de la plus haute importance qu'il est amené à diligenter dans le cadre de ses fonctions, se présenta l'inconnu, empruntant volontiers un air condescendant.
Incommodée par le tempérament égocentrique de cet importun de dernière minute, Louise afficha une expression renfrognée sur son visage et poursuivit le dialogue avec l'intéressé, feignant d'être tout aussi présomptueuse que lui :
« Je suis capitaine de police et Cheffe de la Deuxième Section à la Brigade Criminelle. Je m'appelle Louise... »
- …Haténa. Je le sais, mademoiselle ; comme bien d'autres choses d'ailleurs, interrompit triomphalement Igor Svarowsky.
- Carrément...! répliqua Louise, qui n'avait rien abdiqué de sa légendaire répartie. Alors, Monsieur Svarowsky, vous qui savez tout de moi, vous êtes alors probablement au courant que l'on m'a offert, l'an dernier pour Noël, un collier en argent avec un pendentif en forme de cœur, qui portait votre nom d'ailleurs...
Mouché par la jeune officière mutine, qui l'avait vraisemblablement blessé dans son orgueil, l'homme grisonnant à l'accent balte tint alors à mettre les points sur les « I » :

- Mon patronyme n'a rien à voir avec cette célèbre et honorable bijouterie. Je descends d'une branche cadette de la haute bourgeoise de Saint-Pétersbourg et son orthographe est totalement dissemblable. Ainsi, Capitaine, je vous invite à réviser l'emploi des « V » et « W », ainsi que des « I » et « Y » en langue russe.
- Vous m'évoquiez l'Olympe à l'instant, monsieur... Qu'en est-il ? balaya-t-elle le *lazzi* de son interlocuteur.
Le traducteur-interprète ne fit aucun commentaire et demeura de glace. Au bout d'un instant, il leva son index droit et désigna une échelle, qui se trouvait à vingt mètres de là, en plein milieu du couloir, placée intentionnellement sous une trappe de secours donnant accès au toit de l'hôtel de police. Louise observa la scène, dubitative.
- Pour une femme qui se nomme Haténa, accéder à l'Olympe ne devrait poser aucun problème, ironisa Igor Svarowsky d'une moue provocatrice, en braquant concomitamment son regard dédaigneux sur les escarpins à hauts talons que Louise portait et qui n'allaient assurément pas lui faciliter la tâche, lorsqu'elle grimperait à cette échelle.
Sa dernière pique dardée, le traducteur-interprète eut sitôt fait de prendre congé de cette effrontée, en lui tournant le dos avec vanité.
« *Mieux vaut être seule que mal accompagnée*, comme dit le proverbe. Bon vent, Monsieur Svarowsky ! » murmura-t-elle, indignée.

Il n'empêche que ce prétendu démiurge de toutes les Russies, à la boutade altière, avait vu juste : « *n'était-ce pas inconvenant de gravir cette échelle – dont la présence dans un service de police était tout aussi saugrenue, soit dit en passant – pour échanger avec le patron d'un service sur le toit du commissariat ? D'ailleurs, l'intéressé ne voulait-il peut-être pas que je le dérange pour pouvoir méditer tranquillement sur le sort du monde ou tout simplement réfléchir au domicile du prochain objectif qu'il allait faire truffer de micros ? Peut-être que, plus prosaïquement, allait-il tout bonnement se fâcher en me voyant fouler de mon pied non habilité la sacro-sainte toiture du S.R. 67 ?* » Autant de logogriphes que l'esprit de Louise proposa à la Capitaine Haténa avec causticité, appréhension, mais aussi excitation. Mais elle ne tergiversa pas longtemps ; son désir de savoir était bien trop vif. Ni une ni deux, elle déchaussa ses escarpins qu'elle fit voler à travers le couloir, leur course elliptique étant toutefois amortie par cette moquette décidément bien rembourrée. Elle s'assura préalablement qu'il n'y eût plus âme qui vive dans les murs du service, avant de débuter sa fulgurante ascension en collants semi-transparents noirs, barreau après barreau, pour atteindre un panneau métallique qu'elle poussa et fit basculer sur le côté dans un demi-fracas, à l'imitation d'un sous-marinier faisant osciller l'écoutille pour humer de l'oxygène frais en surface. Sa jupe fourreau la contentionnant, la Capitaine Haténa se hissa gauchement en amazone sur la chape bitumée, dont les picots grossiers lui abrasaient l'aponévrose plantaire, ses bas bien trop fins ne l'en prémunissant guère. Il était clair que seul un jobastre pouvait s'emmancher dans un trou pareil ! Qui plus est, l'endroit n'avait authentiquement rien d'olympien, c'était plutôt tout le contraire : le tumulte incessant d'une dense circulation routière, assemblée de colonnes de poids-lourds roulant en direction de la frontière allemande, se conjuguait aux sirènes redondantes des véhicules de patrouille de retour au commissariat central, chargés de leurs interpellés du jour, le tout servi à travers des volutes de vapeur blanche quelque peu nauséabondes, s'échappant de bâillantes bouches d'aération parsemant le dédale des toits-terrasses du gigantesque Hôtel de Police de Strasbourg. Sur le coup, elle ne l'aperçut pas tout de suite. C'est un petit air de musique – que son oreille mélomane parvint à déceler au milieu du charivari automobile – qui lui indiqua l'emplacement exact où se tenait le commissaire divisionnaire. Comme une carte de visite lancée indifféremment à la face du monde, le titre vaporeux « *High Hopes* » de Pink Floyd guida la jeune officière de police jusqu'à lui. Personne en réalité ne savait que la Capitaine Haténa aimât beaucoup cette chanson à titre personnel, en y liant incidemment des parties décharnées de sa vie intime. Par éponymie, cette mélodie planante, si caractéristique du *rock* progressif produit par le groupe londonien, agissait systématiquement sur elle comme un catalyseur, annonciateur de grandes espérances qu'elle caressait de son subconscient blessé de jeune fille en fleur, malencontreusement passé à celui de jeune femme en feu, désireuse de combler la gâtine de son jardin secret, foulé aux pieds par la folie des hommes en général, et d'un en particulier. Boris Guibert se tenait debout face à l'autoroute en contrebas, une cigarette à la main. Un cendrier plein à craquer reposait sur un vieux tabouret en bois, disposé en guise de table de fortune à côté d'un vieux transistor qui diffusait cette musique ayant attiré Louise Haténa jusqu'à lui. Des chaises de collections dépareillées jonchaient l'endroit. L'officière se crut d'une furtivité à toute épreuve face à l'espion aguerri, jusqu'à ce qu'elle marchât par inadvertance sur un gravillon pointu, lui occasionnant une souffrance aiguë sous la plante du pied droit. Un « oupsi » de douleur lui échappa.

« Je vous attendais, Capitaine, prenez place », engagea-t-il la conversation, sans même se retourner vers elle, portant son mégot à sa bouche.
- Euh oui, bonsoir... Désolé de vous déranger à cette heure, Monsieur le Commissaire Divisionnaire… hum… mais, on m'a dit que je pourrais vous trouver ici... s'excusa Louise.
Amphigourique dans ses propos et provisoirement percluse à cause de sa voûte plantaire qui la lançait passablement, la Cheffe de la « 2 » s'interrompit et fut fort aise de pouvoir s'asseoir un instant pour récupérer de sa mésaventure.
« C'est « Igor-le-Terrible » qui vous a dit de venir me voir ? » l'interrogea inopinément le Chef du S.R. 67, d'un ton narquois.
- Pas exactement, répondit l'officière. Monsieur Svarowsky m'a simplement indiqué que vous étiez monté sur les toits et que vous risquiez probablement de ne pas en descendre tout de suite. Alors, j'ai pris l'initiative de vous rejoindre ici. En réalité, je souhaitais vous rencontrer pour échanger au sujet de l'affaire de la rue des Dentelles, où l'un de mes effectifs a été grièvement blessé en voulant porter assistance à une victime prise à partie par deux ressortissants russes, qui n'ont finalement pas été poursuivis, et…
Boris Guibert coupa la parole à son interlocutrice et lui demanda, après avoir tiré une bouffée sur sa clope :
- Savez-vous pourquoi cet endroit inhospitalier est étrangement surnommé l'« Olympe », Capitaine Haténa ?

- J'avoue que c'est bizarre, en effet, Monsieur le Divisionnaire, lui répondit-elle. À vrai dire, cela m'a surpris sur le coup, lorsque votre traducteur-interprète m'en a parlé. Ce doit avoir trait à l'altitude où l'on se trouve, non ? Enfin, bref... Je voulais surtout évoquer avec vous la situation de Jean-Kévin Ernwein, le policier adjoint, qui...
- Mais encore, Capitaine ? insista Boris Guibert, statufié de dos.
Prise de court, Louise haussa les épaules et resta muette.
- Oubliez ce que vous savez, Capitaine, reprit-il, invariablement concentré dans son discours, ou plutôt oubliez ce que vous pensez connaître du monde, de votre environnement relationnel proche, de vous. Reléguez vos intimes convictions au placard, car fausses pour la plupart d'entre elles, et apprenez à votre esprit à s'ouvrir à des perceptions inédites de la réalité, sans concession. Donnez-lui un regard neuf sous un angle neuf. Revenez aux fondamentaux, revenez à Socrate : *je sais que je ne sais rien*. Le monde n'est pas blanc ou noir, Capitaine, avec d'un côté les bons, et de l'autre côté, les mauvais ; il est infiniment plus complexe à saisir et vous devrez fournir bien des efforts pour prétendre pouvoir en comprendre ne serait-ce qu'une infime partie. Ce n'est pas de l'« al-ti-tude » que l'on vient chercher ici, ma chère, mais bien de la « hauteur », nuance !
- Carrément ! s'exclama Louise Haténa. Je dois prendre du recul, en somme. C'est ce que vous me dites, Monsieur.
- Négatif, Capitaine. Le « recul » auquel vous faites référence ne fait que masquer votre appréhension des choses, votre peur de l'inconnu, vos angoisses banales. Moi, je vous parle d'une hauteur olympienne, de nature cognitive, qui permet de traverser les plafonds de verre de votre existence, de vous situer au-dessus du gris du monde incommodant qui vous parasite chaque jour inconsciemment, de dominer votre sujet dans son intégralité... Pour percer à jour la martingale de tout ce qui nous entoure. Ce qui vous permettra ensuite de découvrir la vôtre.

La Capitaine Haténa semblait perdue par ces révélations inattendues, qui lui parurent de plus en plus cabalistiques à mesure qu'elles dépassaient son entendement. Seuls ses pieds engourdis par le froid du bitume lui rappelaient qu'elle touchait encore terre.

« Devenir un officier de renseignement, agir comme un espion, poursuivit-il, est une philosophie de vie, bien avant d'être un métier offrant gadgets en tous genres et verres de Martini-mélangés-à-la-cuillère-jamais-au-*shaker*, qui vous permet de payer votre loyer ou vos factures de téléphone. Regardez cette ville, Capitaine. Regardez-la bien. Vous croyez la connaître parfaitement, je n'en doute pas. En officière omnisciente, vous imaginez sans doute que Strasbourg ne se résume qu'à sa cathédrale, son marché de Noël, son Parlement Européen, et bien évidemment aux interpellations quotidiennes que vous supervisez pour assurer la sécurité de tout un tas de braves gens, qui profiteront plus sereinement – grâce à vous et vos agents – de ces hauts-lieux de la vie strasbourgeoise, en dégustant des *bredele*, accompagnés d'un vin chaud. Bref, un petit quotidien tranquille, dans une ville à l'allure tranquille. Mais il n'en est rien en réalité, loin s'en faut. Faites donc un tour du côté des coulisses glauques de cette scène radieuse. Le rythme de la ville est notre vrai patron à tous ici : Strasbourg fait le programme, vous louez l'action ! »
Boris Guibert fit un demi-tour sur lui-même, écrasa son énième cadavre de cigarette dans le cendrier et éteignit la radio qui cessa de crépiter. Il prit une chaise et s'assit devant Louise.
- Que savez-vous de la raison d'État, Capitaine ? demanda-t-il soudainement, ses yeux bleu acier pénétrants rivés au fond de ceux de son interlocutrice.
- Uniquement ce que le besoin d'en connaître m'autorise à… connaître. J'imagine que c'est ce que je dois vous dire, monsieur, répliqua-t-elle, retrouvant un peu plus son assurance habituelle.
D'abord stoïque, la mine du patron du S.R. 67 parut un brin séduite par la réponse pleine d'esprit de son hôte.
« Un conseil d'officier de renseignement : ne jamais jouer qu'à des jeux auxquels vous êtes sûre de gagner. *Le bon général a gagné la bataille avant de l'engager*, disait Sun Tzu. Le hasard n'a pas sa place chez nous ; tout n'est qu'anticipation, tactique et manipulation ici. Si un élément fortuit se produit au milieu de votre O.D.B. et met en péril vos intérêts, notamment votre légende, il vous faut éviter de le subir par tous moyens. Vous devez au contraire l'inclure dans votre stratégie, vous y adapter, pour le contrôler a minima, et, si possible en

tirer quelque avantage grâce à l'effet de surprise. Tout comme moi, vous devez toujours être là où l'on ne vous attend pas et mordre à la gorge au moment idoine. »
- D'où votre pseudonyme de « Panthère », j'imagine ?... commenta la jeune officière de police.
- Nous en avons un chacun ici, dit-il, en tentant de river le clou à son interlocutrice.
- Je commence à comprendre, réagit la Cheffe de la « 2 » avec aplomb. Jean-Kévin Ernwein était l'un de ces grains de sable que vous évoquez en filigrane. Il était au mauvais endroit, au mauvais moment, comme on dit. Et cela justifie donc amplement ce qui lui est arrivé. Carrément logique ! Surtout qu'il a failli faire foirer votre affaire avec son intervention, ai-je appris entre-temps. Quelque part, c'est bien fait pour lui, Monsieur le Divisionnaire, non ?
- Je n'ai pas prétendu cela, se défendit le patron du S.R. 67. Je regrette sincèrement ce qui est arrivé à votre collègue, croyez-le bien, mais il était impératif que l'immunité diplomatique des deux Russes jouent à plein pour ne pas compromettre la suite de nos opérations. Il s'agit d'enjeux de sécurité nationale, Capitaine. Le saisissez-vous ?
- Pardonnez-moi, Monsieur, si je ne me contente que de simples enjeux de sécurité individuelle, en l'espèce celle de mon collaborateur, subissant une violation de ses droits les plus fondamentaux. Monsieur Ernwein est actuellement dans le coma à l'hôpital, dans une salle de réa' pleine comme un œuf, mis de côté par les urgences adultes qui sont surchargées, d'après ce que j'ai appris. Je vais d'ailleurs de ce pas lui rendre visite. Navré de faire preuve de considérations plus basses que les vôtres. Je vous souhaite une excellente soirée, patron.

Abandonnant la « Panthère » sur son toit brûlant, la Capitaine Haténa quitta l'endroit de façon impromptue, faisant preuve de bien plus de dextérité qu'à l'aller. Après avoir sauté comme une seule femme dans ses escarpins et rebroussé chemin en empruntant le long corridor qui l'avait menée jusque dans l'antre de la bête, la Capitaine Haténa dévala quatre à quatre les escaliers du commissariat, à peine la mastodontesque porte blindée du S.R. 67 entrouverte. Au moment où la Capitaine Haténa se trouva sur le parvis de l'hôtel de police, elle

reçut un appel du Major Alexi, qui s'inquiétait de ne pas voir revenir son officière à la « 2 » :
- Tout va comme tu veux, Louise ? s'inquiéta-t-il.
- Je ne me suis jamais sentie aussi bien, tu n'imagines même pas ! s'esclaffa sa supérieure, avec auto-dérision.
- Ça ne s'est pas bien passé avec le patron d'en face ? Tu as pu le rencontrer finalement ? demanda le major.
- Oh oui, je l'ai vu ! Perché sur l'Olympe… ou perché tout court ! Ça dépend du point de vue de chacun, mon bon Jean-Marc, plaisanta rageusement Louise.
Son adjoint fut interloqué par les mystérieux propos de sa capitaine et marqua un silence, avant que celle-ci n'ajouta :
- Écoute, je suis pressée, là. Je vais voir « Ernie » à l'hosto. Les gars m'ont stressée tout à l'heure en me disant qu'il n'avait pas été correctement pris en charge par les urgences et qu'il était a priori en réa', mais que, pour l'heure, ils l'avaient stationné dans le couloir, faute de place. Je vais m'en assurer moi-même, je préfère. Je ne peux pas rentrer chez moi, comme si de rien n'était. C'est impossible, tu me connais. À demain, Jean-Marc.
- Entendu, Louise. S'il te plaît, tiens-moi au courant, si tu as des nouvelles du gamin. Bonne fin de journée.

La Capitaine Haténa était en train de ranger son téléphone portable dans son sac à main, lorsqu'elle observa une Renault Alpine grise vrombissante s'engager à vive allure sur la route de l'Hôpital, dont la trajectoire indiquait sa sortie depuis l'arrière de l'hôtel de police, avant de slalomer dans la circulation pour passer les feux tricolores prestement. Elle leva les yeux au ciel en assistant à la scène, avant de reprendre sa progression, préférant au tohu-bohu citadin la coulée verte du Heyritz vers laquelle elle se dirigeait pour atteindre le centre hospitalier où avait été admis « Ernie » l'éclopé. Dans cet écrin de verdure niché au cœur de la bouillonnante strasbourgeoise, Louise se plaisait à arpenter régulièrement de son pas piqueté les pontons en bois successifs qui surplombent une vaste zone humide préservée, où cohabitent colverts, poules d'eau et cygnes – et, depuis peu, bernaches du Canada et autres ouettes d'Égypte – avec les amateurs de vélo et de course à pied, ainsi que les kayakistes du *rowing-club* d'à côté. Parfois, il lui arrivait de prendre le temps de s'accoter le long de la rampe métallique de la promenade, en s'y accoudant même durant de longues minutes, enjôlée par les chants sirupeux des oiseaux des marais. Elle se laissait alors emporter loin d'ici-bas par de douces rêveries fugaces, qu'une brise rafraîchissante inspirait en s'engouffrant follement dans sa chevelure. Pourtant, ce soir-là, elle avait le cœur lourd en repensant à son amie Élodie, probablement en train de fondre en larmes au fond de son tribunal. Une fois n'est pas coutume, ne dénichant guère d'inspiration pour lui écrire une pléiade de mots réconfortants dont elle avait la plume assurée, elle préféra opter pour un simple texto contenant *in extenso* les paroles de « *Ma Sœur* » de Clara Luciani, l'hymne rassembleur des « Élodouise » – un néologisme inventé par deux amies symbiotiques, allant jusqu'à fusionner leurs prénoms –. Ainsi, peut-être qu'Élodie Piémont aurait la force de pardonner à Louise Haténa le terrible affront qu'elle venait de lui infliger… Habituellement, pourtant, la béatitude de ces moments au cœur de la nature inclinait Louise à peaufiner la dernière strophe d'un poème en cours d'écriture, se répéter la dernière tablature apprise par cœur ou tout simplement à réfléchir à l'homme de sa vie... « *Quel visage pourrait-il bien avoir ?... Serait-il authentiquement épris de moi ?... Si nos âmes sont symbiotiques, parviendrait-il à me retrouver un jour dans cette grande ville ?... M'aimerait-il suffisamment tendrement au point de me permettre de tourner définitivement la page de mes tourments passés ?... Si le concept d'« alter ego » existe vraiment et ne souffre d'être galvaudé, serait-il celui que je recherche depuis tout ce temps ?...* » Louise ne sut dire si ce fut le fait de ressasser ses inlassables élucubrations personnelles, ou l'entretien – émotionnellement prégnant – avec le Commissaire Divisionnaire Guibert, qui incita son esprit à songer sans crier gare et de manière béate aux somptueuses pupilles irisées de son interlocuteur précédent. Son regard bleu-des-mers-du-sud avait accidentellement grisé son instinct de femme, suscité son improbable intérêt, lui paraissant bien plus éloquent que toutes les allégations philosophiques qu'il avait pu soutenir et qui auraient pu, à elles seules, émoussé ses sens premiers, comme tant d'autres hommes turbulents croisés dans sa vie de trentenaire – dont celui avec lequel elle s'était affichée amoureuse en selfie sous un saule, un an et demi auparavant, à l'entrée de ces mêmes pontons –. L'officière de police se surprit également à se remémorer avec contentement ce portrait de dos du commissaire face au vide, tandis qu'elle le dévisageait plaisamment de la tête aux pieds, sans omettre le moindre détail de sa personne…

Ce lyrisme sensuel prit fin tout d'un coup, lorsque Louise commença à traverser la passerelle René Burgun, qui la menait à l'autre rive du bassin du Heyritz. Le souvenir de sa grand-mère agonisante, un vendredi soir, lui sauta soudainement à la gorge. C'était le 8 avril dernier. Elle allait terminer sa vacation, lorsqu'un S.M.S. de son frère l'informait de l'hospitalisation en urgence de son aïeule inconsciente au Nouvel Hôpital Civil trois heures plus tôt pour une suspicion d'hémorragie cérébrale. Louise se souvint alors qu'elle se précipita ventre à terre à travers le parc du Heyritz. Mais trop tard ! Un second S.M.S. de Ludovic lui annonça le décès de sa chère grand-mère Barbara, tandis qu'elle se trouvait au même moment sur ladite passerelle, marquant son esprit au fer rouge à tout jamais. Dès lors, pour conjurer le mauvais sort de devoir éventuellement recevoir à nouveau une cruelle nouvelle sur cet ouvrage d'art maudit, la capitaine de police pressa l'allure.

« Pas de coup de fil, ouf ! c'est déjà cela de pris. Encore un truc que le *Kaiser* n'aura pas ! » se satisfit-elle, arrivée sur l'autre berge, en reprenant à son compte une expression alsacienne consacrée.

Elle prit ensuite la direction du service de réanimation et interpella le premier infirmier-régulateur qu'elle croisa devant l'entrée des urgences au sujet du cas de son policier adjoint.

« Hum... Jean-Kévin Ernwein… Ernwein, Ernwein… J'ai effectivement vu ce nom-là tout à l'heure », déclara le soignant, en épluchant cent fois son *listing* des admissions.

- Alors, vous le trouvez finalement ??? s'impatienta Louise, aussi excédée qu'anxieuse.

- Hélas, non, mademoiselle, répondit l'infirmier-régulateur, incrédule. Aucun Jean-Kévin Ernwein sur mon registre, alors qu'il m'a pourtant

semblé avoir effectué le transfert d'un patient avec l'identité que vous me donnez. Je n'y comprends rien.
- C'est normal, interféra une infirmière indiscrète. Monsieur Ernwein a quitté le plateau des urgences. Il se trouve à présent dans la chambre n°1411.
- Pardon ?! Il a été envoyé au pavillon des séjours longs ? Pour quelles raisons ? réagit vivement son collègue.
- Ordre du directeur, argua son interlocutrice. Il paraît qu'un certain Monsieur Guibert de la police aurait appelé le *big boss* pour que « ce patient bénéficie ni plus ni moins des meilleures conditions de prise en charge », je cite. Soi-disant parce qu'on l'avait laissé choir au beau milieu d'un couloir en réa'...
L'infirmière se tourna ensuite vers Louise et se justifia en confession : « Il ne faut pas nous en vouloir, mademoiselle. Malheureusement, nous manquons terriblement de moyens dans les hôpitaux publics. Ce n'est donc pas de notre faute si nous sommes contraints de placer certains patients dans les couloirs, en attendant qu'un lit se libère éventuellement. Ah, si tout le monde avait le bras long comme ce patient, cela deviendrait un enfer pour nous ! Monsieur Ernwein doit être quelqu'un de vraiment important pour disposer d'appuis à ce point influents que notre direction lui accorde une des chambres les plus confortables de cet hôpital, n'est-ce pas ?… »
Époustouflée par la nouvelle, la Capitaine Haténa resta mutique.

*****

*« Dépêche-toi de vivre ou dépêche-toi de mourir… Voilà résumé le fond de ma pensée, qu'elle n'aura pas compris, comme tant d'autres avant elle. J'étais pourtant clair. Un peu violent dans le ton, d'accord... mais clair ! Ce décor de bagatelle que je fais défiler à ma pédale, en accéléré ou en ralenti, n'est en réalité que poudre aux yeux et secret de Polichinelle. Nous nous complaisons à colporter cette fuite en avant collective, car nous ne nous ingénions pas à réfléchir posément à ce qui régit tout ici matriciellement. Optimisme ou pessimisme, tous deux ne sont que dogmatismes. Exit carpe diem post mortem. Quant à l'humanisme ? L'Histoire de l'Humanité fait*

*pencher pour l'euphémisme. Le seul et unique paradigme qui vaut d'être partagé et respecté par tous doit être le réalisme. Exclusivement et définitivement. C'est pourtant si évident, c'est pourtant un truisme. D'après moi, chaque citoyen devrait passer par un service de renseignement au moins une fois dans sa vie, pour y gagner en maturité, faute de sagesse, ou pour y prendre de l'épaisseur, à défaut de finesse. Les anciens des S.R. vous le diront, on ne cherche jamais à se placer frénétiquement sous les feux de la rampe, on dirige les projecteurs. D'ailleurs, ne dit-on pas qu'on ne brille jamais dans l'ombre ?... On ne se contente pas non plus d'arpenter niaiseux les coulisses d'une scène de pantins, on tutoie le marionnettiste. Lui, qui n'est que la cauteleuse prosopopée de l'immanente martingale régentant notre état de nature, ce que j'évoquais en pointillés à cette jeune officière de police. D'ailleurs, son regard obsédant, nacré d'obsidienne, portait pourtant à croire qu'elle eût la lucidité d'envisager la découverte, d'oser l'inédit, de tâter l'affranchissement, de confiner à l'omniscience d'un instant suspendu sur l'Olympe. Cette invincible martingale nous fait dépenser des fortunes à la roulette de la vie, nous éprend, nous avive, nous étouffe, nous fait nous refaire, pour nous faire tout perdre ensuite, nous fait miser quitte ou double, nous tient tous en haleine, avant la fatale banqueroute éternelle. Faites vos jeux, rien ne va plus ! Car le casino gagne toujours à la fin : l'oublier, c'est prendre le risque de perdre ses gains plus tôt que les autres joueurs. Les racines de cet algorithme, qui gouverne nos existences impécunieuses, puisent leur sève dans l'animus et non l'anima. Le premier est raison sage, lorsque le second n'est que mirage. Tout n'est qu'animus ici-bas. Du projet le plus pharaonique à la plus insignifiante banalité, absolument tout est conditionné par cet état d'esprit intrinsèquement humain qui voue le sujet à réclamer un droit, à se comporter en légitime propriétaire, et à le défendre jusqu'à la mort, à travers le pulsionnel animus necandi.*

*J'aurais dû piéger cette officière de police, qui n'avait pourtant pas l'air d'être un perdreau de l'année, avec ma colle sur le plus bel exemple de manipulation au monde : elle m'aurait cité Casanova, Mata Hari, George Blake ou même James Bond, qui sait ! Alors qu'il n'en est rien… Non, le manipulateur le plus habile, madré des madrés, qui nous enjoint de dépenser des sommes colossales, génération après génération, et pour quoi ? Pour du vent, des chimères, des rêves – les siens en l'occurrence – qu'il nous implémente de manière systémique : j'ai nommé le Père Noël. Ce que je qualifierais de « syndrome de l'homme en rouge » est à la base de toute manipulation louable, selon moi. Ainsi, par extension, controuver dans le but de faire vivre un bonheur absolu à autrui serait-il plus criminel que de révéler éhontément des vérités que l'on sait pertinemment porteuses de souffrance pour leurs dépositaires ? Les enfants du Nord seraient-ils plus heureux en apprenant que leurs trains électriques favoris et autres poupées capiteuses sont en fait assemblés par ceux du Sud, qui n'auront jamais le bonheur de jouer avec ? J'en doute. Mais l'homme en rouge tient admirablement son rôle : il fait écran de sa barbe blanche, quand ses lutins du lucre ont bon dos. Noël or Hell no ?… Je marcherai toujours dans les traces de Machiavel, ce maître à penser qui panse mes plaies : « la fin justifie les moyens » aura toujours été une affirmation évidente et non un dilemme existentiel pour moi. Il faut dépassionner le débat et revenir aux prémices de ce raisonnement : le principe de réalité qui, seul, fait foi. Cela me rappelle les propos d'un de mes homologues de la C.I.A. qui me reviennent souvent en mémoire : dans la vie, nous n'avons pas d'ennemis, nous n'avons guère plus d'amis, seulement des partenaires aux intérêts fluctuants. Et l'amour dans tout ceci, me direz-vous ? Un simple levier de motivation chez l'objectif parmi tant d'autres, vous répondrais-je...*

*Les sentiments, fussent-ils véridiques, n'ont pas leur place dans cette équation. Il n'y a rien de magique, de rémanent, de miraculeux dans ce monde : à chaque cause, sa conséquence. Et donc, tout aussi scientifiquement, à chaque légende, son idée de manœuvre, sa stratégie, sa manipulation. Quoique la vindicte populaire se donne à en juger, si tant est qu'elle disposât toutefois d'une connaissance exhaustive de nos missions et des enjeux nationaux pour s'y risquer, nous, les espions, demeurons les ultimes gardiens de la démocratie, puisqu'en dernier recours, il arrive que nous soyons amenés à la protéger d'elle-même, à lui porter secours contre son gré, surtout lorsqu'elle se fourvoie dans ses contradictions les plus distorsives, au préjudice de ce même « grand public », tantôt prolifique accusateur de nos actions, tantôt confortablement installé dans ses libertés fondamentales constitutionnalisées. Nous sommes astreints à évoluer dans les « 5 % », c'est-à-dire la portion congrue, mais nécessaire, de secret inaliénable, en écho aux 95 % de transparence restants, le tout à 100 % constitutif de la sphère publique républicaine. Grâce à l'entremise de leurs services spéciaux, les régimes démocratiques se doivent de tangenter périlleusement avec cet objectif de 100 %, en se gardant bien de ne jamais l'atteindre, au risque de forger par inadvertance une dictature « sang pour sang », comme nous l'enseigne « 1984 » de George Orwell. Le secret ne se confond guère avec l'opacité, tout comme la transparence ne constitue pas toujours un gage démocratique pour la France... Curieusement, il m'est permis de prétendre que cette duplicité générale fait ressortir l'authenticité de certaines particularités, comme le mercure révèle les infimes paillettes d'or charriées par le fleuve de boue. Ainsi, une fois débarrassé de son carcan sociétal suffocant et parasitaire, qui nous commande alternativement d'aimer ou de détester – souvent pour d'identiques motifs stupides d'ailleurs –, l'on peut enfin apprendre à se concentrer sur l'essentiel, à se recentrer sur les fondamentaux, à cueillir toute la pureté d'un sourire d'enfant qui dit je t'aime, à jouir de la sérénité d'un lever de soleil sur un champ de blé, à se délecter du fredonnement faunistique dans l'aube dorée, à goûter à la féerie d'une pluie étoilée offerte par la galaxie, ou simplement à s'enticher d'un bruissement de feuilles automnal... Mais le commun des mortels préfère danser sur les pentes du volcan avec procrastination, au bord du cratère, juché en place orchestre si possible, sans songer à anticiper les dangers qui le menacent et préparer efficacement sa défense... C'est là que nous intervenons. »*

Le titre « *Blinding Lights* » de The Weeknd n'avait eu de cesse d'inspirer cette logorrhée méditative au commissaire divisionnaire, agrippé au volant de son coupé sportif Alpine Renault, A110 G.T., idéal pour promener sa mélancolie partout dans Strasbourg, dont le coloris anthracite métallisé absorbait les blafardes lumières de la ville, qui se succédaient à vive allure sur la longue avenue de Colmar que le commissaire divisionnaire venait d'emprunter. La fenêtre côté conducteur toujours à moitié baissée pour dissiper les boucles de fumées qu'il expirait d'une fréquence régulière, le souffle de l'air faisait osciller les pointes de ses cheveux mi-longs sur la peau glabre de son visage, burinée par les contrariétés d'une carrière de patron habitué aux coups bas et aux contre-vérités par légions, endurés jusque dans sa chair d'homme. Même si la « Panthère » parvenait toujours à mordre sa proie en fin de compte, Boris Guibert devait à chaque fois se montrer patient et prédisposé à avaler moult couleuvres bien avant de pouvoir frapper jusqu'au sang. Le succès de chaque mission est toujours étroitement lié au degré de *self-control* des agents qui l'accomplissent. Pourtant, le sentiment de n'avoir plus rien à apprendre de la vie, d'avoir fait le tour du propriétaire et de toucher aux limites de l'exercice l'envahissait parfois dans ses moments de profonde solitude, de paradis perdus et de *spleen* dévorant. Un jour, avait-il pu griffonner ce quatrain à bord de son bolide fendant l'air dans les ténèbres citadines, conservé dans sa boîte à gants en ronce de noyer :

« *Pure et dure cette route où plus rien ne m'excite*
*Pas même tout l'alcool qu'à chaque escale j'ingurgite,*
*Relations impromptues pour destinations inconnues,*
*Certaines m'aident à supporter le temps que je tue...* »

Ce désolant credo, teinté de dévastation et de chagrin, avait été tatoué dans le cuir de sa peau par vingt années de bourrèlements moraux. *Ce qui ne nous tue pas nous rend plus fort*, avait pu prétendre Friedrich Nietzsche. Peut-être que le philosophe allemand avait raison ; pour certaines personnes du moins... Derrière ses charbonnières *Ray-Ban Original Wayfarer*, dans de rares espaces-temps confidentiels et propices à la tombée des masques, indispensables à l'étanchement du *maelström* cérébral de tout bon espion qui se respecte, redevenir paterne et sensible ne réussissait pas du tout à cet humanoïde incessamment missionné, contrairement à bon nombre de ses collègues barbouzes, jaloux de leurs vies privées bien garnies. Les plaques des égouts de sa propre existence, pourtant solidement rivetées la journée pour épargner ses collaborateurs des exhalaisons nauséabondes émanant des exactions commises tout au long de sa carrière, finissaient toujours par rompre sous la pression de ses eaux désabusées – des bars de pression qu'il évacuait dans la pression des bars –. Lors d'amères plages de solitude inconsolable, il laissait fuir un volume cyclopéen d'effluents fétides depuis ses deux ventricules en perce. Par traîtrise, derrière ses lunettes opaques, ainsi roulait de temps à autre une acescente larme sur sa joue, parfois suivie d'une seconde, qui achevait toujours sa course au bas de son menton, surtout lorsqu'il avait l'effronterie d'écouter l'entêtant « *Half A World Away* » de R.E.M. pour remuer la putrescente vase masochiste de ces-beaux-jours-qui-ne-reviendront-jamais. Les soirs de retraite du guerrier donc, coincé entre le marteau spirituel et l'enclume temporelle, de l'égout au dégoût, pour Boris, il n'y avait qu'un pas. Lui, qui perdit à tout jamais sa moitié, son demi-monde – comme le racontait cette chanson –, un jour de printemps comme un autre, se condamna éternellement au pilori du souvenir de la femme et des enfants qu'il aimait plus que lui-même, montés au Ciel trop tôt. Lui, et son « simple levier de motivation comme un autre » – expression aussi outrecuidante que caractéristique de la verve du Chef du S.R. 67 – avait pourtant succombé à l'amour. L'amour : le faible des hommes, la faille des espions. Personne ne connaissait son secret, et Boris Guibert s'était d'ailleurs bien gardé de le révéler à son entourage proche par précaution, et aussi par méfiance, dans le dessein de protéger ceux qu'il chérissait le plus au monde. Isolé dans son habitacle rutilant, un sentiment implacable de culpabilité terrassa son cœur affaibli. « *Était-ce vraiment essentiel que je participe à cette mission, plutôt que de chercher ma famille ? Pourquoi n'ai-je pas appréhendé le danger que ma femme et mes enfants couraient en prenant ce V.T.C. de nuit ? J'aurais dû me douter qu'il puisse potentiellement s'agir d'un chauffard ivre à ces heures improbables. J'ai plus de conviction pour prédire la fin du monde que de jugeote pour anticiper un péril pour les miens… Depuis le début de ma carrière, je n'ai jamais ménagé mes efforts et ai tout sacrifié au service, à la Nation, à la sécurité de la population, et, en un clin d'œil, le destin m'a ravi ce que j'avais de plus précieux sur cette terre, ce qui me raccrochait à la vie… Fauchés pour un rien, par mon unique faute… C'était le soir de trop ; sans ma défection, aujourd'hui, ils seraient vivants. Car je n'ai pas su répondre présent, comme à chaque fois, pour les escorter jusqu'à bon port. Car je les ai littéralement abandonnés à leur sort, alors que j'aurais pu décider d'intercéder en leur faveur en amont de l'intrigue dramatique qui se nouait, de les secourir en dépit de la fatalité, si je n'avais pas privilégié mon devoir comme toujours… Ce putain de devoir… Car, enfin, je les ai donnés purement et simplement en pâture à la martingale que je fustige tellement aujourd'hui, consciemment abandonnés à l'aléa, intentionnellement laissés pour compte, impunément congédiés vers la périlleuse probabilité d'un accident mortel de voie publique…* »

L'Alpine Renault fit soudainement crisser ses pneumatiques sur les gravillons du quai des Belges, et s'arrêta au bord de la chaussée. Son conducteur déverrouilla la portière et en descendit, transi de froid et d'effroi. Il lui arrivait souvent de grelotter, voire de convulser, en dépit de températures extérieures clémentes. Pour tenter de juguler ses soirs de peine abyssale insupportables pour son âme algide, le Commissaire Divisionnaire Guibert avait pris pour habitude de se réfugier dans des fantasmes analeptiques, en contemplant les flots du bassin Dusuzeau au soleil couchant. Ce coin avait quelque chose de lénifiant pour son âme, un petit bout de paradis psychique. Il affectionnait de s'appuyer sur le pare-choc de son véhicule pour se hisser et prendre place sur le bas du capot, une bouteille de bière à la main. Il veillait à ne jamais quitter les lieux, jusqu'à ce que le luisard n'ait complètement été englouti par les flots liquoreux, où mouillaient les quelques embarcations éparses dans la marina située en face de la Citadelle. C'était devenu son rituel de pénitence : puisqu'il ne s'était pas rendu disponible pour sa famille en ce soir funeste du 12 février, il s'était promis que, jusqu'à sa mort, il ne manquerait plus jamais une occasion de border ses enfants et de réajuster la couverture sur les épaules de sa femme, avant d'éteindre la lampe de chevet, une fois la maisonnée paisiblement endormie…

Ce soir-là, le calvaire métaphorique prit fin subitement au son d'un appel téléphonique. Sauvé par le gong ? Pas si sûr.
« Bonsoir Commissaire, débuta une voix orientale affable, je vous attends devant chez vous, comme convenu. »
- Bonsoir Aslan, répondit le policier, ça tombe bien, j'ai à vous parler. Je ne suis pas loin.
- J'imagine que vous allez me parler des dernières péripéties de nos amis Raspoutine et Centaure, renchérit Aslan Kiral.
- Jamais au téléphone, c'est la règle d'or, l'avez-vous oubliée ?! réprimanda le Chef du S.R. 67. Tenez-vous-en aux précautions d'usage. J'arrive.

Il raccrocha son portable et se rua dans son véhicule. Le devoir l'avait rattrapé. Il n'eût pas longtemps à rouler pour gagner les abords de son domicile. Il lui fallut simplement remonter les quais sud de l'hypercentre, puisqu'il résidait sur une péniche amarrée au cœur de la presqu'île Malraux, accessible à pied depuis la passerelle Marc Chagall. Sur le kilomètre et demi qu'il avait à parcourir, il observa scrupuleusement les passants, seuls ou en groupes, avec ou sans poussette, à vélo ou à pied, tous nonchalants comme leurs chiens qu'ils tenaient en laisse, riant aux éclats ou reclus dans leurs petits univers compris entre deux écouteurs, sans jamais se soucier de l'avenir, *comme s'ils avaient oublié qu'il faudra mourir demain…*, pour paraphraser Jean-Jacques Goldman. Le Commissaire Divisionnaire Guibert en était convaincu : cette quiétude outrancière qui imprégnait la voie publique partout dans la ville chaque vendredi soir, ces 95 % de concorde sociale, de vivre-ensemble et de bien commun ne devaient être en réalité permis uniquement par la qualité du travail d'orfèvre sous-jacent des fameux « 5 % » auxquels il avait décidé d'appartenir et qui tissaient leurs réseaux fermés avec constance et ténacité, telle une toile fine et clandestine brodée démocratiquement. Cette démonstration empirique, éprouvée par le bouillonnement des séries de badauds hétéroclites croisés sur les trottoirs de la capitale européenne, le conforta dans ses convictions précédentes, ou comment passer de l'analepse intempestive à la prolepse affirmative *by Boris*. Une fois sa monture mécanique

stationnée dans le parking souterrain, le policier se hâta de rejoindre l'ombre fantomale du diplomate turc, qui patientait discrètement non loin de l'une des amarres de sa péniche-domicile, jouxtant les grues paindavoine de la presqu'île Malraux. Passablement énervé, le Chef du S.R. 67 prévoyait de ne pas y aller avec le dos de la cuillère avec l'Anatolien :
« Dites donc, Aslan ! Votre Ukrainien, c'est une sacrée danseuse ! Je n'ai jamais vu ça. Vous avez vu le merdier dans lequel il nous fout ?! » lâcha-t-il d'un ton agressif, depuis le coin de la médiathèque André Malraux, ce qui ne manqua pas d'interpeller l'attention des clients du bar cubain voisin, attablés en terrasse.
- Ne vous énervez pas, Boris, s'il vous plaît. Ihnatiy n'a pas su gérer le stress que les deux Russes lui font subir au quotidien. Ce n'est pas simple pour lui d'être un agent double, vous savez.
- Agent triple, vous voulez dire ! répliqua l'espion-en-chef. Vous oubliez que c'est une poukave qui roule avant tout pour lui.
- Vous êtes trop dur là, patron. Cela fait un semestre qui colle aux basques de ces Russes pour connaître la date et l'heure de leur projet criminel. Il a déjà pu nous renseigner sur l'endroit, c'est pas mal, non ? Je peux vous certifier qu'Ihnatiy se trouve au cœur d'un guêpier dont il ne maîtrise pas toujours les subtilités. Il m'a déjà déclaré qu'il se sent très mal dans sa vie privée.
- Sans blague ! poursuivit le commissaire d'un ton massacrant. Et le jeune policier qui s'est fait démonter la tronche ? Il se trouve entre la vie et la mort à l'hôpital, par sa faute ! Pensez-vous qu'il le vit mieux, lui ?! Je n'en ai pas vraiment l'impression. Je me suis même pété avec son officière ce soir, c'est pour vous dire ! Bref.
- Ah, d'accord... il y a une femme dans tout ça ! Je comprends mieux à présent ce qui vous agace à ce point, Monsieur le Divisionnaire… crut bon de plaisanter l'Anatolien, en affichant un petit rictus malséant.
Fumasse, le Commissaire Divisionnaire Guibert jeta un sombre regard de désaveu à son interlocuteur suite à ce commentaire superfétatoire et indécent de sa part. En conséquence, son ire s'amplifia de plus belle :
« J'en ai marre, Aslan ! Cela fait six mois que ça doit se produire. On avance d'un pas et on recule de trois. Savez-vous ce que je pense réellement de votre ami ukrainien ? C'est une planche pourrie, un vrai

gougnafier. Il ne progresse pas dans la mission que je lui ai confiée, tout en se goinfrant allègrement de fonds secrets. Sans compter que sa légende commence gentiment à s'effriter. Il faut lui sauver ses fesses tous les quatre matins. Tôt ou tard, cette histoire va éclabousser tout le monde. Ça ne sent pas bon du tout ! »

- Très bien, patron. Que suggérez-vous alors ? demanda le diplomate turc, résigné.

- J'arrête les frais, on fera sans lui, répliqua âprement le policier.

- C'est-à-dire, Boris ? insista-t-il.

- Vous savez très bien ce que cela signifie, Aslan, répondit Boris.

- Dois-je comprendre qu'il faut le mettre hors-circuit ? ajouta sa source.

- Je ne veux plus jamais entendre parler de lui, c'est compris ? trancha la « Panthère ».

Le Chef du S.R. 67 porta sa main à la poche de son veston pour agrafer sa dernière cigarette et contourna impoliment son interlocuteur pour se hisser sur le marchepied de l'échelle escamotable tout en allumant son briquet. Tandis qu'il s'engageait dans l'escalier de l'embarcation, il s'immobilisa tout net, non sans avoir au préalable expectoré une chaude bouffée de tabac en levant la tête au ciel.

« Éliminez-le ! » ordonna-t-il à voix basse, sans se retourner. Aslan Kiral, resté tétanisé sur le quai, en prit acte.

Puis, Boris Guibert disparut au fond de sa péniche et claqua la porte de la cale d'un coup sec, comme s'il venait de passer *manu militari* quelqu'un par la trappe.

# Chapitre 3 : Les Magnifiques

Ihnatiy Asavchuk venait de célébrer son vingt-troisième printemps, lorsqu'il avait décidé de quitter son pays natal aux premiers frémissements d'un conflit s'annonçant dur avec Moscou. Sa famille avait fait vœu de demeurer en Ukraine, bien décidée à prendre les armes contre l'envahisseur russe qui menaçait alors de ses divisions aux frontières, au contraire d'Ihnatiy, bien plus séduit par les stéréotypes d'opulence et de commodités en provenance d'Europe occidentale, quotidiennement entretenus par tous les postes de télévision câblée des cafés de Marioupol. Toutefois, périodiquement fustigé pour son manque patent de patriotisme, à la différence de la plupart de ses camarades de la même génération, le jeune homme n'hésitait pas à prendre l'assistance à témoin, ivre et debout au milieu du bar, un verre de *kvas* à la main, en pérorant qu'en cas de mobilisation générale décrétée par le gouvernement de Kiev, il serait le premier soldat ukrainien à tomber pour le *Tryzoub* dans la boue des tranchées, sous la mitraille ennemie, et que le peuple ukrainien le pleurerait et honorerait sa mémoire. Dès lors, il fallait que ses compatriotes commençassent à respecter ce grand guerrier qui sommeillait en lui ! Évidemment, personne n'adhérait aux sornettes de ce sacripant notoire sur la place marioupolite. Ses sempiternelles jérémiades avaient même fini par agacer ses meilleurs amis d'enfance, qui lui avaient progressivement tourné le dos, chacun à son tour. Seul Alexander lui restait fidèle, et pour cause : il se repassait d'une vanité identique à son ami et de quelques chopines toujours bonnes à écluser. Cependant, tout avait basculé le 24 février 2022 au soir, le jour où le Kremlin avait décidé de lancer son « opération spéciale ». Les publicités frivoles de sodas et de crèmes de jour occidentales avaient subitement disparu, à présent remplacées par les éditions spéciales des journaux télévisés qui se succédaient pour suivre en continu la percée fulgurante des chars russes sur le sol ukrainien et les premiers morts recensés parmi les civils autochtones. Ihnatiy Asavchuk avait entériné un choix crucial ce jour-là : eux désiraient se battre pour vivre, lui voulait vivre pour se battre. À la cogne en effet, il s'était construit une petite réputation à Strasbourg et ne manqua pas de le faire savoir dans les cercles illégaux de *free-fight* locaux, une fois entré sur le territoire français. Les prix modiques remportés à chacune de ses victoires lui offraient de précaires moyens de subsistance, sans garantie de ne pas échouer *ex abrupto* sous un pont de la capitale européenne, condamné à faire la manche loin de chez lui et compter les bateaux-mouches de touristes allemands fortunés passant sous ses yeux. Le jour de son départ, au surlendemain du début du conflit, il avait quitté très tôt le domicile de ses parents pour ne pas les réveiller, tout comme ses quatre frères et sœurs, qui partiraient pour l'école une heure plus tard. Il avait décidé de tourner le dos à cette vie de responsabilités et de labeur, ne souhaitant ni reprendre l'exploitation familiale, ni être enrôlé dans l'armée régulière. Car, quoi que l'on puisse prétendre, l'excès d'alcool à des heures trop tardives excite bien des langues, surtout les plus bravaches, qui ne tardent pas à se raidir et devenir inflexiblement pâteuses le lendemain face à l'austère retour à la réalité. Alexander devait fuir l'Ukraine et l'accompagner sur les routes de Pologne, d'Allemagne, de France – et peut-être même, avec un peu de chance – jusqu'en Angleterre ! Le point de rencontre vers cette nouvelle vie que s'étaient donnés les deux cabotins était un bar-tabac, situé à la sortie de Marioupol, sur la route de Berdyansk. Cela faisait une plus d'une heure qu'Ihnatiy attendait son ami, lorsqu'il comprit qu'il ne viendrait pas au rendez-vous. Ainsi, il quitta seul l'Ukraine, la mort dans l'âme et son baluchon quasiment vide, mais le cœur empli de fureur contre son comparse auquel il ne pardonnerait jamais l'affront de cette désertion. Quelques semaines plus tard, à des centaines de kilomètres de là, ce fut un choc pour son palpitant. Il se ravisa totalement lorsqu'il apprit de sa cousine qu'en fait de débandade, Alexander avait bien pris la poudre d'escampette du foyer familial ce matin-là, mais le jeune homme avait été soufflé en chemin par un débris d'obus russe, qui venait de s'abattre sur un poste antennaire militaire jouxtant « sa route de la liberté ». La disparition tragique d'Alexander marqua à jamais la conscience d'Ihnatiy, si tant est qu'il en ait une toutefois, au regard de sa légendaire propension à l'immaturité dont il fit montre aux premiers jours de son installation à Strasbourg.

Au foyer des réfugiés de la place de la Bourse, il fut ainsi fidèle à lui-même. Comme au pays jadis, il ne tarda pas à insupporter ses compatriotes exilés, qui avaient dans l'intervalle tout perdu dans l'horreur des combats. Évincé de plusieurs lieux d'accueil, parfois bastonné par des fratries entières quand le rata des soupes populaires venait à manquer certains soirs, Ihnatiy pressentait avec lucidité que la pérennité de son séjour en France était un peu plus compromise chaque jour, s'étant retrouvé malencontreusement coincé dans une situation sociale transitoire synonyme de précarité : le jeune homme pâtissait du double rôle de l'Ukrainien en France et de l'étranger en Ukraine. Et, comme il n'est pauvreté que d'ignorance, Ihnatiy, pressé par la faim et l'angoisse d'un rapatriement non désiré, consentit à faire profil bas dans son intérêt personnel dorénavant bien assimilé. Cette attitude d'attrition prit un tour fructueux à terme, car elle lui valut d'être sélectionné pour occuper un emploi d'agent préposé au courrier au sein de la légation ukrainienne à Strasbourg. Nécessité fit loi ; Ihnatiy Asavchuk accepta le *job*. Si les tâches administratives de vaguemestre en temps de guerre qui lui avaient été confiées revêtaient un caractère subalterne et rébarbatif pour le jeune homme, celui-ci se prit toutefois au jeu de la résistance passive, contribuant à l'expansion de ce *soft power* ukrainien instillé depuis Kiev en plein cœur du quartier des institutions européennes à Strasbourg. Ainsi, au fur et à mesure des semaines passées, l'ancien réfugié expatrié s'était mué, aux côtés de ses collègues de bureau, en un apôtre invétéré de la cause ukrainienne sur la place du cénacle européen, qui assistait impuissant à la destruction de son pays par les armées de Moscou. Ihnatiy bénéficiait maintenant d'un emploi, d'une petite chambre dans les combles d'un immeuble bourgeois de l'avenue de la Robertsau, non loin de la représentation diplomatique dans laquelle il officiait, et disposait d'un nouveau cercle d'amis, ressemblant à bien des égards à celui qu'il avait fréquenté durant toutes ces années dans les bars de l'ancienne Jdanov. Par moments, lorsque le mal du pays était porté à son comble et l'étrillait au fond de sa chambre de bonne, sa vie en miroir brisé s'avérait très perturbante pour le jeune homme, mais qu'importe ; on le respectait à sa juste valeur aujourd'hui et il se ressaisissait à chaque fois, rien qu'en songeant à cette idée chevillée au corps d'ascension sociale. Oubliées donc les railleries hâbleuses, et les élucubrations digressives de pilier de bar ! Monsieur Asavchuk de Strasbourg avait décidé de rompre avec les antécédents sulfureux d'Ihnatiy le Marioupolite et d'adopter un nouveau profil en Occident, à défaut de réellement se racheter une conduite. En effet, le soir, c'était une autre histoire. Il troquait le costume en acrylique de l'agent administratif amène pour enfiler le maillot ruisselant de l'athlétique combattant pieds-poings. A raison de trois séances de *freefight* hebdomadaires, encadrées par des *coaches* tchétchènes, Ihnatiy était parvenu à se faire connaître dans le milieu. Il décida de retenir « *Mister Hyde* » pour nom de scène. Toutefois, jouant la gagne à fond et s'imposant de se maintenir à flots face aux nombreuses dérouillées qu'il essuyait sur le *ring* certains soirs, le jeune homme se résolut à user de nombreux stéroïdes anabolisants, non exclusifs de quelques shoots de M.D.M.A. « juste un peu, pour rester *zen* », comme il se le répétait à chaque fois qu'il s'en administrait à pleines veines. Les états convulsifs d'Ihnatiy, à chaque pause entre les *rounds*, n'avaient pas échappé aux deux types glauques qui fumaient leur cigarette, tapis dans la pénombre des caves de la brasserie désaffectée dans lesquelles lui et ses comparses du même *fight club* s'entraînaient. Ces deux inconnus ne paraissaient pas particulièrement passionnés de boxe, mais avaient l'art et la manière de détecter quand un poulain fut à point.

- Salut *chuvak*, t'as une minute ? se décida l'un d'eux, un soir d'entraînement.

Ihnatiy Asavchuk nota son accent slave, ce qui le laissa pantois. Il se rapprocha doucement des deux hommes, en se passant une serviette sur le front.

- On peut t'aider… si tu nous aides, reprit son mystérieux interlocuteur.

- Euh, ça va aller, les gars. Merci, répondit laconiquement le boxeur, resté sur ses gardes.

Le second individu, plus haut de trois têtes qu'Ihnatiy, lui pratiqua une clé de bras, tout en portant son autre main sur la poche arrière du *short* de l'Ukrainien. Il en sortit un petit sachet contenant quelques comprimés, qu'il jeta à travers une plaque d'égout.

- On sait que tu te cames, *yego urok*, morigéna le premier Russe, l'allure compassée, à l'oreille d'Ihnatiy, toujours entravé dans le dos par son armoire à glace de complice. Tu ne tiendras pas longtemps sans nous dans ce pays, *tupoy ukrainets*. Tu n'as plus un rouble en poche et tes besoins augmentent de jour en jour. Rends-toi service en nous rendant service, sois malin.
- O.K., O.K., c'est bon… se soumit Ihnatiy, autant contraint par la force que par la faim.

À partir de cette rencontre, Ihnatiy Asavchuk espionna, contre sa volonté, pour le compte des deux agents du F.S.B., envoyés en « mission de reconnaissance » à Strasbourg. Sa mission consistait à participer à une opération de déstabilisation et de désinformation vouée à porter durablement atteinte à la position victimaire que la diplomatie ukrainienne était supposée avoir adoptée auprès des instances européennes, contribuant par là même à diaboliser l'État russe auprès de la communauté internationale toute entière. Ihnatiy le déraciné leur paraissait être un bon « vecteur d'entrée » pour démanteler les complots du *deep state* de l'adversaire, prétendument orchestrés depuis les bureaux de la Représentation Permanente de l'Ukraine auprès du Conseil de l'Europe. À mesure que le conflit russo-ukrainien s'enlisait, les bourreaux d'Ihnatiy exigeaient toujours plus de lui et le sommait à chaque *debriefing* de prendre davantage de risques, afin de leur révéler de fraîches et précieuses informations contre sa dose d'amphétamines. Ihnatiy ne supporta plus cet odieux chantage, tant est si bien qu'il se prit de confession avec la première personne de confiance qu'il rencontra. Ce fut Aslan Kiral qui recueillit ses faveurs, un soir de gala dans les grands salons de la légation turque. Ankara ayant souhaité s'investir dans une stratégie de médiation régionale entre les belligérants, Aslan Kiral n'eût d'autres choix politiques que de s'improviser conciliateur entre l'agresseur russe – dont les caciques locaux du F.S.B. en étaient les incontournables coryphées – et le voisin ukrainien à la diplomatie étiolée. Personnellement empêtré dans un conflit exporté sur un sol qui ne lui était pas encore familier, devant officiellement l'arbitrer puisque sa charge consulaire le lui imposait, tout en n'ignorant pas être dupé par les conspirations que tramaient les barbouzes aux ordres du Kremlin, Aslan Kiral fit contre mauvaise fortune bon cœur en avertissant les services de renseignement français des menées russes sur leur territoire… Strasbourg, nid d'espions...

Ihnatiy Asavchuk en ingurgita quatre d'affilée ce jour-là. En un temps très court, les cachets de M.D.M.A. générèrent un effet bœuf sur son métabolisme qui allait perdurer tout au long de ce généreux dimanche ensoleillé. Mais, comme à son habitude, c'était toujours juste un peu, pour rester *zen*. Il veillait à soigner les apparences et chercha à se donner bonne conscience, en conjurant ses craintes de dépendance à travers l'air de « *Not An Addict* » de K's Choice qu'il sifflotait de manière chronique. Sa rengaine cathartique en tête, il enfourcha le cyclomoteur qu'Aslan Kiral avait absolument tenu à prêter à son ami ukrainien la veille au soir, en apprenant l'irrésistible fantaisie qui l'avait soudainement saisi de vouloir prendre l'air à la campagne en cette fin de semaine radieuse. Il s'agissait d'un bel engin, de marque italienne, repeint en rouge avec un liseré bleu ciel sur son carénage. Sa dope torrentueuse dans les veines et ses cheveux ras au vent, il en était convaincu : la route lui appartiendrait totalement. C'était son territoire de plaisir, son espace de liberté, son Amérique. Bien niché dans le confort de conduite inégalé que lui procurait ce cyclomoteur bourdonnant plein gaz, ses nouvelles lunettes de soleil *Police Legend* lui parurent radicalement incompatibles avec le port d'un casque intégral – dont l'homologation ne répondait pas à ses attentes, puisque bien mal adapté à ses mensurations de crâne, comme il aimait le présumer de manière… crâneuse ! –, se ménageant ainsi opportunément une dérogation permanente au Code de la Route. Il avait tout de même pensé à prévenir Aslan que, si on le demandait, il escomptait probablement s'encanailler avec les virages serpentant à profusion les 88 kilomètres de route des Crêtes, tandis qu'il serait perché sur son deux-roues accroché sur les premiers contreforts vosgiens, et que, dès lors, il serait difficilement joignable « sauf pour les deux Russes, naturellement », avait-il confié à Aslan. Vers 15h45, tandis qu'il crût dominer son sujet sur le bitume, multipliant à foison les *wheelings* plus ou moins bien exécutés au détour de bosquets ou de massifs rocheux effilés, le distrait garçon ne remarqua pas qu'un boulon était à demi-descellé au bas de sa fourche télescopique à suspension. Enchaînant les coups de guidon secs pour se soustraire aux cassis gravillonnés de la route, la pièce métallique finit par se détacher de la fourche, les pétarades de sa machine couvrant allègrement le grincement qu'émettait cette avarie. Moins de deux minutes plus tard, un énième choc sur l'asphalte eut raison de la flasque et de la couronne qui se détachèrent du côté gauche de la fourche, rendant brusquement inopérantes les mâchoires de frein avant. Ihnatiy tenta de maîtriser son cyclomoteur défectueux, tandis que celui-ci décrivait des embardées de plus en plus prononcées le long de précipices boisés. Cette perte totale d'adhérence lui fut finalement fatale, quand son véhicule décida lui-même de sa trajectoire, en entraînant son conducteur tout droit vers les abîmes, situés derrière la ligne de crête ; il y plongea tête la première, pour s'écraser en contrebas de la route, son corps happé par une anfractuosité sombre et humide qui eût tôt fait de lui occasionner des fractures ouvertes et des contusions en de multiples endroits du corps. Ainsi, polytraumatisé et pris de panique par cette soudaine infortune, Ihnatiy prit peu à peu conscience de la gravité de l'accident de voie publique dont il venait d'être victime. Il s'aperçut avec effroi qu'un long filet d'hémoglobine ondoyant – lui rappelant cette sinueuse route de montagne qu'il avait sous-estimée et qui causerait sa perte d'ici peu – prenait sa source depuis sa saphène droite pour s'écouler, lentement mais sûrement, en direction de l'entrée de cette cavité rocheuse baignée de sang et de lumière. A demi-veul, il parvenait encore à distinguer le bruit des véhicules qui circulaient à intervalles réguliers quinze mètres plus haut. Il appela au secours dans un premier temps, avant de pousser de simples hurlements de détresse, tous couverts par le vrombissement des motos qui accéléraient toutes en sortie de virage sur la corniche. Dans un geste de désespoir pour signaler sa présence à un hypothétique et providentiel secouriste de passage, il jeta au-dehors de cette funeste grotte sa paire de lunettes *Police Legend*, dont le verre avait été brisé par la violence de l'impact de son crâne – aux mensurations non adaptées aux casques mal homologués, mais qui fussent pourtant bien utiles en l'espèce – contre la paroi de l'à-pic. Personne ne viendrait lui porter assistance, il le savait au fond de lui. D'ordinaire insolent et se défiant de l'hubris, le pauvre Ihnatiy se trouvait en très mauvaise posture quant à présent et n'en menait pas large face à sa fatale destinée. Le jeune homme se résigna à accepter son sort scellé, dans un sursaut d'angoisse propre à tout condamné injustement plongé dans le couloir de la mort. Il songea alors à ses amis d'enfance restés au pays combattre l'ogre russe, qui avaient dû ressentir le même désarroi que lui, probablement au cœur de la bataille, avant de décéder au champ d'honneur, criblés de balles de Kalachnikov à même pas vingt ans pour la plupart d'entre eux. Au nom de la patrie reconnaissante, ils seront ensuite adulés par certains, pleurés par d'autres. Lui, a contrario, allait crever là, en petits bouts à l'autre bout du monde, isolé, frigorifié, comme un rat piégé dans son trou, et que tous allaient s'empresser de chasser de leurs mémoires. Cette terrible évidence s'imposa progressivement à lui, à mesure que ses membres s'engourdissaient les uns après les autres, se vidant littéralement de leur sang. À maintes reprises, il tenta tout de même de dégager son corps meurtri de cette chausse-trappe funèbre, en vain. Tout mouvement supplémentaire de sa part le faisait gindre et rendait plus béantes ses plaies sanguinolentes. Face à ce martyre insoutenable et pour affronter l'au-delà qui s'esquissait peu à peu devant lui, il ne lui restait plus alors que la fausse consolation offerte par quelques cachets de M.D.M.A. épars, tombés entre les caillasses. Il eût temps d'en rassembler certains au creux de sa main estropiée pour vivre un dernier *trip* avant de rendre son dernier souffle, serrant dans sa paume sa came prête à l'emploi, qui ne lui avait pourtant pas porté chance ce jour-là. Mais, comme toujours et pour son ultime fois, c'était « juste un peu, pour rester *zen* »…

*****

Arborant son large sourire carnassier réservé pour les occasions spéciales, la « Panthère » fut foncièrement satisfaite de ce grand ménage, continûment reporté aux calendes grecques. Il fut fait, enfin ! Pourfendeuse obstinée de toute forme de procrastination, particulièrement dans le domaine professionnel, elle ne bouda point son plaisir en contemplant son œuvre salvatrice. Pour la circonstance, un sentiment euphorique d'autosatisfaction incita le félin à déboucher une bouteille de Cabernet de Montauban 2021, médaille d'or, cuvée Louise – « tiens, c'est drôle, comme cette belle officière, dont on boit les paroles jusqu'à la lie... », se gaussa-t-il d'elle, douillettement vautré dans sa fange vexatoire –, pour célébrer l'exploit de la journée : être parvenu *in fine* à trier le bon grain de l'ivraie, celle-ci ayant irrévocablement débarrassé le plancher sous la férule de son seul arbitraire draconien. A bien y regarder, Boris Guibert devait garder en son for intérieur quelque chose hérité des despotes éclairés du XVIII^e^ siècle : en cas de conflit de vertus, l'autorité doit toujours prévaloir sur la magnanimité avec le petit personnel. Qui aime bien châtie bien ! Le problème était donc liquidé. En effet, le pont de son fier destroyer d'eau douce avait été intégralement briqué, les effets personnels qui l'encombraient évacués par cartons entiers et remisés à fond de cale, la longue coursive centrale astiquée jusqu'à l'écoutille située à la poupe de la péniche, la cabine du vieux loup de mer qui y résidait à l'année nettoyée de fond en comble... Sur son bateau, le Commissaire Divisionnaire Guibert remisait au placard son uniforme de flic pour se métamorphoser en un équipage de marins à lui tout seul : afin de veiller à garantir en permanence l'habitabilité de son vaisseau-appartement, son entretien requerrait qu'il soit tantôt matelot, tantôt quartier-maître en journée, pour s'assurer, dès le début de soirée, les joies du commandement d'un vice-amiral d'escadre, mouillant en plein cœur du très-en-vue quartier des Docks à Strasbourg. Le 33 tours d'« *Atomic* » de Blondie tournait en boucle sur la platine vinyle de Boris en cette moite fin de journée. D'ordinaire, il privilégiait le son des *compact-discs* – bien meilleur, d'après son acuité mélomane – à celui des galettes à sillons plus traditionnelles. Mais cet opus du groupe de pop new-yorkais phare des *eighties* méritait d'être diffusé plus académiquement tant il lui était allusif à bien des égards. Ainsi, torse nu dans son jean délavé, bien calé dans le *rocking-chair* du seul-maître-à-bord, la jambe gauche recroquevillée sous sa cuisse, Boris contemplait son Cabernet scintiller aux lueurs du soleil couchant, de sa robe grenat la plus majestueuse à travers le flacon qui le contenait, en jetant casuellement un regard par-dessus l'horizon clair, comme s'il eût attendu quelque chose qui vienne le chercher. Ou quelqu'un peut-être. A grand renfort de gammas G.T. qui imbibaient son âme d'une décadente béatitude, cette chanson diffusée en continu ne cessait d'accentuer la dimension incantatoire de cette scène vaporeuse digne d'un des épisodes les plus *spleen* de la série « *Miami Vice* ».

Oui, atomique fut sa charmante femme blonde défunte – partageant une stupéfiante ressemblance avec la chanteuse Debbie Harry, son fantasme d'adolescent introverti, affiché en quatre par trois sur le liège des murs de sa chambre – rencontrée dans une discothèque similaire à celle attenante à sa péniche. Elle était faite pour lui et destinée à l'aimer toute sa vie ; il en fut persuadé dès la première minute où il la vit aussi ravissante qu'un bouton de rose. La citadelle de son cœur mit toutefois quatre ans à succomber aux charmes de Boris le prétendant, tant la belle paraissait imprenable pour le commun des hommes. Mais, c'était il y a bien longtemps désormais. Certaines nuits à présent, Boris apercevait le visage de sa compagne disparue dans le reflet d'une onde pure parcourant le bassin où son bateau s'était définitivement échoué. Les traits ectoplasmiques de sa femme, suivis de ceux de ses enfants, lui intimaient de prendre le large précisément, en se libérant des chaînes intestines qui le maintenaient, pieds et poings liés, en rade de sa vie. Systématiquement, en corollaire, le niveau de colère et de culpabilité que Boris Guibert ressentait à son propre sujet lui provoquait d'agouantes algies morales. Atomique également demeurait la menace d'une riposte, sans précédent dans l'Histoire, que le Kremlin se plaisait à faire planer ignoblement de sa kyrielle de missiles balistiques intercontinentaux au-dessus de millions de têtes d'Occidentaux, pour masquer d'une chape d'acier une campagne militaire embourbée qui achoppait, bredouille, en territoire ukrainien. Ce péril apocalyptique – que d'aucuns disaient imminent – imprégnait les conversations de tout le monde en ville. Pas une échoppe, une cour de récréation, ni un banc public n'échappait à l'anxiété obsessionnelle du moment, rythmée par une actualité composée de frénétiques et nombrilistes surenchères médiatiques sur le supposé arsenal stratégique détenu par l'État russe.

Dans ce contexte de tensions internationales exacerbées, présageant d'un holocauste nucléaire à la moindre anicroche sur la ligne de front entre deux simples appelés du rang, le Chef du S.R. 67 se devait de conserver son sang-froid et celui de ses agents pour infiltrer la très hermétique sphère diplomatique slave russophone évoluant *incognito* dans l'agglomération alsacienne, en gardant bien à l'esprit ne jamais pouvoir invoquer un quelconque droit à l'erreur ce qui, le cas échéant, causerait à n'en pas douter d'irréversibles dommages collatéraux pour la sécurité nationale du pays à partir d'une ville aussi sensible que Strasbourg l'Européenne.
Atomiques, enfin, ces bombes en tenues de soirée extravagantes et sensuelles, dont le son processionnel des *peep-shoes* défilantes se réverbérait en écho sur les façades de la médiathèque et d'un complexe cinématographique proche, conduisant toutes inexorablement en un même lieu de ralliement révéré par toute une faune de noctambules bien décidée à ne pas attendre la fin du monde sans goûter aux innocentes petites joies de l'existence : le « Cargo Latino ». Voisin du « Cargo » – comme l'avaient baptisé les *afficionados* de l'endroit –, Boris Guibert avait été amené à fréquenter cet authentique bar cubain en d'autres temps plus insouciants. Mais sa conscience professionnelle d'à présent, lestée d'un lourd passif personnel, avait négligemment appesanti son *abajo*, son *dile que si* et ses autres *sacalas* qu'il parvenait pourtant à exécuter admirablement il y a peu encore. Sur les quais, ne faiblissait pas la bronca naturellement suscitée par cet établissement mythique, propice aux relations passionnées qui se nouaient et se déliaient entre initiés au gré des soirées. Cette clameur publique incessante était salutaire pour Boris et le maintenait toujours à flots de sa torpeur anéantissante, comme une bouée lancée à la mer pour le naufragé de la vie, dont il avait le visage aux traits tirés. Au gré des nuées de papillons de nuit et de libellules argentées voletant dans les effluves de *punch* coco, l'œil à l'affût de la « Panthère » fut fortuitement intrigué par la présence d'une svelte cigale brune, à l'abdomen rougeoyant, au milieu de tout ce bestiaire bambocheur.

L'attitude de cette jeune femme détonait au cœur de l'effervescence populaire qui l'entourait ; accompagnée d'une amie, elle paraissait se tenir sur la réserve et ne franchissait pas l'estrade extérieure qui servait de terrasse éphémère aux clients attablés de l'estaminet *latino.* Tapie dans l'ombre, la « Panthère » dévisageait dorénavant cette inconnue de ses pupilles omophages. La belle avait su manifestement réveiller certains désirs virils de l'animal farouche qu'il présumait définitivement éteints jusqu'alors. Il s'était trompé : l'énigmatique incandescente à l'épiderme un brin hyalin portait un haut rouge satiné à fines bretelles dentelées, qui épousait à merveille son corps sculpté de danseuse de *bachata* rompu à l'exercice, dont le séant musclé, lové dans un *micro-short* en *jean* parachevait sa silhouette de redoutable démone des *pistas de baile.* Pour prolonger ce délectable plaisir esthétique, elle s'était perchée sur douze centimètres supplémentaires grâce aux sandales à talons compensées noires à petites boucles de cheville qu'elle soulevait divinement en se mouvant. Boris anticipait les gestes gracieux de la belle pour n'en rater aucune miette, crapuleusement dissimulé derrière son verre de vin aux trois quarts vide. Quel délicieux spectacle que de mirer les atours de cet exquis oiseau de nuit ! Le vieux loup de mer n'avait toutefois pas prévu qu'au joli plumage qui lui était donné de voir vienne s'ajouter le ramage de la belle, qui avait dû se sentir épiée par cet importun isolé faisant brasiller son verre à la belle étoile. Après une brève hésitation, elle quitta l'entrée du « Cargo » pour s'avancer d'un pas sûr en direction de l'embarcation d'un Boris décontenancé, à moitié nu, qui eût à peine le temps de se précipiter dans la timonerie pour enfiler un vieux chandail qui traînait, avant de faire mine de se rasseoir posément sur son *rocking-chair* préféré. Méconnaissable dans la pénombre, cette visiteuse du soir se figea, ne laissant pas tout de suite apercevoir son visage. Pris en flagrant délit de lorgnage, Guibert allait toutefois exciper de circonstances atténuantes face à son accusatrice, puisqu'un clair de lune impudique dévoila une soyeuse paire de gambettes à se damner. La belle inconnue, un temps immobile et silencieuse, parut prendre sa respiration avant d'interroger son admirateur anonyme :

« Excusez-moi. Monsieur le Divisionnaire, c'est vous ? »

Instantanément compromis, Boris Guibert n'en crut pas ses oreilles et ne put répondre qu'en style télégraphique :
- Euh, oui. C'est bien moi. Et vous, qui êtes-vous ?...
- C'est Louise, enfin la Capitaine Haténa, je veux dire, répliqua la belle créature du soir, à présent clairement identifiée. Votre secrétaire m'a indiqué tout à l'heure que vous habitiez ici, à deux pas du commissariat. J'ai profité d'une soirée entre amis sur les Docks, pour tenter ma chance de venir vous saluer directement. S'il vous plaît, ne lui en voulez pas pour avoir trahi le secret de votre domicile, car j'ai beaucoup insisté auprès d'elle pour vous rencontrer tout à l'heure à votre bureau.
- Ah ? Et, pour quelle raison ? reprit le policier, dans un souffle de soulagement, comprenant parallèlement qu'il ne s'était fait aucunement griller par sa cible espionnée.
- En fait, développa Louise, je tenais véritablement à vous remercier de vive voix pour ce que vous avez fait à l'hôpital pour Jean-Kévin Ernwein. Vous n'étiez pas obligé de l'aider après tout et vous l'avez tout de même fait. J'ai trouvé cela carrément humain de votre part.
- Ce n'est rien, n'en parlons plus, Mademoiselle Haténa, répondit sobrement Boris. La police est une grande famille et il ne faut pas l'oublier dans les moments rudes. Merci à vous de me l'avoir rappelé. J'avais reçu votre message cinq sur cinq.
L'officière de police alerte, d'ordinaire connue pour ses *O.O.T.D.* de *working-girls*, Sig Sauer et menottes à sa ceinture *casual*, rougissait à présent comme une jeune première d'être vêtue aussi sensuellement face à un supérieur hiérarchique, qui n'aurait jamais dû en théorie la croiser ainsi accoutrée.
- Je suis désolée pour ma tenue... non réglementaire, Monsieur Guibert, se justifia-t-elle, cependant sans abdiquer son humeur badine, adressant un battement de cils séducteur à son interlocuteur charmé.
- Aucun souci pour moi, mon petit. Hum, vous n'êtes pas en service ce soir, et je ne suis pas votre patron, qui plus est. Quant à votre tenue de soirée, je n'y avais pas spécialement prêté attention dans cette obscurité, je dois bien vous l'avouer, se défaussa éhontément Boris, bien volontiers goujat et menteur sur ce coup-là.

Le faible éclairage des candélabres ne parvint pas à occulter une étonnante moue de déception qui se lut brièvement sur les lèvres *glossy* de Louise. Elle n'échappa pas non plus à Boris, ce qui l'interpella. La Capitaine Haténa baissa les yeux et fixa la coque de la péniche, avant de se ressaisir.

« Vous avez baptisé votre bateau « Maine Coon » ? reprit-elle. J'adore ces chats ! Carrément ! Ils sont beaux, pelotonneux et très intelligents. C'est drôle, car, lorsque je venais de passer le concours d'officier de police, je prévoyais d'en adopter un. Je me voyais déjà le chouchouter dans une maison que j'aurais louée à Montpellier, équipée d'une piscine, dans laquelle aurait flotté une baudruche gonflable en forme de homard. Oupsi ! Surtout, ne riez pas, Monsieur Guibert, c'est un aveu très personnel et lourd de conséquences pour mon honneur, si cela se savait. »

- Tout un programme en effet, Capitaine, persifla bienveillamment Boris, en levant son verre vers la belle noctambule. Je ne dirai rien, c'est promis. C'est mon métier de taire les secrets après tout, non ? Rassurez-vous sur un point : vous n'avez pas aussi mal tourné que cela. Je vous trouve très engagée dans tout ce que vous faites. Vous êtes une femme de tête, ne changez rien surtout. Je vous apprécie autant pour ce que vous êtes que pour ce que vous n'êtes pas.

Le commissaire divisionnaire marqua un silence et ajouta singulièrement :

« À ce titre, en peu de temps, vous m'êtes devenue... spéciale », Mademoiselle Haténa.

Fascinée par la portée de ce mot, Louise esquissa un sourire rayonnant de gratitude, tandis que l'écho d'une voix féminine qui hélait l'officière depuis le quai du « Cargo » résonna tout à coup.

« Carrément ! C'est Élodie Piémont, la substitute qui crie après moi, réagit-elle. Elle m'accompagne finalement ce soir, je lui dois bien ça. J'espère qu'elle me pardonnera pour toutes les sales choses que je lui ai dites en sortant de mes gonds et que je ne pensais pas. Tout comme avec vous, je n'ai pas été très magnanime avec Élodie dans le cadre de cette affaire de violences sur Jean-Kévin. Je sais déjà que les deux pichets de *sangria* seront pour ma pomme ce soir, mais qu'importe. En dehors de ma « famille police », pour reprendre votre expression,

c'est ma meilleure amie, et il ne faut pas l'abandonner aux aléas de la vie administrative. Je m'excuse, je dois y aller. Mon amie trépigne d'impatience visiblement. Nous avons prévu de passer la soirée au « Cargo », histoire de décrocher du comico cinq minutes. En plus, ça me rappellera mon séjour à Cuba l'été dernier. Je vous souhaite une agréable soirée, patron. »
- Belle soirée à vous également, Mademoiselle Haténa, ne put que répondre Boris Guibert, coupé net en plein instant de romance.
Contre toute attente, le Chef du S.R. 67 éprouva un profond sentiment de tiraillement – qu'il n'avait ressenti pour personne depuis bien longtemps, et encore moins pour une femme – en observant la silhouette de sa sublime collègue s'éloigner de lui, pour finalement s'évanouir dans cette nuit d'encre, qui s'annonçait glauque pour l'intéressé. Seul le bruit de ses talons heurtant les pavés tièdes du quai lui offrit quelques bribes supplémentaires de sa présence bienfaitrice. Bien qu'irrationnel, le déchirement que Boris Guibert ressentit s'était élevé à son comble. Convaincu à tort de s'être rédhibitoirement absous de toute ivresse des sens, Boris Guibert fleura son palpitant chanceler et battre la chamade sous les mailles lisières lâches de son chandail de marinier élimé aux manches, ni plus ni moins à la manière de cet ancien adolescent prépubère vivant son *crush* avec la flamboyante Debbie Harry.
Bienheureux de l'équanimité ambiante, coiffée d'une splendide voûte céleste de solstice, c'est l'air capiteux du titre « *Out Of Time Man* » de Mano Negra qui le décida. Il l'entendit émanant des entrailles remuantes du « Cargo », dévoilant, à travers ses sabords oblongs panoramiques, l'inestimable trésor étincelant qu'il recelait dans ses cales depuis un peu plus d'un quart d'heure à présent. Succombant à l'astuce de la succube, Boris ne résista pas un instant supplémentaire à l'insatiable envie d'étancher sa soif d'or brun, en vérité sa toison érotique de diablesse…

*****

Élodie Piémont ne s'était pas rendue compte que son coude droit trempait allègrement dans une petite flaque de *sangria* renversée sur la

table. Au lieu de cela, elle s'employait à divertir son amie d'une quelconque façon, celle-ci paraissant agacée, passées les retrouvailles de réconciliation entre deux meilleures amies de longue date. Si, pleinement concentrée dans le contrôle de ses émotions en semaine, Élodie Piémont habitait magistralement la fonction de Substitute du Procureur de la République près le Tribunal Judiciaire de Strasbourg, sans se départir de ses manières élégantes et policées que ce soit en privé ou au contact des justiciables, la jeune femme demeurait néanmoins attachée à ses racines campagnardes et au personnage de la fille fruste et agreste, dont elle s'employait à brosser avec excellence un gringe pantomime lors d'anthologiques soirées arrosées. Mais, rien ne fit à l'affaire cette nuit-là, malgré la bonne humeur excessive d'Élodie. Louise, pourtant pulpeuse et enchanteresse, l'avait mauvaise et renâcla comme son chat les soirs de *blues*.
« J'étais en train de lui parler, c'était chouette... T'as carrément déconné, Élo ! J'ai le seum… » lâcha-t-elle *in fine*, visiblement contrariée par la pétulance malvenue de sa camarade.
- Oui, eh bien, j'en avais marre d'attendre que tu finisses de lui jouer ta sérénade. En plus, je commençais à avoir mal aux pieds avec mes *platform shoes*. Votre conversation pouvait attendre lundi matin, tu ne penses pas ?
- Oupsi, mais Y.O.L.O., meuf ! trancha Louise.
- Tu exagères, Louise, la sermonna Élodie. Tu crois franchement qu'il a été sensible à ton numéro de la nana pleine de gratitude et qui s'excuse ? Je pense surtout qu'il est en train de se demander pour quel prétexte tu l'as dérangé chez lui à cette heure-ci ! Pour un gars des services secrets, ça doit être particulièrement désobligeant que tu rentres dans sa vie privée comme ça. Cela ne me surprendrait pas qu'il t'en veuille personnellement, voire qu'il ne cherche plus à entrer en contact avec toi au boulot.
- Ah, vraiment ? Regarde... la contredit fièrement sa copine, soudainement aux anges.
Au sommet de l'escalier, se tenait impérial un quadragénaire à la crinière gominée mi-longue, empruntant à la garde-robe de l'acteur Antonio Banderas – exhibée dans le film « *Le Masque de Zorro* » de Martin Campbell – les effets les plus pittoresques de l'*hidalgo* qu'il

incarnait le temps d'une soirée. Visez plutôt : affublé d'une chemise de lin blanche, au large col semi-italien ouvert sur un quart, suggérant des pectoraux saillants et travaillés, dont l'allure fière de gardian était rehaussée par le port d'un veston en feutre tissé noir, l'inattendu bellâtre dévala, décontracté, l'escalier serpent tribord du « Cargo », qui menait tout droit à ses soutes bourrées de cavalières et d'arsouilles. Les semelles de ses *derbies* vernies aux talons ferrés percutaient d'un son sourd chaque marche métallique qu'elles foulaient à pas de panthère. À chaque mouvement de jambe déconcertant, ce sensationnel *salsero* d'un soir laissait entrevoir des cuisses musclées en fonction des plis souples qui se formaient subrepticement sur le tergal fluide de son pantalon à bandes latérales de jais lustrées. L'assistance le remarqua assez vite et l'on s'écarta naturellement de part et d'autre de la coque, le long du zinc, comme la Mer Rouge face à Moïse, pour laisser ce mystérieux chevalier-servant se frayer un passage jusqu'au *dance-floor*. A la vue de sa Cendrillon de *bachata*, manifestement transcendée par le démon de la danse, Boris fendit la foule en fixant de sa tête chercheuse une Louise mi-subjuguée mi-troublée par l'intensité hors-norme qui se dégageait de cette atmosphère si enjouée, rendue éthérée par les arômes fruités de lime des Antilles et de sucre de canne, ingrédients magiques des agapes cubaines.
Cueillant délicatement sa main, le commissaire divisionnaire invita l'officière à quitter sa table pour le rejoindre au milieu de la cale s'ébrouant :
« Vous dansez, mademoiselle Haténa ? » lui susurra-t-il au creux de l'oreille.
- Carrément… Boris…, répondit-elle, quoiqu'un peu gênée.
- Plaisir partagé, Louise, lui adressa-t-il d'une voix douce, petit clin d'œil à l'appui, avant de placer ses mains viriles et hétérothermes sur le corps brûlant de sa partenaire, la gauche couvrant sa fine menotte pour la conduire avec exactitude sur les pas de danse, la droite posée sur sa divine chute de reins pour la maintenir vigoureusement contre lui et éviter les ruptures asynchrones, fatales à tout *performer* en pleine action. Boris fit un signe au *D.J.* résident – qu'il connaissait plutôt bien de leurs rondes de « voisins vigilants » sur les Docks – en

levant furtivement deux doigts. Puis, il expliqua son geste curieux auprès de la jeune femme suave qu'il tenait dans ses bras :

- C'est un truc entre le proprio et moi. Je viens de lui demander de mettre les deux chansons cubaines que je préfère et sur lesquelles j'ai autrefois appris les pas de base. Je les appelle les deux « A »… Ces chansons vous mettent immédiatement dans la peau de Carlos Acosta et de Shaka Brown. C'est assez incroyable.

- Je pense que je ne détesterai pas. Je vous fais confiance, Boris, cautionna Louise, peu farouche.

Au même moment, les premières notes d'« *Aguanile* » de Willie Colon retentirent, suivies par celles d'« *Aguzate* » de Richie Ray et Bobby Cruz, annonçant que l'ambiance *caliente* de cette soirée déchaînée n'allait pas tarder à être portée à son apogée.

À travers les déhanchés torrides de Louise, la main droite de Boris prenait le pouls de sa cavalière, et percevait toute la fougue et la grâce des formes de cette dernière dans leur plus parfaite expression, sur les cris d'espoir de tout un peuple qui exsudaient dans les paroles fleuries et exotiques venues d'un monde étranger au leur. Un monde certes lointain, mais plus chamarré, plus insouciant, plus inclusif, plus radieux. Par mégarde, lancé dans une *guapea* endiablée ou une *paesala* à la chorégraphie impeccable, son index effleura avec félicité à deux ou trois reprises certaines coutures dentelées de ce qui devait indiquer sans nul doute le port assumé de dessous à tendance aphrodisiaque. Louise, en « avion de chasse » rutilant, ne parut ciller pour autant, ses sandales *sexy* aux talons acérés épousant parfaitement le rythme saccadé des *tumbadora congas*. Bien que velléitaire en début de danse, les fausses maladresses commises par Louise se retrouvèrent bien vite gommées par la technicité naturelle caractéristique des petites princesses *badass* des nuits latinos.

« Terre ! » exulta le vieux loup de mer, en levant de plaisir sa tête au ciel, qui se voyait volontiers jeter l'ancre pour l'éternité dans ce bruissant lagon féerique.

Plus prosaïquement, cela signifiait que la clef d'un de ces satanés « paradis perdus », tant narrés par Sigmund Freud, venait enfin d'être retrouvée par ce cher Boris – qu'il préférait d'ailleurs nommer « Parcelles de Paradis » – tout en prenant garde à ne jamais omettre que le principe de réalité se rappelle toujours en définitive à tout mortel ayant eu l'insolence de croire à l'illusoire suspension du temps passé dans les bras d'un autre.

À l'unisson total avec son partenaire, leurs corps chauffés à blanc et lovés en contrepoint mélodique, Louise n'eût besoin d'aucun discours pour comprendre que Boris venait de faire sauter un verrou psychologique qui l'inhibait depuis des lunes, jusqu'à devenir grièvement paralytique dans sa vie d'à présent. Les notes de « *Tabaco y ron* » de Rodolfo Aicardi sonnèrent symboliquement le glas de leur *salsa session*. En effet, par métonymie, Élodie avait pris l'initiative de commander une tournée de verres de Bacardi, accompagnée d'une petite boîte de Cohiba Red Dot Churchill. Louise se servit la première et déposa soigneusement un cigare dans la pochette intérieure de son sac à main pour le déguster plus tard. C'est une habitude à la vie dure qu'elle avait conservée de son séjour sur l'île castriste : ses volutes de fumée havanée l'avaient menée aux confins de la péninsule de Hicacos, durant ses pérégrinations d'estivante tout au long des fabuleuses plages de Varadero... Les consommations prises, après quelques mots échangés sur la douceur de vivre à Cuba et l'excellente prestation offerte par cet improbable duo sur le parquet de ce rafiot, Élodie Piémont eût tôt pris conscience qu'elle allait rapidement devenir l'élément superflu de ce diptyque que peignait Louise avec ferveur, puisant son émotion créatrice dans l'encre bleue des yeux de Boris. Pour ne pas se voir condamnée à tenir la chandelle, l'intruse allégua d'un soudain état de fatigue qui la submergeait, probablement dû aux horaires de service zélés dont elle s'était rendue elle-même responsable pour achever de sibyllins « dossiers importants »… Le Commissaire Divisionnaire Guibert fit alors agréer ses salutations les plus respectueuses à Madame la Substitute du Procureur de la République près le Tribunal Judiciaire de Strasbourg, tandis que Louise claqua chaleureusement deux bises à sa copine Élodie en guise d'au revoir. Séance tenante, cette dernière prit congé d'eux pour se fondre dans la foule, emportant avec elle ses *platform shoes* grinçant sur le sol buriné et maculé d'abondantes taches de mélasse, de planteur et de tafia.

Tout étourdis par cette folle nuit qui s'était ainsi engagée, l'intensité du lien charnel qui se tissait irrésistiblement entre eux commanda à Louise et Boris de prendre la tangente à leur tour, le « Cargo Latino » allant désormais devoir se passer de ses éphémères Carlos et Shaka pour boucler son tour de piste. Après avoir déposé de manière galante sa veste sur le caraco rouge aux épaules refroidies de sa cavalière, Boris tergiversa un minimum sur la manière idéale de prolonger – non artificiellement, attention, il tenait beaucoup à la sincérité du moment – la plénitude de cette vêprée caribéenne. Extraits du ventre repu de cette embarcation mélomaniaque, laissés seuls au monde sur le quai aux pavés frais, proposer à une jeune femme de sa trempe le fameux « dernier verre » à son domicile eût été, au mieux, d'une platitude affligeante, au pire, d'une muflerie rétrograde. Boris trouva toutefois un habile pis-aller.
« Souhaitez-vous, chère Louise, passer d'une curieuse péniche à une autre ? » demanda-t-il, sur un ton faussement innocent.
- Avec plaisir, Boris, répondit-elle sans désemparer. Mais je ne veux pas vous déranger à nouveau. Je vous ai déjà accaparé en début de soirée. Ce coup-ci, je ne resterai pas longtemps, rassurez-vous…
- Ça ira, Capitaine. Vous me rassurez, plaisanta-t-il aimablement, à mesure qu'ils approchèrent des amarres du « Maine Coon ».
- Faites quand même attention à la marche, Louise, ça glisse parfois, reprit-il d'un air protecteur, prenant l'initiative d'escorter la jeune officière en la saisissant par sa taille de guêpe pour éviter toute chute fâcheuse, l'intéressée semblant en effet empêtrée dans un numéro d'équilibriste dû à ses chaussures plus qu'inadaptées à la navigation fluviale. Parvenue finalement sans encombre sur le pont de cette seconde péniche, Louise se félicita de cet exploit, mais questionna instamment Boris :
- Comment vous est venue l'idée de vous installer dans un endroit aussi... original ?
- C'est le simple hasard, Louise. Il y a bien longtemps, cette péniche était un restaurant étoilé et il fallait s'y prendre bien à l'avance, si vous vouliez avoir la moindre chance de réserver un tête-à-tête avec votre moitié. Il s'appelait le « Blue Flamenco ». J'ai tenté plusieurs

fois de retenir une table en vain. Mais cela valut la peine de persévérer. Ainsi, cet endroit magique m'a finalement donné l'occasion de partager un dîner inoubliable avec une femme que j'ai aimée passionnément. Ce fut la femme de ma vie, j'en étais sûr. Nous étions placés à côté d'un immense oblong, situé au pont inférieur. Je pourrais même vous donner le détail du menu ce soir-là, si vous me le demandiez. En musique de fond, ils passaient « *Never Tear Us Apart* » du groupe australien I.N.X.S. C'était d'ailleurs devenu notre hymne symbiotique, notre chanson de couple, dit plus simplement. Cet emplacement précis est aujourd'hui ma chambre. Et, regarder à travers cette large baie vitrée me procure à chaque fois le plaisir de revivre quelques instants romantiques impérissables, expliqua son hôte, soudain gorgé de tremolos nostalgiques.

- Je suis désolé, Boris, je ne voulais pas réveiller de douloureux souvenirs, s'excusa Louise.

- Des souvenirs douloureux, vous dites ? Pas le moins du monde. Plutôt des parcelles de Paradis perdues que j'aimerais tant revivre, en fait. Ce n'est pas grave, vous n'y êtes pour rien, Louise, vous ne pouviez pas le savoir. Cette femme m'a quitté et s'en est allée pour toujours aujourd'hui. Cependant, elle continue de vivre en moi. Chaque jour que Dieu fait, je pense à elle. Et je ne cesserai de l'aimer jusqu'à mon dernier souffle. Avant qu'elle ne disparaisse à jamais de ma vie, c'est une promesse sincère que je lui avais faite, et à laquelle j'attache du prix, en dépit du temps qui passe et me torture inlassablement, développa confusément Boris, un peu secoué par cette révélation intime. Il observa un silence et reprit :

« À force de trop y songer, ce sera à vous que reviendra la tâche de faire les constatations de police sur mon cadavre, vous verrez, ponctua-t-il d'une ironie prémonitoire. »

Mais, sur le coup, ce ne fut que peu crédible…

La compatissante Louise, confuse d'avoir cette corde sensible tendue des tréfonds du commissaire par mégarde touchée, s'insurgea astucieusement contre les relents de pathos qu'elle sentit poindre chez Boris au risque d'altérer le caractère guilleret de cette soirée, à mesure

qu'elle constatait que son cavalier s'enfonçait derechef dans son personnage d'espion froid et peu disert.
« Voudriez-vous danser avec moi sur cette chanson ? Je pense que cela vous ferait du bien, Boris », suggéra-t-elle soudainement.
Il se retourna et porta l'azur de son regard sur le visage de porcelaine de son interlocutrice. D'un bref mouvement de la tête, il parut acquiescer. Puis, sans rien dire, il déféra à l'aimable invitation de sa partenaire et la serra dans ses bras avec ardeur.
L'intro' violons-contrebasse de la chanson venait à peine de débuter que Louise s'empourpra.
« Excusez-moi, si je vous semble peu à l'aise dans vos bras, contrairement à tout à l'heure, lorsque l'on dansait sur de la *salsa*, du *mambo* ou de la *bachata*. En effet, c'est la première fois que je danse un slow avec un homme. Je n'ai jamais dansé sur ce type de musique. Ce n'est pas de ma génération ; on est plus techno, chacun à danser dans un coin de la boîte, voyez le truc. »
Boris resta muet, la rassura et serra sa taille tout contre la sienne.
« C'est bien triste, je trouve, commenta-t-il avec compassion. Laissez-vous simplement porter par l'air de la chanson. Il n'y a aucun pas de base à connaître, ce n'est qu'une question d'inspiration. »
Et ainsi, sous des cieux cléments et radiants, s'égrenèrent les 182 secondes les plus palpitantes de leurs existences étiolées, exceptionnellement offerts par cet univers aussi inintelligible qu'impitoyable, amalgamées en un bonheur alchimique éprouvé par deux âmes sœurs qui n'avaient jamais cessé de se manquer, inscrites dans une quête perpétuelle l'une de l'autre depuis des temps immémoriaux. Beaucoup se rencontrent, mais peu se retrouvent ici-bas : il s'agit d'un trésor inestimable, lorsque ce secret vous est divulgué. Ce sont Michael Hutchence et ses musiciens à la chevelure ondulante et permanentée, qui le leur révélèrent le plus convenablement du monde cette nuit-là.

Vivifié par l'indolence du moment, Boris Guibert considéra symboliquement le fondu final comme LE signal pour porter d'initiative sa main tiède au niveau de la joue gauche de sa partenaire, caressant de sa douce paume la base de son cou, pour remonter le long de ses séduisantes cervicales et atteindre une fine oreille sertie d'une boucle en argent. Bien que la jeune femme semblât ne rien bouder de la saveur procurée par ces minutes jubilatoires, elle fut tout à coup prise d'effroi et retira net son visage de la menaçante poigne masculine de son cavalier, pastichant cette petite sirène cajolée revenue *in extremis* à la raison, cherchant par tous moyens à se dégager des pinces scélérates de son agresseur arthropode. Boris tressaillit face à cette réaction déroutante, qui se produisit pile à la fin de la chanson ; il n'y aurait pas de 183$^{e}$ seconde bénie des dieux. Cela était prévisible, et pourtant...

« J'ai dû vous faire mal, Louise, ou peut-être que je suis allé trop loin. Je suis vraiment navré dans les deux cas. Qu'y a-t-il exactement ? » s'inquiéta-t-il à propos d'un éventuel geste inapproprié de sa part.

- Comme tout à l'heure, et réciproquement, je vous dirais que ce n'est pas non plus de votre faute, Boris, confessa-t-elle. En fait, vous apparaissez dans ma vie à la suite d'une série de brutes, qui ont fait devenir femme une douce enfant bien trop tôt. Je redoute la barbarie des hommes, autant que leurs amours insidieuses. Les deux m'ont alternativement détruite. Certains hommes m'ont tant fait souffrir que je ne sais plus comment m'y prendre aujourd'hui pour aimer et me laisser aimer en toute confiance.

- Qui vous a infligé pareille souffrance ? interrogea Boris, en fronçant les sourcils.

- La plupart de ceux que j'ai rencontrés durant ces quinze dernières années. Mais l'un d'entre eux les a surpassés, et de loin, en matière de cruauté. Un type ignoble, qui m'a profondément blessée, affirma Louise, sur un ton à glacer les sangs.

- Quel est son nom, Louise ? insista Boris, d'un air réprobateur et punitif.

- Maxime... Mais peu importe, répondit-elle. Cet odieux personnage, militaire de carrière, était mon fiancé depuis trois ans. Outre le fait qu'il était infidèle et collectionnait les conquêtes féminines, il m'a forcée à plusieurs reprises à me donner à lui de manière indécente, que je n'ose vous relater ici.

- Ce salaud a-t-il levé la main sur vous ? interrogea fébrilement le commissaire divisionnaire.

- Oui, Boris. J'ai notamment reçu plusieurs coups de poing de sa part, principalement en dessous du plexus, pour que ce ventre qui devait donner la vie ne puisse jamais s'exprimer. Je voulais un enfant, connaître la joie d'être mère. Pas lui. Cela participait de sa volonté patriarcale et tyrannique de me soumettre à ses moindres désirs. Et je me suis tue pour que cela s'arrête.
- Vous auriez dû déposer plainte pour ces faits dont vous avez été victime. Quel salopard ! se révolta son interlocuteur.
- Vous avez sûrement raison, concéda la policière meurtrie. Mais, j'étais amoureuse et croyais en notre relation, qui durait depuis près de trois ans. Nous venions même de nous fiancer récemment. C'était l'homme de ma vie ; du moins, je le pensais à cette époque-là. Aujourd'hui, j'ai pris conscience que je faisais erreur, mais il est trop tard. Mais, parfois, je suis encore à culpabiliser de cette situation, en me disant que c'est simplement de ma faute si mon couple a été détruit. Aux dernières nouvelles, Maxime a retrouvé quelqu'un et est apparemment heureux, tandis que moi, je suis constamment seule, incapable de me projeter dans ma vie de femme. C'est donc à moi que revient totalement cette dette de cœur si lourde à porter. Je suis piégée dans une situation tellement injuste, et à laquelle je ne consentirai jamais !
Prise dans un élan inconscient alarmé des plaies piquées à vif qu'elle venait d'évoquer sans filtre à cet inconnu dépositaire fortuit de ses tourments intimes, elle repoussa virulemment le pauvre Guibert pour lui échapper jusqu'à la proue de sa péniche. Ses chaussures de *salsera* l'empêchèrent néanmoins de s'enfuir au-delà.

Stupéfait par cette violente crise de nerfs, le commissaire divisionnaire resta de marbre. D'un premier abord, il ne sut pas comment aider son hôte à relativiser son angoisse d'être laissée pour compte au bord de son chemin existentiel, grippée par un cosmos impénétrable qui n'avait que faire de la joie de vivre légitime de ces millions de jeunes femmes abusées qui lui ressemblaient. La carapace de l'officière, d'apparence si infrangible, s'était effritée en un temps-record, avant de se déliter littéralement sous ses yeux. Boris découvrait une jeune femme sensible, aimante et courageuse, à protéger. Dès lors, ce faisant, il s'était discrètement rapproché d'elle pour éviter tout geste malheureux de sa part. Louise ne s'en aperçut pas et arrêta de sangloter par elle-même. Bientôt, cramponnée au bastingage, face à une lune éblouissante et diluée dans les flots alanguis du bassin Dusuzeau, la petite princesse *badass* déclama hypnotiquement quelques vers sensitifs de sa composition :

« *La solitude peut-elle s'éteindre,*
*M'abandonner quelques instants,*
*Telle l'amante que l'on veut étreindre,*
*Mais dont on se passerait par moments.*

*De jour en jour elle grossit,*
*S'appuie de tout son poids,*
*Et en cachette ne se nourrit,*
*Que des miettes de soi.*

*Puis caresse mes états d'âme,*
*Jusqu'au cœur de l'intimité,*
*Avant d'y planter cette lame,*
*Qui me fait haïr mon reflet.*

*La Bête n'est pourtant pas sauvage,*
*Tant il suffit de l'apprivoiser,*
*Et constitue l'éternel entourage,*
*Lorsque tout nous semble dépeuplé.*

*De cette ombre qui nous suit,*
*À cette amie que l'on aime,*
*C'est en vain que l'on fuit,*
*Ce qui habite en nous-mêmes.* »

Affectueusement, Boris l'enlaça par surprise, dans son dos, lorsqu'elle eut fini de réciter ces quelques vers déchirants. Cette fois-ci, la belle ne manifesta aucune résistance face à ce nouvel assaut de

sa part, entraînant une téméraire juxtaposition de leurs corps. Elle se fit chuchoter à l'oreille par son confident de marinier :
« Ces vers sont de vous, Louise ? »
- Oui. Mais ils sont très tristes, rétorqua-t-elle, en prenant un mouchoir dans sa poche.
- Je les trouve surtout très beaux, au contraire, reprit Boris. Moi aussi, j'ai un penchant pour l'écriture, vous savez… Pour développer votre poésie teintée de détresse, je vous invite, à partir de maintenant, à considérer mon modeste rafiot comme votre citadelle, autant qu'elle a été la mienne jusqu'à présent. Ce bateau sera désormais notre refuge. Si vous l'adoptez dans votre cœur autant que dans votre tête, il vous portera toujours secours. Il vous servira d'alidade personnelle lorsque vous croiserez en eaux troubles. Seuls les cygnes sont mes voisins et ils ne sont pas dérangeants. Plus rarement, des cigognes viennent parfois avaler cul sec une grenouille ou deux, mais le tapage s'arrête là. Nous sommes en sécurité sur cette péniche et je sens que vous commencez à vous y plaire, tout comme moi. Vous êtes ici chez vous, Louise, je vous le dis officiellement. Si vous avez besoin de fuir le gris du monde incommodant et de faire voler en éclats tous ces plafonds de verre qui vous écrasent, c'est ici que vous y parviendrez. Seule ou à mes côtés.
- Je préfère que ce soit à vos côtés, Boris, interrompit Louise, en blottissant l'arrière de son crâne contre l'épaule gauche de son insolite Pygmalion.
Leur ineffable portrait commun que le destin était en train de brosser sous forme d'aquarelle tangenta le chef-d'œuvre pour nos deux protagonistes, à mesure que le refuge inviolable qu'ils imaginaient prenait véritablement forme autour d'eux. Louise, dans sa robe rouge, dont la bretelle gauche était négligemment retombée de son épaule, ne sentit plus le froid métallique du vaisseau-amiral des Docks l'assaillir, mais bien du sable chaud pénétrer entre ses doigts de pieds. Par le même enchantement, les bâtiments alentours avaient fait place à une infinie ligne d'horizon rougeoyant d'espérance, marquant la césure avec d'obsédants confins océaniques. Le torse rassérénant de Boris se tenait toujours placé derrière elle, l'enlaçant de toute la puissance

protectrice développée par ses bras herculéens, dissimulés sous sa modeste chemise de lin blanc et son veston noir corbeau.
« *Fais de ta vie un rêve, et d'un rêve, une réalité* », lança à haute voix la jeune femme en plein cœur de ce bassin industriel, métamorphosé par magie en lagune.
- Saint-Exupéry ! réagit Boris avec vigueur.
- Exact, Boris. J'adore cet auteur et son œuvre, en particulier « *Le Petit Prince* », ajouta Louise de manière débonnaire.
Et, sans même se retourner, l'officière ouvrit inopinément son sac à main pour en retirer un carnet de timbres à l'effigie de ce dernier qu'elle glissa dans la première poche du pantalon de Boris qu'elle trouva, car cet homme, parfait étranger la veille, était devenu très spécial pour elle en peu de temps. Ensuite, elle entreprit de faire un serment sur un ton plus solennel, en levant la tête :
« *Si cela ne doit arriver qu'une fois dans une vie, Boris, il est évident que ces lettres marquées du sceau du Petit Prince ne peuvent être que pour vous, car je sais que vous couvrirez de vos mains chaudes et délicates mon âme mise à nu dans les lignes que j'écrirai. Il n'y aura pas de « vous » dans ces lettres. Si vous et moi formons cette symbiose céleste qui ne souffrira jamais des affres du temps, toi et moi sommes trop mortels pour que je ne m'adresse qu'à notre éternité. Ces lettres ne seront destinées qu'à ce qu'il y a de plus profond et de plus sincère en toi, ce que personne ne pourra jamais détruire et ce qui fait que tu es dans notre instant présent. Si on ne voit bien qu'avec le cœur, le mien a remarqué ton scintillement bien avant de pouvoir te contempler avec tendresse. Malgré tes souffrances et sous des devers taciturnes, je sens bien que tu crois en des aubes meilleures et que tu te bats chaque jour pour faire pousser des roses. Et pour cela, tu as vu les bastions de mon cœur s'effondrer un à un devant toi en un temps si court. Ton regard tendre me rappelle celui des Magnifiques qui n'ont dans leurs yeux que des lueurs vagabondes et des voyages en Rome Antique ponctués de décadences orgasmiques. Si l'amour ne peut ni se quantifier, ni se mesurer, il peut toutefois se décliner tant il revêt de nombreux et beaux aspects. Nous sommes liés par la lettre « A », la plus capitale et le plus petit dénominateur commun à toutes ces manières d'aimer : avec « affinités » (en alexandrins),*

*« affection », « attirance », « admiration », « amitié », « alchimie », « ardeur », « adoration », « allégorie » et « ad vitam ». Un Amour polysémique et complet. Non pas celui qui se prétend idyllique et parfait au goût de guimauve bien trop sucrée, mais celui qui se vit avec passion, avec ses réalités au quotidien, celui que l'on n'attend pas et qui ne nous attend pas, celui qui préexiste, qui est et qui demeure. Même les dieux ne peuvent lutter contre l'évidence. Encore moins Haténa… Dès lors, n'utilisons ces timbres que pour nos échanges épistolaires particuliers. Comme le renard le fit avec le Petit Prince dans le livre de Saint-Exupéry, et réciproquement, il est grand temps pour nous de chercher à nous apprivoiser également...* »

Et, emportée par sa passion enflammée, Louise Haténa posa ses lèvres *glossy*, douces et chaudes, sur celles de Boris Guibert, qui l'embrassa fougueusement. Le combat était perdu d'avance pour le commissaire divisionnaire : il succomba littéralement à l'effusion de la déclaration d'amour de la jeune officière autant qu'à l'explosion de ses charmes. Leurs bouches ivres de baisers langoureux restèrent soudées l'une à l'autre, pendant que Boris entraînait prudemment Louise sur l'échelle métallique menant du *flybridge* aux parties privatives de son vaisseau de fortune. Arrivés sur le pont inférieur, Louise alla volontiers s'alanguir félinement sur un divan, situé sous un grand miroir dans la chambre de Boris, maintenant sa tête de son bras droit tout en le dévorant fixement. Adoptant cette pose rappelant les plus célèbres productions cinématographiques, il devenait clair que la sublime Louise Haténa n'aurait eu qu'à se munir d'un fume-cigarette en bakélite, à l'embout argenté – même si sa préférence allait aux cigares de grande taille, nous l'avons dit –, pour approximer de manière frappante les traits iconiques que revêt l'actrice Audrey Hepburn dans le film mythique « *Diamants sur Canapé* » de Blake Edwards, tant la jeune femme brune demeurait majestueuse, parée de ses plus ravissants atours. Elle fut comme révélée sur un cliché tiré et archivé par les synapses de Boris, instantanément passé à la postérité dans son myocarde, qu'une Regina Relang aurait pu signer – ou mieux encore, une Annie Leibovitz, en référence à sa célèbre « Adèle » ! –. Mais la saveur de l'art contemplatif prit fin, lorsque Louise se leva subitement de sa couche et poussa Boris sur le lit – cette fois-ci, avec force complaisance et désir, sans plus aucune volonté de fuir – en ôtant délicatement tous ses vêtements légers, pour ressentir d'autres émotions bien moins platoniques. Et ainsi, parce que la preuse Athéna a pour sœur cadette la tentatrice Aphrodite, Haténa brûla de se repaître de la « Panthère » susdite. Et, nonobstant cette baie vitrée ouvrant sur une baie de curieux, elle se dévoila totalement à lui, presque en tenue d'Eve, exhibant de manière démonstrative ses dessous affriolants qu'il avait précédemment repérés avec force désir. Fugacement, elle prit son *smartphone* et lança de la musique incantatoire, la personnifiant à merveille cette nuit-là : il s'agissait de l'érotique « *Divine Créature* » de La Femme... Louise et Boris firent alors l'amour *allegro assai*, mus torridement par leurs obsécrations réciproques. Comme Ouranos à Gaïa, telles deux âmes suprêmes mutuellement conquises, les deux amants fusionnèrent avec passion dans la complémentarité de leur souffrance, à travers une étreinte d'identique sève. Si Haténa l'ardente, bien « prise », avait enfin retrouvé le chemin de l'Olympe, Louise la sensible, enfin « comprise », portait désormais dans le cœur l'adresse d'un refuge d'amour pérenne où poser définitivement ses valises.

*****

Lundi, 07h30. Résigné, le Major Alexi trempa un seul sucre dans son café, au lieu des deux habituels. L'avant-veille, après un rendez-vous teinté d'amertume en compagnie de la « *Doctor Horror* » – l'indélicate ayant fait allusion à son embonpoint galopant, mesuré à l'aune des plis de tensions formés par ses boutons de chemise –, il prenait la ferme décision de se rendre maître et possesseur de son penchant pour les agapes un peu trop riches et les petites douceurs de fin d'après-midi aux vertus calorifiques, que les généreuses secrétaires de la « 2 » distribuaient à tour de bras à tout fonctionnaire ayant la gourmandise malheureuse de traverser leur *open space*. Mais, ce matin-là, lorsque l'une de ces marraines-bonnes fées franchit la porte du bureau de l'adjoint, il ne s'agissait aucunement de distribuer des pâtisseries ou autres mignardises faites maison, mais de transmettre un

pli recommandé remis en main propre par un coursier ayant détalé dans la foulée. L'adresse complète de la seconde section de la Brigade Criminelle y figurait. Le style d'écriture était étendu et appliqué, le tracé des caractères incliné et intuitif. Le policier prit son coupe-papier fétiche – modèle réduit de l'épée Durandal du Chevalier Roland de Roncevaux – pour desceller cette curieuse enveloppe. A peine l'eût-il décachetée qu'il se rendit compte de sa bévue : à son dos, il remarqua trop tard que la mention « Pour L.H. » avait été hâtivement rajoutée au stylo à bille, vraisemblablement par la même main qui avait soigné l'en-tête dudit pli. Accablé par cette involontaire violation du secret des correspondances de sa cheffe, le Major Alexi décida de consommer jusqu'au bout son délit matinal, tout en remuant de la pointe de son coupe-papier le dépôt sucré collé au fond de sa tasse de café, une fois l'enveloppe déchiquetée. Il en avait sorti une feuille de papier vélin, tout en buvant machinalement son breuvage à la chicorée… Mais, quelle fut la surprise de Jean-Marc Alexi, lorsqu'il prit connaissance du texte écrit au feutre rouge que recelait ce mystérieux courrier anonyme ! Était mentionnée la phrase : « *Quand la présence du diable ne vous étonne plus, le diable disparaît. Par quatre fois. Signé : Le Sheitan.* »
Après s'être rué sur son téléphone pour tenter de joindre en vain sa capitaine, le Major Alexi convoqua l'ensemble des « gars de la 2 » en salle de réunion pour leur apprendre la nouvelle et faire un nouveau point d'enquête à la lumière de cette revendication officielle de crimes successifs. En effet, il demeurait dorénavant évident qu'existait un fil rouge entre tous ces cadavres disparates, œuvre macabre d'un unique corbeau qui se plaisait à en aligner régulièrement sur la voie publique strasbourgeoise au grand dam des perdreaux locaux.
« Major, sauf votre respect, est-on bien sûr que cette lettre a un lien avec tous les macchabées des dernières semaines ? » questionna un jeune brigadier, dubitatif.
- Asseyez-vous et écoutez tous : il est plus que probable que l'on soit en face d'un criminel sériel, objecta le Major Alexi, de sa grosse voix persuasive. Nous savions jusqu'à présent que les récents crimes commis dans l'agglomération comportaient certaines similitudes. Ainsi, les victimes étaient elles-mêmes des individus ayant eu maintes

démêlées avec la justice, assassinés en fonction des méfaits réels ou supposés qu'ils avaient commis. En outre, nous l'avons déjà dit lors de nos précédents *briefings*, les constat' de police ont toutes montré la présence d'un *compact disc* sur la scène de crime, malgré le fait qu'il n'y ait pas toujours eu de lecteur correspondant. Ainsi, ces disques ont été apportés par le ou les auteur(s), pour signer leurs crimes, et non se donner du courage ou de l'inspiration sur un morceau favori, comme on a pu le penser au début de cette enquête.
- Je suis d'accord avec toi sur ces points, Jean-Marc, mais il y a un « mais », comme dirait l'autre, interagit le brigadier-chef directeur d'enquête.
- Explique-toi, Sébastian, répliqua sèchement le major à son subordonné.
- Selon moi, poursuivit-il, les modes opératoires sont différents entre chaque crime : l'un se voit injecter un dérivé de polonium dans les veines, quand l'autre a le droit de passer sur la planche à découper avant de finir en marinade dans la flotte. Quant au premier, je rappelle qu'il a quand même été achevé à coups de porte de congélo, en dépit du poison qui coulait dans ses veines ; j'avoue ne pas bien comprendre le lien entre toutes ces affaires, qui me paraissent être objectivement indépendantes les unes des autres, comportant des auteurs bien différents. C'est du profilage de base, Jean-Marc. Tant qu'on y est, on pourrait aussi mettre tous les A.V.P. corpo' ou mortels des dernières semaines, à commencer par ce type qui s'est crashé tout seul en *scooter* dans la montagne !
Le Major Alexi essuya cette salve oratoire, suivie d'un frémissement dans les rangs de ses enquêteurs et de quelques ricanements en sourdine, qu'il prit pour son grade.
« Précisément, mon cher Sébastian, tu mets le doigt dessus ! reprit à la volée l'Adjoint de la « 2 », qui entendait bien montrer à ses agents que ce n'est pas à un vieux singe que l'on apprend à faire des grimaces. Figure-toi que le fichier des immatriculations indique que ce vieux *scooter* appartenait à un dénommé Kiral, qui aurait fait des pieds et des mains la veille, pour que son acolyte l'utilise pour se rendre en rase campagne. Ça sent la préméditation à plein nez ou je ne suis plus flic ! »

- Admettons, Major, reconnut son collaborateur d'un ton moins goguenard. Mais, côté P.T.S., c'est aussi *bezef*. Rien, pas la moindre trace de paluche ou d'A.D.N. retrouvée par les experts du labo'.
- Eh bien, voilà, garçon ! railla Jean-Marc Alexi. Tu voulais un mode opératoire commun à toutes les scènes de crime, tu l'as. C'est du travail de pros, d'après moi. Allez, au boulot, les gars ! Faites-moi les vérif' qui vont bien et exploitez toutes les pistes que l'on a. La vérité est forcément au bout ! On ne lâche rien.
Tous les effectifs de l'unité se levèrent dans un vacarme de bruit de chaises raclées et de grommellements. Le directeur d'enquête attendit que la pièce soit vide et se rapprocha de son supérieur par déférence, comme pour relativiser une prise à partie qui ne revêtait aucun caractère personnel.
« Quelque chose me chiffonne néanmoins, lui lança celui-ci, d'un air *fair-play* et paternaliste. La lettre mentionne « *Par quatre fois* ». Si mon hypothèse de travail se tient, cela signifie qu'un crime reste encore à commettre dans la logique mortifère de ce… « *Sheitan* ». Au fait, tu as vu Louise, ce matin ? Je n'arrive pas à la joindre. C'est bizarre, ce n'est pas son habitude… »

Boris s'était levé discrètement, pour devancer sa Louise, paisiblement recroquevillée dans les bras de Morphée – qui était entre-temps devenue pour lui bien davantage qu'une cavalière de *bachata* –. Il avait précipitamment quitté leur lit, pour préparer un petit déjeuner de sa composition à l'attention de sa belle endormie, dans l'espoir de clore leur nuit magique sur une note duveteuse, en tous cas moins doucereuse que s'il eût fallu reprendre invariablement le harassant quotidien administratif de leurs services respectifs. Pendant que l'eau de la bouilloire chauffait, Boris envisagea avec contentement les traits suaves de l'avenante silhouette de Louise, jusqu'à entrapercevoir les courbes helléniques de ses seins, se projetant en *flashback* l'image de sa poitrine chaude braquée sur son torse velu, dans une position des plus ardentes. Le languide sifflement de son samovar rococo le ramena à la réalité, tout comme il tira progressivement la jeune officière de son imperturbable sommeil paradoxal. Son commissaire d'hôte n'eut à peine le temps de finaliser son plan ourdi de bon matin :

apporter les croissants beurrés et son café à Louise, sur l'air sirupeux et mélancolique de « *Touch Me In The Morning* » de Diana Ross. À peine eût-elle saisi les premiers mots prononcés par la voix cristalline de la diva du *disco* qu'elle se redressa immédiatement sur le matelas, extraite à la pince brucelle du bocal rempli de philtre d'amour dans lequel son corps macérait depuis la veille.

« J'ai carrément kiffé tes mains caressant l'ensemble de mon corps, avoua-t-elle subitement. J'ai également beaucoup apprécié me retrouver tout contre toi dans ta douche à l'italienne. Oupsi... Tous mes dimanches matins devraient ressembler à cela : être auprès de toi, entre tes bras, mon corps entier délassé par ta douce chaleur si protectrice. Sans le savoir vraiment, tu auras fait exprès de passer cette chanson que j'adore : les paroles évoquent à ce point cet état de grâce que l'on ressent après avoir fait l'amour avec son âme sœur, et, en même temps, elles indiquent qu'il s'agit déjà d'un passé révolu. Écoute : *Touch me in the morning, then just walk away, we don't have tomorrow...* »

- *...but we had yesterday*, compléta Boris, de manière optimiste, tout en déposant un baiser délicat au creux de son cou.

Certes cajolée, mais emprunte de doute, Louise Haténa s'enveloppa instinctivement dans l'édredon jusqu'à ne laisser apparaître que ses épaules de petite princesse *badass,* son *gloss* plus mat, serrant à deux mains sa tasse de café chaud que Boris venait de lui servir.

- Je te trouve géniale dans cette pose, en fait ; tu me fais penser à la mythique pochette de l'album « *Whatever Julie Wants* » de Julie London, le diadème et les liasses de billets en moins, la complimenta-t-il avec esprit.

Flattée, Louise lui témoigna un charmant sourire et proclama le plus résolument du monde :

- Peut-être qu'avec toi, il y aura de véritables bonnes raisons à ce que mes démons intérieurs me fichent enfin la paix… Je suis vraiment heureuse d'écrire cette histoire avec toi, car je n'ai jamais été aussi amoureuse.

- Vous me touchez profondément avec vos mots d'amour, Louise, convint Boris avec force émerveillement.

- Ah non, Boris ! Plus de vouvoiement entre nous, s'il te plaît. Ça ne rime plus à rien après cette nuit passée ensemble ! se scandalisa en partie l'officière, un « petitou » vexée.
- Pardon, Louise, objecta le commissaire divisionnaire. Selon moi, le tu nous tue, tandis que le vous nous voue. L'un à l'autre, j'entends. Cela a toujours été un point de non-retour entre un homme et une femme, que l'on regrette ensuite, surtout lorsque la relation s'effrite et ne laisse même plus la place au respect.
- Je t'en prie, accepte le « tu », sans quoi il n'y aura pas de « nous », adjura Louise à l'adresse de son amoureux. J'ai besoin de t'aimer pleinement, j'en ai très envie. Je n'y arriverai pas, si ce « vous » me donne l'impression qu'il y a toujours de la distance entre « nous ». Ne m'oblige pas à me restreindre dans mes sentiments. Mon amour pour toi sera total, ou sinon rien.

Follement épris d'elle, mais redoutant néanmoins un jugement féminin expéditif à son égard, Boris Guibert fit contre mauvaise fortune bon cœur et daigna tutoyer Louise Haténa. Mais, au fond, il savait parfaitement qu'à cet instant précis, il venait de franchir la ligne rouge et qu'il laisserait une partie importante de son âme dans cette histoire d'amour, si elle venait à péricliter. Louise, quant à elle, comme toute femme venant de remporter une victoire de haute conviction sur la gent masculine, passa immédiatement à autre chose. Elle chercha ainsi à consulter son *smartphone*, fâcheusement tombé de la table de nuit par trop de remous nocturnes débridés. Elle écouta une succession de messages en absence, tous ponctués d'aboiements caverneux provenant de la même personne.
« Oupsi ! s'écria-t-elle, plutôt jovialement. Jean-Marc a tenté de me joindre plusieurs fois, sans que je m'en aperçoive. Connaissant son côté papa poule, mon major doit flipper ! Apparemment, il a ouvert par erreur un courrier qui m'était destiné et qui revendique plusieurs crimes récents dont nous sommes saisis pour enquête, dont l'un avec un poison du genre polonium. Le type se fait appeler le « *Sheitan* » apparemment, un vrai malade, quoi ! A priori, ils sont sur la piste d'un certain Kiral, qui serait probablement le commanditaire de tous ces

assassinats. Je sens bien qu'on est proche de faire un beau crâne avec ce diable. La « Papesse » va être aux… anges, lol !... Ça va, Boris ? »
Boris Guibert avait radicalement changé de couleur, miné par une étrange anxiété. Il avala de travers sa gorgée d'arabica, tenta de soigner les apparences pour masquer une soudaine impatience à quitter les lieux, usant d'une voix elliptique à la froide résonance :
- Le diable, Louise, le diable ! « *Sheitan* » signifie « diable » en arabe...

Pour le reste, le Chef du S.R. 67 se musela et adopta d'emblée une curieuse attitude élusive en usant de faux-fuyants pour se séparer de la Cheffe de la « 2 » à tout prix. Face aux requêtes insistantes de celle-ci, il prétexta avoir malencontreusement oublié d'honorer un rendez-vous de la plus haute importance qui lui était revenu en mémoire, puis enfila une chemise propre avant de déserter son *bed and breakfast* avec sa dulcinée, non sans avoir préalablement invité cette dernière, de façon aussi stratégiquement magnanime qu'authentiquement breneuse, à surtout bien prendre tout le temps nécessaire pour se préparer et quitter sa péniche sans empressement… Sitôt dit, Boris avait tourné les talons, gravi ventre à terre l'échelle de bateau et disparu sur le quai. Louise frissonna et réajusta la couverture sur le haut de son porte-jarretelles, en même temps qu'elle s'empara d'une vieille chemise à fines rayures marron de Boris, qui traînait négligemment sous le sommier.
« Prends bien soin de toi et laisse les autres le faire aussi, en attendant que mes bras t'enlacent et que nous voyagions à nouveau vers notre refuge céleste », murmura Louise, persuadée de n'avoir jamais été aussi amoureuse de quelqu'un.
Et, tout en respirant à pleins poumons la mielleuse odeur corporelle de son homme, qui émanait de cette chemise deux fois trop large dont son épiderme de déesse du petit matin était affublé, elle ajouta dans un long souffle de désir :
« Je t'aime... »

## Chapitre 4 : La chasse au « *Sheitan* »

Le brouhaha était perceptible dans tout le commissariat. Une agitation inhabituelle avait pris ses quartiers dans la salle de réunion de la seconde section de la Brigade Criminelle. Tous les enquêteurs avaient été enjoints de se rassembler à 11h00 sur instructions de la « Papesse », qui tenait à présider un briefing de la *task-force* en charge des investigations. Le siège de la Commandante Ducros était bien gardé par les deux assesseurs cerbères de la section, la Capitaine Haténa et le Major Alexi, postés de part et d'autre de celui-ci. La Cheffe de la « 2 » n'arrêtait pas de consulter nerveusement son téléphone portable toutes les trente secondes. Repérant son drôle de manège, son adjoint s'enquit de savoir ce qui la préoccupait à ce point :
« Qu'y a-t-il, Louise ? Un problème ? » l'interrogea-t-il à la dérobée.
- Non, non, Jean-Marc, rien du tout, mentit l'officière.
En réalité, cela faisait près de quarante-huit heures que Louise n'avait reçu aucun message de Boris, depuis qu'il l'avait quittée fort précipitamment au sortir de leur nuit d'amour. Elle l'avait pilonné de textos aussi passionnés qu'inquiets, mais n'avait reçu aucune réponse de sa part en retour. Le Chef du S.R. 67 semblait s'être littéralement volatilisé. Louise n'eut le temps d'écrire qu'un SMS mentionnant : « Tu me manques. Chez moi, ce soir ? », accompagné d'un lien vers le tube « *Don't Let Me Down* » des Beatles, alors que la « Papesse » fit son apparition dans le chambranle de la porte. Toute l'assemblée se leva par respect.
« Bonjour à tous, vous pouvez vous asseoir. Je n'ignore pas que vous êtes accaparés par vos enquêtes, mais il m'apparaissait essentiel de faire un point sur les investigations tous azimuts menées dans le cadre de cette affaire hors normes », furent ses propos introductifs.
- Où en est-on actuellement ? sonda-t-elle ensuite.
Le directeur d'enquête prit la parole et lui rendit compte en ces termes :
« Commandante, nous avons l'intime conviction qu'Aslan Kiral a joué un rôle déterminant dans le décès supposé accidentel d'Ihnatiy

Asavchuk. En effet, les résultats des R.I.T.T. effectués indiquent clairement que plusieurs boulons avaient été partiellement dévissés de manière intentionnelle à plusieurs endroits-clés de la carcasse du cyclomoteur que Kiral a absolument tenu à prêter à son ami. Je rappelle que la victime se trouvait sur les lieux de commission des violences volontaires en réunion par les deux Russes à l'encontre de notre collègue Jean-Kévin Ernwein, qui, heureusement pour lui, est sorti de l'hôpital depuis la semaine dernière. D'ailleurs, dès que le gamin sera en mesure de s'exprimer sans difficulté, il faudra impérativement l'auditionner pour y voir plus clair sur les circonstances de son agression. L'étude des fadettes du numéro G.S.M. de Kiral à laquelle nous avons procédé établit que le suspect connaissait bien ces deux ressortissants russes, au vu de la durée et de la fréquence des appels téléphoniques qu'il leur passait. »

Louise Haténa releva fébrilement la tête de son écran ; un rapprochement intéressant venait de percuter son esprit, aussi bien qu'il la déstabilisa, prenant la forme d'un syllogisme à la déduction impudente :
« *Primo,* réfléchit-elle, Kiral et Asavchuk connaissaient les deux Russes. *Secundo,* ces derniers doivent leur salut judiciaire à l'intercession de Boris. Conclusion : celui-ci est derrière la disparition de Kiral ! Mon Dieu… Boris ! »
Le téléphone de Louise vibra au même moment et la fit tressauter. C'était Boris, qui accepta le rendez-vous que Louise lui proposait chez elle, s'excusant platement pour son silence, en invoquant de sibyllines nécessités de service. Il plaça un cœur au-dessus du titre des « *Fab Four* ».
- Ainsi, ce dénommé Kiral serait ce « *Sheitan* » ou « le tueur aux *C.D.s* », comme la presse l'a baptisé ? Mais comment lui raccrochez-vous les autres homicides ? Va falloir des preuves pour habiller ce garçon pour l'hiver, commenta la Cheffe de la Brigade Criminelle.
- Nous n'avons pas encore trouvé de lien tangible entre Aslan Kiral et Oleg Wisniewski, compléta le Major Alexi. Mais, pour le cas de Virgile Leitaud, l'autopsie avait révélé des traces d'une substance toxique présente dans le sang, a priori due à l'absorption de métaux

radionucléides par la victime, ce qui avait rapidement altéré son état de santé général, la rendant bien plus docile pour prendre des coups de porte de congélo en pleine poire.
- Soit, poursuivit la « Papesse ». A-t-on logé Aslan Kiral pour pouvoir le serrer prochainement ? Je vous rappelle qu'un mandat d'arrêt du juge d'instruction court actuellement contre lui. Et je vais bientôt devoir rendre des comptes à ce sujet.
- Non, Commandante. À croire que ce type bénéficie d'appuis internes dans sa cavale ! Il est certes diplomate, mais semble avoir disparu de la surface de la Terre, avoua le directeur d'enquête, un peu vasouillard. Il a pourtant été inscrit au F.P.R. et les « diff' » se sont chargés de ventiler sa fiche Sarbacane sur tout le territoire national. Interpol est également saisie. Nous pensons qu'il doit déjà être loin actuellement. Il a dû se barrer à l'étranger. Dans son pays natal, sûrement.
La « Papesse » ne se contenta point de cette esquive oratoire et tonna : « Continuez de bosser sur lui, et surtout sur son environnement. Essayez d'identifier les dernières personnes que Kiral a fréquentées en France, avant de prendre la poudre d'escampette. Épluchez tout de sa vie et dégotez-moi rapidement une nouvelle piste. Le temps joue contre nous. On ne peut pas s'arrêter ainsi, au milieu du gué. Il faut pouvoir le rebecqueter d'une façon ou d'une autre. Je veux des résultats dare-dare. Bougez-vous ! »
L'assistance se leva comme un seul homme et se dispersa sans tarder, de peur de subir de nouvelles foudres de la « Papesse ». La Capitaine Haténa emboîta également le pas de ses troupes l'ayant devancée, lorsque la « Papesse » l'interpella :
« Dis-moi, Louise, toi qui t'es récemment entretenue avec le patron du S.R. 67, il ne pourrait pas nous aider sur ce coup-là ? »
- Pas vraiment, Annette, répondit sa subordonnée de manière élusive.
- Je pensais que tu aurais brisé la glace avec lui, telle que je te connais.
Louise Haténa piqua un léger fard, mais su soigner les apparences face à sa cheffe de service :
« Tu l'as dit toi-même, Annette. Je ne suis pas habilitée S.D. et n'ai aucun besoin d'en connaître. Ces espions sont taiseux et je n'ai rien appris de lui... Je te laisse, je vais rendre visite à « Ernie ». Je lui avais promis de le voir à sa sortie d'hosto, au début de sa convalescence à

dom'. Je lui transmettrai tes meilleurs souhaits de bon rétablissement, ainsi que ceux de toute la brigade. »

*****

Le capot de l'Alpine risquait encore la fusion lorsqu'elle pénétra dans les faubourgs de la capitale européenne, tandis que ses deux occupants s'étaient entre-temps refroidis, après être montés en surrégime eux aussi, lorsqu'il eut fallu gagner la frontière suisse à toute hâte. Visiblement, tant le bolide que ses passagers avaient eu très chaud. Le titre métallique « *Behind The Wheel* » de Depeche Mode martelait les baffles et cadençait leur rythme cardiaque à tous deux.

« Impressionnant ! Elle pousse, votre tire. Stras'-Genève en moins de deux heures ! Bravo, patron ! » félicita le passager.

- Aslan était dans la merde jusqu'au cou et il fallait l'exfiltrer *fissa* du coin. Il n'aurait pas tenu la G.A.V. et nous aurait tous entraînés avec lui, mettant en péril la mission. Il doit être au fin fond de son *bled* turc à l'heure qu'il est, en train de siroter un *raki*. Notre diplo' préféré a dû avoir la peur de sa vie d'être sorti de son plumard à cinq heures du mat' et de devoir prendre un zinc dans la foulée, commenta le commissaire divisionnaire, pas peu fier de son coup de force.

- Comment allons-nous faire sans Kiral pour suivre l'évolution du projet terro' de Raspoutine et Centaure ? questionna son brigadier.

- Ils sont branchés, je vous rappelle. Nous allons donc nous servir des tech' et de la géoloc'. Pour le reste, nous nous adapterons. Ils ne doivent plus être bien loin de mettre leur plan à exécution.

- Au fait, patron, j'ai vu que vous aviez remis une lettre à Aslan, avant de le quitter sur le tarmac de l'aéroport. Que contenait-elle, si ce n'est pas indiscret de vous le demander ?

- Le testament de Saint-Exupéry !... rétorqua mystérieusement le commissaire divisionnaire à son collègue.

Il faisait beau en cette fin d'après-midi à Strasbourg. L'Alpine Renault avait tangenté la syncope mécanique, mais ronronnait à nouveau avec plaisir quant à présent. Son vrombissement leva avec grâce trois cygnes majestueux qui allaient prendre leur envol au-dessus du bassin de l'Ill, avec pour toile de fond un monumental Parlement Européen, dont les immenses vitrages de l'hémicycle Louise Weiss témoignaient de l'indolence des eaux de ce modeste affluent du titan rhénan tout proche. La rivière embrassait harmonieusement la flamboyante *skyline* urbaine, au travers de ce gigantesque miroir convexe que matérialise le grandiose I.P.E. IV, tel un trait d'union entre le céleste et le terrestre. À la réconfortante sensation de soulagement, se substitua bientôt l'exubérance d'un moment de détente bien mérité, exaltée par l'amour du travail bien fait. Les deux espions aguerris prirent alors le luxe de baisser leur garde. Et, par tant d'eau vue, nécessairement, au coin de la rue, une affriandante ondine Boris aperçut. Mais, horreur !... Son cœur fut foudroyé en pleine avenue de la Paix, caracolant du printemps à l'automne de ses espoirs. Ce jour-là, gorgones et cyclopes l'auraient réduit en charpie qu'il n'aurait pas autant souffert que par la faute de sa belle Nausicaa.

« Putain !!! », lâcha-t-il farouchement, laissant son passager totalement ahuri par sa réaction intempestive.

Il braqua violemment le volant à droite, fit crisser les pneus de l'Alpine Renault et la jeta derrière le premier bosquet qu'il trouva sur le bas-côté, entre deux places de stationnement. Il tira le frein à main brutalement et se contorsionna sur son fauteuil pour observer depuis la lunette arrière une scène dramatique qui se jouait sur le perron d'une petite habitation. C'est alors qu'il la vit, qu'il la reconnut : Louise ! Un homme de son âge, à la chevelure blonde comme les blés, sortit de la masure et l'embrassa sur le pas de la porte. Elle le laissa faire et entra dans son logement, en ayant préalablement jeté un coup d'œil prudent à droite et à gauche. Les ongles de Boris Guibert s'enfoncèrent dans le revêtement cuir de son fauteuil conducteur. Celui-ci aurait tant aimé mugir de douleur, à la vue de cette traumatisante scène de trahison, mais il dû étouffer le hurlement que générait son insupportable calvaire d'apercevoir l'être aimé se comporter de manière à ce point infidèle. Ne disposant pas de la grille de lecture adéquate, son subordonné ne put saisir un traître élément de ce qui était en train de se tramer devant lui.

« Euh, patron, vous allez bien ? Que se passe-t-il ? » s'inquiéta son collaborateur, qui ne parvenait pas à définir les causes de ce brusque

revirement de situation, son chef de service passant du zénith aux ténèbres dans sa vie.
- Tenez, je vous laisse la bagnole, bredouilla-t-il. Ramenez-la au service. Il faut que je vérifie quelque chose. À demain !

Puis, le commissaire divisionnaire sortit en trombe du véhicule, avant de relever le col de sa veste, et s'empressa de changer de trottoir. Il remonta fébrilement l'avenue, la tête enfoncée dans ses épaules. A mesure que la marquise qui surplombait l'entrée de cette petite bicoque décrépie – qu'il avait machinalement prise comme point de repère – approchait de son champ de vision, le désarroi ressenti par Boris grimpa en flèche et commençait à l'anéantir sur les derniers mètres à parcourir. Son expérience professionnelle d'officier de renseignement lui intima de ne surtout pas s'arrêter devant la fenêtre de la chambre, ni même de ralentir le pas pour ne pas attirer fâcheusement l'attention sur lui. Il espérait n'ouïr que des bruits de conversation ; à son grand dam, il perçut des rires sourds et des tintements de verre. Au paroxysme de l'émotion noire qui le terrassait, le pauvre Boris se sentit défaillir et prit la première à droite pour fuir les regards curieux des passants irrévérencieux. Accoudé à la première boîte aux lettres qu'il put agripper au coin de la rue, il poussa un cri tonitruant témoignant d'une profonde mutilation de son âme, embolisant du même coup son palpitant, pourtant empathique, mais bientôt voué à flétrir et tombé en lambeaux. Et, comme après chaque coup de tonnerre, tombe la pluie, Boris pleura comme jamais, tant il était bouleversé. Ce jour-là, oubliant son sang-froid pour une fois, il versa probablement le reliquat de larmes que pouvait se permettre de verser un espion aussi chevronné que lui, après vingt ans d'une carrière irréprochable. Le relief de son émoi et le sanctuaire de sa peine ne juchaient certes que dans l'irrationnel et le passionnel, mais il n'avait jamais autant geint depuis la mort de sa femme et ses enfants. Le navrement extrême provoqué par le bruit d'un rêve qui s'écroule se lisait dans ses yeux incandescents, identique à celui qu'émettent les rires licencieux, entrecoupés par le tintement de verres entrechoqués, prélude à la concupiscente nuitée qu'il supputait. Ce n'était pas un vulgaire chagrin d'amour, l'impression d'un pathos mal maîtrisé –

qu'une formation de psychologie clinique aurait pu conceptualiser en deux ou trois tutoriels – mais juste la prise de conscience d'une des vérités féroces de ce monde : l'interdiction de rêver, barbare par son irréversibilité, implacable par son universalité. En réalité, Louise Haténa incarnait en trompe-l'œil l'espérance, par trop aventureuse, de Boris Guibert de se hisser par-delà les plafonds de verre du gris du monde incommodant, au sujet duquel il avait tant glosé. Il pouvait à présent se sentir ridicule sur un banal toit de commissariat, confondu par mégarde avec une Olympie de pure chimère, sortie tout droit de son imagination débordante et symptomatique de la crise de la quarantaine. Ses pas le guidèrent malgré lui, pour terminer leur course hagarde face à une balustrade longeant la rivière, située au bout de la place de la République. Par association d'idées confuses et mélancoliques, cette Ill lui rappela alors une autre île, celle de la Cité à Paris, autour de laquelle avait été tourné le clip de la chanson « *More...* » d'Indochine, l'hymne des amours déchues pour quiconque a connu les années 1980. La tétanie cathartique éprouvée par Boris Guibert était alors toute indiquée pour s'en remémorer un extrait des plus prodromiques :

« *...Comme dans les vapeurs de l'éther*
*Je respirais ton désir sur tes lèvres*
*Une obsession... La terre tourne à l'envers*
*Je marche de travers, une marche sans repère*
*Abattu par les fièvres par mille et un détours*
*La sale marche, la sale marche de l'amour.*
*Oh, mais que Dieu te garde et j'essaierai d'oublier*
*Oh, mais que Dieu te garde et je voudrais t'oublier...* »

Déconfit, Boris ramassa une pierre et la lança à l'eau, comme on jette une bouteille à la mer. C'est-à-dire avec désespoir. Dans ces circonstances délétères, il est clair que d'autres que lui auraient volontiers accompagné la pierre dans sa fatale trajectoire pour couler à pic avec elle. Mais, ses inébranlables convictions humanistes – fondées sur un solide réalisme, plutôt que sur de lâches considérations optimistes ou pessimistes, qui ne lui auraient été d'aucune utilité en

l'espèce – empêchèrent la « Panthère » de commettre l'irréparable. Et puis, surtout, il y avait ces mots de Louise, pourtant envoyés la veille de sa tromperie, mais dont il était convaincu qu'ils ne pouvaient pas être l'œuvre d'une mauvaise personne : « *Chaque épreuve de cette vie nous renforce et, si nous faisons le chemin à deux, rien n'est impossible. Là est notre invincibilité : si ton cœur trébuche, le mien prendra le relais et ce, pour l'infini de nos existences. Si les aléas existent, si le risque est omniprésent, notre relation, quant à elle, est unique et vaut tous les sacrifices.* »
Pourtant profondément abattu, et marqué dans sa chair du sceau de la trahison, il se redressa instantanément au simple souvenir de ces derniers et se persuada tout au fond de lui :
- Ce n'est pas possible d'avoir écrit en si peu de temps toutes ces magnifiques phrases, d'une sincérité aussi forte, et violer aussi ouvertement ses idéaux de femme libre ! Tout ça, ses fameuses « Heures H » dont tout le monde parle, c'est à cause de ce salaud, ce Maxime ! Il l'aura meurtrie à jamais… Il est grand temps de s'occuper de lui une bonne fois pour toutes… Justice doit être rendue !
Revirement radical de clip dans sa tête : caressant des envies de meurtre, Boris Guibert se voyait à présent davantage tourner le remake du titre « *Sabotage* » des Beastie Boys avec ce cher Maxime en plastron *guest star*.
Et ainsi, ses *Ray-Ban Aviator* polarisées métal chaussées sur le nez, ses écouteurs sans fil dans les oreilles, le Chef du S.R. 67 s'en fut dans le soleil couchant, bien décidé à changer le cours du destin à sa manière.

*****

Tous moments, en particulier les plus délectables, ont nécessairement une fin désagréable. La *deadline* des dix-neuf heures trente approchait au cadran de la montre de Louise, qui souhaita instamment prendre congé de son hôte blondinet.
« Je suis rassuré de constater que tu te portes de mieux en mieux. Merci pour cet agréable moment passé avec toi, Jean-Kévin, mais il

faut que je parte. Je suis pressée ; je reçois quelqu'un à dîner chez moi tout à l'heure. »
- Ah ? Un rendez-vous galant ? Je suis jaloux, Capitaine ! plaisanta le policier adjoint, non dupe, qui s'affairait à débarrasser la table basse d'une bouteille de crémant à moitié vide et de leurs deux flûtes.
- Carrément, mon petit « Ernie », je vois quelqu'un depuis peu, lui confia sa cheffe de section. *Life completed !* Mais, s'il te plaît, ne l'ébruite pas, car il s'agit de quelqu'un de la boîte et, pour l'instant, la situation est déjà assez compliquée comme ça pour lui et moi. Tu connais les ravages de « radio police », si ça se savait, n'est-ce pas ?
- Ne vous inquiétez pas, Louise, rassura Jean-Kévin Ernwein, je ne dirai rien, ni ferai aucune allusion aux « gars de la 2 ». Je suis très heureux pour vous, à vrai dire. Vous méritez une belle personne dans votre vie, Capitaine. Vous vous êtes toujours occupée de nous tous comme une mère, il est normal que l'on prenne soin de vous également quant à présent.
- Toi aussi, Jean-Kévin, tu le mérites, déclara en retour la Capitaine Haténa, soulignant au passage le courage dont avait fait preuve sa nouvelle compagne, en appelant les secours à la suite de la violente altercation dont il avait été victime.
Puis, elle fit les bises à son collègue tout en s'excusant pour le dérangement, notamment les éclats de rire fraternels partagés, qui auraient pu troubler la quiétude du voisinage. Il est vrai que Louise, une fois débridée, est familière des esclaffements. Elle détala ensuite à toute vitesse dans la rue pour monter dans le premier bus disponible, afin de rentrer au plus vite à son appartement, situé au deuxième étage d'un petit immeuble populaire de charme à la Krutenau, dont la façade donnait sur une vacarmante place estudiantine.

Arrivée au pied du bâtiment, elle n'omit point de demander au gérant du *döner kebab* d'à côté qu'elle connaissait bien, la permission de lui emprunter un tire-bouchon – pourtant d'un naturel prévoyant, Louise pâtissait néanmoins d'une batterie de cuisine parcellaire et hétéroclite, qu'elle n'avait jamais songé à compléter spécialement – pour déboucher une gouleyante bouteille de Mythique Languedoc rouge, millésime 2014, dont l'étiquette et le bouchon présentaient l'effigie d'une chouette, symbole antique de la sagesse d'Athéna, une des nombreuses qualités reconnues à cette déesse grecque protectrice. *In vino veritas* : le sous-entendu de Louise à l'adresse de son Boris était limpide comme de... l'eau. D'ailleurs, heureusement pour elle que les femmes savent faire plusieurs choses à la fois ! Surveillant avec vigilance la cuisson de ses délicieuses lasagnes maison qu'elle venait de placer dans un petit four électrique – prêté pour l'occasion par son frère Ludovic –, jouxtant le saladier d'un mesclun légèrement assaisonné avec une pointe de moutarde, elle mit un soin particulier à s'apprêter pour plaire à celui qu'elle chérissait de tout son cœur de petit bout de femme. En effet, une fois ses alliciantes pupilles de chat relevées par quelques traits d'*eye-liner*, contrastant magnifiquement avec son joli fond de teint de pêche, elle enfila sa combinaison *shorty* en jersey bleu marine, en glissant au préalable sous ses ravissants collants satins sombres son excitatif porte-jarretelles de la fois dernière. Puis, elle s'empressa de lacer ses bottines Dior en velours noir surmontées d'une boucle pleine en métal fin doré. Enfin, une rapide retouche à sa chevelure désirable acheva de satisfaire la jeune femme, ô combien merveilleuse ainsi nippée et fardée. Aucune dulcinée au monde n'aurait pu prétendre à être plus sublime ce soir-là que Mademoiselle Louise Haténa ! Ce cher Boris tombera, à coup sûr, en pâmoison au premier regard, tant il la désirait passionnément. Austin, quant à lui, fit son minet blasé et leva ses pupilles au plafond, avant de se vautrer sur le tapis de la salle de bain en croisant ses pattes, tout en s'empressant de les lécher avec flegme.

Voici justement son compagnon qui sonna à la porte cochère. Louise appuya sur le bouton de l'interphone, en même temps qu'elle baissa le volume de la radio. Damien Saez, à travers l'interprétation de son titre « *Sauver Cette Étoile* », l'avait accompagnée dans le dressage de sa somptueuse table avec couverts en argent et chandeliers de cristal à bougies rouges de préférence – pour parfaire l'ambiance romantique et raffinée d'un tête-à-tête improvisé un vendredi soir – et terminer de mitonner ce bon petit plat destiné à ravir les papilles de son homme. L'enchantement du moment ne lui fit toutefois pas perdre de vue les récents développements judiciaires exposés à la « 2 » au sujet de l'affaire Kiral, pour laquelle l'officière supputait que le Chef du S.R. 67 puisse être impliqué directement ou de près. A cette pensée sombre indiquant que Boris se parjurait, elle y opposa l'incantatoire insouciance du moment. Peu importe, il devait avoir ses raisons pour mentir ainsi, ou plutôt sa raison, celle de l'État, comme toujours ! Elle laissa toutefois échapper un long soupir de contrariété. Les foulées lourdes du commissaire divisionnaire faisaient craquer le bois vermoulu de l'escalier principal. Boris pinçait sa main droite rubiconde, qui lançait au niveau des derniers métacarpes. Pour éviter de prendre le risque d'éveiller des soupçons auprès de sa limière de compagne, il chercha à dissimuler la fin de son halètement provoqué par une scène des plus sanguines qui s'était déroulée une heure auparavant. Au moment de frapper à la porte du domicile de Louise, qui allait certainement lui exhiber son plus beau sourire, il souffrit intempestivement d'imaginer la nouvelle femme de sa vie dans le lit du premier imbécile venu, au fond d'une vieille baraque glauque. En raison de ce cynisme éhonté de Louise qui lui cachait la vérité, Boris lâcha un vif soupir d'amertume. Mais, bientôt, une voix guillerette rompit cette torpeur réciproque, lorsqu'elle s'exclama :

« Comment va mon amoureux aujourd'hui ? »

- Bien, Louise, bien, répondit Boris, qui ne parvint pas à faire écho à l'a frivolité affichée dans le cadre de leurs grandes retrouvailles. Il préféra d'emblée l'embrasser sur la bouche pour masquer son malaise.

- Tiens, poursuivit-il, en lui offrant un objet carré et plat, emballé dans du papier cadeau.

Il s'agissait de la discographie complète du groupe Status Quo.

« Oupsi ! Tu es adorable, Boris ! Toi et les *C.D.s*, c'est une grande histoire d'amour à ce que je vois. *Vintage* jusqu'au bout des ongles… Je connaissais déjà quelques chansons d'eux. Ma préférée est « *Technicolour Dreams* ». Je la passe dans ma bagnole de temps à autre. Je pense d'ailleurs très fort à toi à chaque fois que je l'écoute. Elle me rend si joyeuse. »

Boris Guibert parut touché par ce bel élan de tendresse spontanée et s'adoucit quelque peu. Il vit ensuite une drôle de boîte à bonbons qui traînait sur le plan de travail de la cuisine. Il crut bon de cancaner à son sujet :

« Ah, s'étonna-t-il, je constate que ma petite Louise à garder son cœur d'enfant avec un sacré penchant pour les friandises. »
- Pas du tout, Boris, tu n'y es pas, répondit-elle, mal à l'aise. Il n'y a plus aucun bonbon à l'intérieur depuis bien longtemps. Je garde cette vieille boîte métallique en souvenir de mon père que je n'ai jamais connu. Après le décès de ma mère, à ma naissance, il m'a abandonné pour vivre une autre vie, de retour en Russie, son pays natal. Mes parents adoptifs n'ont eu que cette info' à me donner sur mon père biologique depuis que je suis toute petite. Cette boîte a donc une valeur sentimentale forte pour moi et j'y range aujourd'hui mon arme de service. C'est ma manière de désacraliser la figure du père ou de conjurer le sort. On fait comme on peut, que veux-tu ! Mais, c'est surtout un symbole porteur d'un message ambivalent : celui qui t'a donné la vie peut aussi t'insuffler la mort pour le reste de ton existence. Néanmoins, depuis que tu partages mon intimité, je parviens enfin à relativiser cette vision manichéenne de la vie qui m'asphyxie depuis toujours.
- Pardonne-moi d'avoir heurté une corde sensible, Louise, s'excusa platement Boris.

Soudain, celui-ci se surprit à sentir son arc de Cupidon se redresser, témoignant d'une certaine autosatisfaction, lorsqu'il découvrit que Louise avait emporté à son domicile quelques-uns de ses effets vestimentaires, essentiellement des chemises et des *t-shirts* qu'elle portait le soir, pour humer sa fragrance corporelle qui s'en dégageait. Selon les aveux de la jeune femme, cette dernière leur attribuait des effets prophylactiques pour soigner ses insomnies chroniques lors de filandreuses nuits aux sueurs froides, dépourvues du bon secours prodigué par le corps voluptueux de son homme rivé au sien. La jeune officière s'aperçut de sa réaction et ajouta, en lui tendant un gros pull à capuche marron :
« Tiens, prends-le. Je te le donne. Ne sois pas jaloux. C'est mon *hoodie* fétiche, je te le confie. Je sais que tu en prendras grand soin. Comme ça, tu m'auras également avec toi le soir, juste en plongeant le nez dedans et en me respirant à pleins poumons. Ainsi, grâce à lui, je sais que tu ne m'oublieras pas au fin fond de ta péniche. »

- Un *hoodie* aux couleurs de la fac' de droit de Strasbourg, persifla Boris, je suis flatté. J'ignorais que tu avais fait ton droit ici.
- Carrément, mon cher, en bonne Alsacienne que je suis : je suis lauréate d'un Master II Sciences Crim', sans jamais avoir repiqué une année depuis mon bac S, tout en ayant fait une césure en Irlande, l'année de mon Master I, à *l'University College Cork*, étaya Louise avec fierté.
- Tu en gardes un bon souvenir ? Ça t'a plu ? demanda Boris, se montrant plus détendu. Il prit une chaise et s'assit dessus, non sans s'être préalablement servi un généreux verre de Mythique.
- C'était un séjour inoubliable, en compagnie d'amies proches, dont certaines sont exposées en photo sur la guirlande que tu peux voir dans mon appart'. J'en garde des souvenirs extraordinaires. Outre les études, j'ai surtout pu visiter l'Île-Émeraude en louant un Renault Kadjar pour en faire le tour *via* le *Wild Atlantic Way*. Sans oublier de visiter la fameuse *Guinness Storehouse*, en plein cœur de Dublin. D'ailleurs, je me souviens que, peu de temps après, les premières neiges sont tombées sur le pays. Il n'y en avait pas eu depuis des dizaines d'années et la population était totalement paniquée. Certains faisaient des réserves de vivres et d'eau, comme si une guerre venait d'être déclarée. J'étais morte de rire. Les Irlandais sont des gens géniaux. Le seul bémol dans tout ceci concernait Maxime ; il me manquait beaucoup à ce moment-là, car j'étais sur le point de me fiancer avec lui. Mais, c'était sans compter qu'il me trompait pendant tout ce temps et qu'il allait bientôt faire preuve de violences à mon encontre, une fois revenue en France, comme je te l'ai révélé précédemment. Tiens, à ce propos, je serais curieuse de savoir ce que ce mec est devenu et s'il regrette ses actes odieux. À mon avis, ce soir, tel que je l'imagine, il doit être *O.K.L.M.* dans son canapé avec sa nouvelle conquête, profitant d'un bon verre de vin, un peu comme toi en ce moment, sans se soucier aucunement du mal qu'il m'a fait à l'époque…

Apparaissant gêné à l'évocation de Maxime, Boris racla le fond de sa gorge et ingurgita une lampée de picton, tout en portant à nouveau son pouce gauche dans la paume de sa main droite pour la

délasser d'un précédent choc. Au passage, son regard croisa la vieille Gibson de Louise, qui gisait dans le coin de la pièce, non loin d'un imposant miroir rectangulaire posé à même le sol, et s'en servit de prétexte pour changer de sujet :
« Hum… Et la guitare, là-bas ? C'est pour la déco' ou tu grattes vraiment ? »
- Oui, Môssieur, j'en joue, ou plutôt j'en jouais, au sein d'un groupe qui déchirait dans mon bahut à l'époque, répliqua la jeune femme, arborant une moue d'auto-dérision à la commissure de ses lèvres angéliques.
- Eh bien, développe, Louise ! Je veux connaître tous les détails croustillants de ta carrière avortée de *popstar*. Tu m'en as trop dit ou pas assez, là… la taquina Boris.
- Je vois que tu as envie que je sorte les gros dossiers ce soir, toi, s'amusa-t-elle, très touchée par l'intérêt sincère que Boris portait à son parcours personnel, en retirant en même temps ses lasagnes brûlantes du four. Son invité s'employa à allumer les chandelles et à remuer la vinaigrette de la salade pendant ce temps-là.
- En réalité, tout a commencé avec ma passion pour le *rock* alternatif. Je suis une grande fane de Kurt Cobain et j'avoue avoir été éprise de lui durant toute mon adolescence. J'étais inscrite au Collège « Galilée » à Lingolsheim. Arrivée en quatrième, et forte d'une scolarité de petite fille modèle, déléguée de classe de surcroît, j'ai finalement fait ma crise comme tous les gosses à cet âge-là. Certains plongent dans les crêtes colorées, le *shit*, ou l'alcool. Moi, c'est dans la musique que j'ai adopté la *rebel attitude* à l'époque. J'ai alors monté un petit groupe avec trois ou quatre potes musicos amateurs. Pour faire enrager la direction du bahut, j'ai exprès nommé mon groupe « Antarès », du même nom que ma classe de quatrième. Je trouvais que ça claquait grave en plus !...
Louise servit une part toute fumante de ses lasagnes à l'aspect si succulent, concoctées avec amour. Comme tous les cordons bleus, elle eut l'auto-critique acerbe sur la teneur en sel de son plat, la qualité de la viande, ou l'onctuosité des plaques de pâte fraîches *al dente*. Elle prétendit même qu'elle était davantage amatrice de cuisine indienne plutôt que de gastronomie européenne, pour parer à toute

récrimination éventuelle de son convive. Mais point d'acrimonie de la part de ce dernier, bien au contraire : Boris se régala les papilles à chaque bouchée, d'autant que, simultanément, il croquait sans modération de ses yeux ardents le félin regard amoureux de sa petite femme. Ce fut assurément le meilleur repas de toute sa vie, ce 17 décembre-là. Il n'en prendrait conscience que bien plus tard, prêt à tout sacrifier pour goûter à nouveau à l'envoûtante saveur de cette soirée si extraordinaire, en totale harmonie avec son *alter ego*. Toutefois, un grain de poivre vint infortunément compromettre la fin de soirée, lorsque Louise poursuivit la conversation en relatant une séance de cartomancie particulière :
« C'est drôle, dit-elle, mais en évoquant le mot « Antarès », je me suis souvenu qu'une de mes meilleures amies m'a tiré les cartes il y a peu de temps. Je n'y crois pas spécialement, mais une sorte d'Étoile du Berger apparaissait sur la quasi-totalité des cartes que j'avais choisies au hasard. Mon amie a interprété cette récurrence comme le signe annonciateur d'un homme porteur de lumière, qui allait bientôt entrer dans ma vie pour ne plus en sortir. Aujourd'hui, tout est tellement clair : j'ai compris qu'il s'agissait de toi. Mon cœur n'attendait que toi et personne d'autre. »

Boris se figea net, bientôt rouge de colère, en mettant en perspective les paroles minaudières que sa compagne venait de lui adresser et ce qu'il avait pu observer de révoltant chez celle-ci, à peine quelques heures plus tôt dans un autre quartier de la ville, subornée aux plaisirs de luxure procurés par un bellâtre entreprenant. Boris réussit à contenir son ire, mais ironisa sur un ton vindicatif :
« Moi, ado', j'étais tout aussi *rock rebel* que toi. Mais, vois-tu, j'étais plus branché *rock* français, surtout Noir Désir. D'ailleurs, mon couplet préféré de leur titre « *Tostaky (Le Continent)* » dit bien : « *Soyons désinvoltes, n'ayons l'air de rien* ». Ça évoque quoi pour toi, Louise ? Tu n'as rien à me dire ? »
La Cheffe de la « 2 » blêmit aussitôt et fut tiraillée par une sensation aiguë de perplexité. Elle ne répondit pas tout de suite à son hôte et alla cliquer sur son P.C. pour lancer une *playlist* de soirée – qu'elle avait préparée pour l'occasion – et tenta de déplacer l'échange en cours sur

un terrain plus favorable. Ainsi, c'est dans la suavité que débuta sa lecture avec le titre « *Dreams* » du groupe *seventies* Fleetwood Mac. Entre-temps, Louise était revenue vers Boris, avait décalé l'un des chandeliers sur la table et s'était placée sensuellement à califourchon sur lui.

« Écoute, lui dit-elle, les yeux dans les yeux, en s'installant lascivement sur son homme resté assis, je n'aime ni la musique de ce groupe, ni tes insinuations que je ne saisis pas vraiment. Je t'aime profondément Boris et je veux que tu me prennes fort contre toi ce soir. Fais-moi l'amour s'il te plaît, j'ai très envie de toi ! »

Puis, elle voulut l'embrasser fougueusement, mais Boris resta de marbre, en plaçant impassiblement ses mains sur le haut de ses cuisses, malgré les licencieuses jarretelles qui courraient sous le jersey.

« À toi d'écouter à présent : à l'Académie du Renseignement, on t'apprend le « M.I.C.E. », un acronyme britannique pour « *money, ideology, compromission, ego* » les quatre leviers de manipulation opérant sur tout être humain. C'est le jeu auquel tout le monde joue sur cette planète, moi le premier. Mais, il y a une règle d'or à ne jamais violer, sous aucun prétexte : on ne se sert pas des rêves de quelqu'un contre lui pour parvenir à ses fins. Une balle en pleine tête eût été moins douloureuse qu'une balle en plein cœur. Si tu ajoutes le « R » du mot « rêve » dans le « M.I.C.E. », son anagramme donne « C.R.I.M.E. ». Cette ligne rouge franchie, tu n'es plus ni officier de renseignement, ni manipulateur, ni même simple menteur. Non, tu n'es plus qu'un vulgaire assassin. Je te le demande, Louise : M'as-tu manipulé avec mes rêves ?... Je le sais, je le sens… »

Blessée dans son honneur, Louise quitta les jambes de Boris, se releva avec dignité, réajusta pudiquement le bas de son *shorty* et se tint droite dans ses bottines, fixant son compagnon de toute sa condescendance. Puis, sans dire un seul mot, elle récupéra une grande enveloppe kraft scellée qu'elle avait astucieusement dissimulée près du lave-vaisselle et lui remit en mains propres. Elle aurait préféré lui donner à un moment plus opportun, probablement plus câlin, mais il y avait urgence en la demeure.

« Tiens, puisque tu doutes de mon amour pour toi, c'est de la part de la petite conne à son vieux con. Ouvre-la ! » vociféra-t-elle.
Boris put lire sur l'enveloppe la mention « Les Jean-Jacques qui s'aiment ». Il décacheta l'enveloppe et en sortit une écharpe en cachemire, de couleur bleu marine, un marque-page plastifié à partir d'un dessin au feutre fin du « *Petit Prince* » d'Antoine de Saint-Exupéry, assis sur sa planète tout contre son renard apprivoisé, citant la célèbre morale de ce chef-d'œuvre : *On ne voit bien qu'avec le cœur, l'essentiel est invisible pour les yeux*. La plus belle pièce de cette collection devait clore ce vernissage amoureux préparé par Louise. En effet, lorsque le Chef du S.R. 67 retira de l'enveloppe une magnifique aquarelle le représentant de dos avec elle dans les bras, d'une fidélité incomparable à leur scène d'amour jouée sur le pont du « Maine Coon », trait pour trait vêtus des tenues qu'ils portaient lors de leur soirée cubaine, allant jusqu'à rappeler la bretelle de la robe rouge négligemment tombée sur l'épaule gauche de Louise cette nuit-là. Louise avait rêvé pour deux dans son tableau si puissant : les Docks avaient en effet disparu, au profit des rouleaux d'écume d'une mer caraïbéenne alanguie, enlacés les pieds nus dans le sable chaud, probablement celui de la plage de Varadero…
Certes toujours courroucé, Boris ne put retenir un sifflement admiratif devant tant d'amour concentré en une seule œuvre. Louise Haténa avait décidément beaucoup de talent. Dominatrice dans l'instant, l'officière porta la fatale estocade à son détracteur :
« J'ai voulu réchauffer ton cœur par tous les moyens, que ça soit avec l'écharpe au sens propre, ou avec mes dessins au sens figuré. J'ai voulu ainsi te prouver que tu comptais plus que tout pour moi. Quant aux « Jean-Jacques qui s'aiment », ne te méprends pas sur un éventuel *coming-out* de ma part, oupsi... C'est simplement pour le clin d'œil : j'ai en effet remarqué que tu étais né le même jour que Jean-Jacques Goldman, tandis que moi, je partage ce point commun avec Jean-Jacques Rousseau. Selon moi, c'est un énième signe qui scelle notre relation si particulière, au-dessus du gris du monde incommodant, comme tu le dis si bien. »
- Ah oui ? Très bien. Alors, pourquoi m'as-tu trompé avec ce type avenue de la Paix cet après-midi ?! Tu m'as trahi, Louise. Je vous ai

vus, ne me mens pas ! asséna Boris d'une voix accusatrice à la face de sa compagne, médusée par son secret aussi brutalement divulgué.
Et, sans désemparer, Boris se leva de sa chaise, prit sa veste et poussa la porte de l'appartement qu'il claqua violemment derrière lui.

*****

Prostrée sur son canapé en sanglots, Louise se trouva anéantie par ce malentendu. Elle avait préalablement tenté de rattraper Boris au niveau de l'ascenseur, en sortant en trombe de son appartement pour l'entourer de ses bras et lui fournir une explication, en vain. Son amoureux était déjà loin. En revenant désemparée dans son logis, à la vue d'une grosse araignée noire qui progressait sur son tapis de salon, sa phobie de ces « bêtes du diable » – comme elle avait coutume de les surnommer – avait eu aussitôt raison de ses larmes. Elle poussa son raisonnement plus loin sur cette laide visiteuse nocturne :
« Mais ne dit-on pas *Araignée du soir, espoir* ? » pensa-t-elle benoîtement.
C'eût été mal la connaître que de douter de l'opiniâtreté dont cette jeune officière pouvait faire preuve, lorsqu'un objectif lui tenait particulièrement à cœur. Pour elle, la fin justifiait toujours les moyens. *Aux âmes bien nées, la valeur n'attend point le nombre des années*, affirmait Pierre Corneille, tout comme la force d'une Chimène amoureuse inférait assurément le karma de Louise Haténa.
Cette dernière entreprit alors de changer de vêtements à toute hâte, passant de la tenue parfaite de divine succube à celle plus *running* de cette femme sensible et éprise, qui court après un amour dont elle sent bien qu'il va lui échapper ; si Boris ne souhaitait plus venir à elle, c'est elle qui viendrait à Boris.

Et vlan ! Les deux battants de la lourde porte cochère s'entrechoquèrent, laissant le chagriné Austin seul dans sa tour d'ivoire. À moitié avachi sur une pile de livres posée devant les carreaux de la fenêtre du salon, dans une pâle imitation du Sphinx de Gizeh, le chat guetta, taciturne et inquiet, son ailurophile favorite déguerpir ventre à terre, en traversant la route pour s'engouffrer dans

la rue des Planches et disparaître de sa vue… Sa maîtresse avait calculé, à partir d'une application sur son téléphone portable, qu'il ne lui faudrait que 23 minutes exactement pour rejoindre la péniche de Boris depuis son domicile. « *23 Minutes* », comme la chanson éponyme du groupe Radio Elvis, qui scandait maintenant ses enjambées effrénées sur l'asphalte des trottoirs de la ville. Cavalant jusqu'à plus soif, obsédée par le fracas distinct que produit un amour lorsqu'il vous quitte et s'effondre pour toujours, Louise Haténa ne percevait que collatéralement l'effervescence des personnes qui se tenaient sur sa trajectoire, sans y prêter d'attention particulière, tant son esprit n'était hypnotisé que par un unique objectif : retrouver l'homme de sa vie, le retenir coûte que coûte, tout lui expliquer, ne pas risquer de le perdre irrémissiblement… « *23 minutes et c'est la nuit qui s'avance… Que restera-t-il de nous à la fin du jour ?...* » Là, un enfant qui pleure, ayant chuté de vélo au bord du caniveau, aussitôt consolé par sa mère, qui lui promet des crêpes pour l'amadouer… « *C'est la vie, c'est comme ça, ça passera, tu verras…* » Vite, il faut tourner à gauche au cédez-le-passage, en sortant de la rue des Poules… « *Laissons venir à nous ce revers de caresses…* » Plus loin, le grésillement de la motocyclette d'un livreur de *sushis*, entrecoupé par les éclats de rire d'une bande de copines déguisées, désignées volontaires pour oser le ridicule en public dans le but de contenter la future mariée, le tout agrémenté d'un vieil homme avec son béret, longeant les murs de la vieille manufacture des tabacs, promenant son basset *hound* de neuf ans, robe citron et blanc, souffrant d'incontinence nocturne... « *Le temps nous prendra tout, nos parfums, nos ivresses…* »
« Grouille-toi, Louise ! » s'exclama-t-elle, en s'astreignant à courir plus vite, toujours plus vite, sans savoir si cela suffirait pour éviter le pire. Car l'amour n'attend pas, surtout sur le quai d'un aller simple sans retour.
« Ce qu'il peut y avoir comme monde sur les terrasses des cafés de la rue de Zurich, s'étonna-t-elle, à tel point que l'on doive prendre le risque de slalomer entre les tables et emprunter la chaussée !… Mais qu'importe, le jeu en vaut toutes les chandelles ! Je me meurs sans lui ! Ne me quitte pas, Boris. Ne me quitte pas, mon amour. »

« *C'est la vie, c'est comme ça, ça passera, tu verras…* » Certains serveurs, amusés par cette joggeuse inspirée suant à grosses gouttes, scrutaient Louise de manière stoïque, escomptant de ne reprendre leur service qu'une fois cette comète interlope ayant bifurqué au coin de la rue de l'Hôpital Militaire. « *Plus personne, plus personne ne saura qui nous sommes...* » Remontant cette artère excessivement passante, Louise dut prendre garde aux nombreux badauds, lorsqu'elle fendit une première file d'attente étirée qui jouxtait la devanture d'une pharmacie, tout comme la fin d'une seconde ayant serpenté tout le jour autour du bâtiment de la Caisse Primaire d'Assurance Maladie, rue de Lausanne. « *Et nous serons debout sans noms et sans visages...* »
« *Boris sera-t-il chez lui ? Voudra-t-il bien comprendre que ce qu'il considère comme un écart de conduite impardonnable de ma part n'est en réalité qu'une simple marque d'affection envers Jean-Kévin ? Sera-t-il à ce point intransigeant pour remettre en cause les germes de notre amour ?... Courir et réfléchir, réfléchir et courir, mais quoi lui dire ?* », s'interrogeait-elle de manière erratique, entre deux potelets évités, une bouche d'égout franchie et un pictogramme ignoré. « *Aucune trace à laisser plus rien à oublier... Que restera-t-il de nous à la fin du jour ?…* »

La péniche du commissaire divisionnaire était en vue. Il sembla à la jeune officière éperdument amoureuse distinguer un mince halo de lumière sourdrant de l'un de ses sabords. Toutefois, le charivari d'une bacchanale improvisée en fête *clubbing,* émanant d'une vingtaine de sauvageons, qui se tenait sur les marches de l'escalier de secours extérieur de la Médiathèque André Malraux, extirpa soudainement Louise de son angoisse lancinante, au point qu'elle fut déséquilibrée dans sa course échevelée, en s'engageant trop hâtivement sur le tablier en bois humide et glissant de la passerelle Marc Chagall, qui la menait à la rue du Bassin d'Austerlitz. Elle manqua de peu de chuter lourdement sur l'ouvrage et ne dut son salut qu'à un coin de garde-corps en acier auquel elle put se cramponner in extremis. En dépit de cet incident, elle parvient à rallier l'embarcation en boitillant toutefois sur les derniers cinquante mètres. La lueur blafarde qu'elle avait

interprétée comme un signe de la présence de Boris à son domicile la désappointa au plus haut point. En réalité, il ne s'agissait que de la veilleuse de la chaudière visible depuis le quai qui s'allumait par intermittence. Louise hurla plusieurs fois le prénom de celui qu'elle chérissait de toute son âme. Elle se hissa sur l'échelle de bateau, tenta en vain de déverrouiller la porte de l'embarcation passa en revue tout l'accastillage du pont supérieur, à la recherche d'indices potentiels lui délivrant une quelconque indication sur l'endroit où elle pourrait retrouver sa moitié et pouvoir tout lui expliquer. Elle chercha longtemps à déduire ce que Boris pouvait bien faire au même moment. Mais rien ne fut concluant dans son esprit. Il lui sembla alors que le Commissaire Divisionnaire Guibert avait totalement disparu de la surface de la Terre. Bientôt accablée par un infini chagrin d'amour, Louise regagna le quai. Elle se laissa choir sur un banc public, se recroquevilla sur elle-même et pleura comme jamais elle n'avait pleuré. Elle le savait, c'était la fin : elle l'avait perdu pour toujours.
« Mais que ça fait mal !... Mon Dieu, que ça fait mal !... » exhala-t-elle violemment sa peine, en sourde victime d'un destin implacablement décevant, dont le cœur suriné de multiples coups de poignard la rendit gisante dans une mare de larmes, seule au beau milieu d'une sorgue glaciale.

*****

« Ça fait longtemps qu'elle est plantée là ?... » demanda un gardien de la paix, qui circulait dans les couloirs de la « 2 ».
- Oui, elle n'a pas bougé d'un pouce depuis au moins deux plombes, répondit un brigadier qui faisait discrètement le guet par le vantail d'une fenêtre donnant sur la cour de l'hôtel de police.
- Ahah ! Et c'est reparti pour un tour !... La Capitaine Haténa et ses « Heures H » !... persifla son collègue, sans aucun tact à son égard.
Son supérieur lui rabattit immédiatement le caquet.
- Arrête tes conneries, ce n'est pas le jour ! gronda-t-il. Ça a l'air plus sérieux que d'habitude. Mais, regarde-la : la capitaine fume une clope et a sa main qui tremble comme tout. Je ne l'ai jamais vue dans cet état ! C'est plus intense que d'habitude : il s'est passé quelque chose

de grave, c'est sûr. Tu pourrais franchement faire preuve de respect pour la cheffe !
- Ouais, enfin, ce que j'en dis, moi… bougonna cet ours mal léché.
- Vas-y, mon grand, nous t'écoutons, ne te gêne surtout pas pour nous, le chapitra Jean-Marc Alexi, qui avait tout entendu depuis son bureau et s'était furtivement rapproché des deux jacassiers. Ose nous dire ce que tu crois savoir des problèmes perso' de la capitaine, nous sommes tout ouïe !
L'indélicat agent fut pris au piège de son idiotie et resta taiseux.
« C'est bien ce que je pensais : tu n'as rien à dire ! reprit le major, outré par cette mutine insolence. Messieurs, je crois que la fin de la récréation vient de sonner ! Je vous prierais dorénavant de garder vos commérages pour vous et de retourner bosser. Je vous rappelle que ce n'est pas le boulot qui manque en ce moment et que vous êtes accessoirement payés pour le faire. »
Après avoir évincé *manu militari* ces deux butors, le Major Alexi ne put à son tour se soustraire à la curiosité d'observer quelques secondes la Capitaine Haténa : ses cheveux d'ébène étaient en bataille, la cigarette à la bouche, vêtue d'un gilet gris bouloché et d'un jean noir élimé, comme pétrifiée en plein milieu de la maison poulaga, qui fourmillait comme à son habitude en ce début de journée.
« C'est vrai que je ne l'ai jamais vue comme ça... » ressassait-il, d'humeur bilieuse.
Il hésita encore dix minutes, en faisant les quatre cents pas dans son bureau, puis décida inopinément de retrouver sa supérieure hiérarchique sur le pavé pour en avoir le cœur net. En dévalant l'escalier central du bâtiment, le Major Alexi croisa en coup de vent le directeur d'enquête de l'affaire du « tueur aux *C.D.s* » sur la marche palière à l'étage inférieur. Il lui sembla que son collègue fut pris d'une frénésie inhabituelle, puisque tous deux ne se saluèrent qu'en coup de vent.

Parvenu au rez-de-chaussée du commissariat, Jean-Marc Alexi ouvrit la poche latérale de sa veste et en sortit une cigarette quelque peu hétérodoxe, de forme torsadée et au papier O.C.B. jauni. Louise Haténa fut instantanément arrachée à son inusuelle sidération, en

apercevant son adjoint la rejoindre dans la cour d'honneur. Elle écarquilla ses yeux, lorsqu'elle le vit s'allumer de manière improbable cette drôle de sèche à côté d'elle.
« Tu refumes, Jean-Marc ? », s'étonna-t-elle, triturant nerveusement son légendaire petit nounours gris attaché à son porte-clés.
- On ne peut décidément rien te cacher, Louise. Apparemment on est deux... ironisa le Major Alexi. Vois-tu, cette clope toute rabougrie, je la gardais au fond de ma poche depuis longtemps. C'est un peu ma bouée de sauvetage, à n'utiliser qu'en cas de force majeure. La dernière fois que j'en ai grillé une, c'était lors de l'une de mes astreintes O.P.J. il y a une quinzaine d'années, lorsque j'étais encore flicard au commissariat du Mans. On m'avait envoyé sur un infanticide. Sydney qu'il s'appelait, ce môme aux traits angéliques. Tué sous les coups de son paternel pour un énième pipi au lit accidentel, qui l'a ensuite laissé sans surveillance se noyer au fond de son bain… Je n'ai jamais oublié ni l'expression de son visage, ni le sac mortuaire noir petit format que tous ses copains de la cité ont vu passer sous leurs yeux, qui me succédait en sortant de l'appartement. La plupart d'entre eux ne comprenaient pas ce qu'était devenu leur ami, tout en me demandant de leur expliquer où il se trouvait… Je me suis alors allumé une clope pour me donner de la contenance, car j'étais juste incapable de leur dire la vérité. La cigarette, c'est la fuite du flic.
- Pourquoi tu me racontes tout ça, Jean-Marc ? Tu as revu le fantôme du petit Sydney hier soir entre deux verres de whisky bon marché chez ta « *Doctor Horror* » ? répliqua une « *Miss Hyde* » maladive à la parlure assassine.
- Non, Louise, répondit posément le Major Alexi, en la fixant droit dans ses yeux de fauve rembrunis aux cernes proéminents. Je te parle de lui, car c'est TON fantôme que je vois ce matin… Tu as l'air totalement à côté de tes pompes et je sens bien que ta souffrance n'a jamais été aussi insupportable qu'aujourd'hui. Alors, je reste à tes côtés et je fume avec toi. Je ne t'ai jamais lâchée, Louise, et je ne vais pas commencer aujourd'hui. Voilà tout.
La digue sentimentale que la Capitaine Haténa avait peu à peu érigée dans son cœur depuis le départ fracassant de Boris se rompit *subito*

face au soutien affectueux affiché par son fidèle adjoint. Elle prit toutefois garde à ménager la sacro-sainte apparence de celle qui reste digne et résistante contre vents et marées, la bienséance l'empêchant de sombrer purement et simplement devant son collègue. Mais ce dernier n'était pas dupe : il discerna clairement qu'en réalité, son officière agonisait horriblement en son for intérieur.
« Oupsi ! Désolé, Jean-Marc. Ce n'est carrément pas contre toi, se confondit en excuses la Cheffe de la « 2 ». Mais je n'en peux plus de cette situation qui m'oppresse. Je ne sais pas jusqu'à quand je pourrai tenir. À toi, je peux me confier : en réalité, il s'agit du Chef du S.R. 67, pour lequel j'ai… »
Le claquement intempestif de la porte latérale d'un fourgon de police fit sursauter la Capitaine Haténa, qui se rétracta dans son élan confessionnel. Une vingtaine de fonctionnaires en tenue M.O. s'étaient rassemblés à côté du véhicule collectif pour participer à l'appel de leur gradé et à la prise des consignes pour la journée.
« Bon, les gars, exposa l'intéressé à haute voix, nous avons reçu ordre ce matin de nous déployer dans le secteur du Consulat Général de Russie, suite aux récents bombardements de l'armée ukrainienne sur des positions russes. Vous avez dû tous suivre les derniers développements de la contre-offensive ukrainienne dans les médias. Nos collègues du renseignement nous indiquent que de très probables actions coup-de-poing sont susceptibles d'être menées aujourd'hui à l'encontre des intérêts russes dans la circo'. Équipez-vous rapidement. Boucliers et casques à la ceinture sur site. Dans un premier temps, on restera en patrouille dynamique. Pied-à-terre uniquement sur ordre de la hiérarchie. Des questions ?… Non ?… Alors, exécution. »
Et, en un mouvement discipliné et coordonné, la force publique quitta la cour du commissariat en formant un long convoi homogène de véhicules sérigraphiés aux gyrophares activés.
« Ah tiens, toi qui évoquais nos collègues espions à l'instant, releva le Major Alexi, en observant le dernier fourgon tourner au coin de la guérite, tu sais qu'ils n'ont pas de nouvelles de leur patron depuis plusieurs jours. Il paraîtrait qu'il est malade, soi-disant. En tous cas, ses gars m'ont dit que c'est lui qui leur a fait savoir par fil que des troubles à l'ordre public étaient à prévoir aujourd'hui du côté des

bâtiments de la légation russe. D'où le branle-bas de combat auquel on vient d'assister. »
- Jean-Marc, je t'arrête tout de suite, réagit-elle en docte sermonnaire. Sans jeter l'opprobre sur tous les collègues, tu n'ignores pas que certains se complaisent à claquer des tickets maladie, juste pour éviter de faire face à quelqu'un de la boîte qu'ils détestent. C'est un moyen pratique, mais lâche, de fuir la difficulté d'une rencontre non désirée avec ladite personne.
- Écoute, Louise, sourcilla l'Adjoint de la « 2 », je ne fais que répéter les cancans de radio police à son sujet, c'est tout. Je ne rentre pas là-dedans. Je n'en sais pas davantage sur l'absence de leur patron… Comment le pourrais-je ?... Tu le saurais, toi ?...
Louise Haténa esquiva habilement cette question dérangeante, en répondant par une autre interrogation :
- Au fait, tant qu'on parle du S.R. 67, ont-ils des nouvelles des deux Russes qui ont tabassé « Ernie » ?
- R.A.S., jeune fille, jargouina sans conviction son interlocuteur, c'est le calme plat. Volatilisés, eux aussi ! Tout comme notre ami Kiral d'ailleurs. Mais ça, tu le savais déjà.
- Tiens donc, ça commence à en faire du monde qui disparaît ensemble tout à coup ! Tu ne trouves pas ça bizarre, toi ? reprit ironiquement la capitaine de police.
- Oui, peut-être. Qu'est-ce que tu soupçonnes, Louise ? sonda son adjoint.

Se rapprochant d'eux à toute vitesse, un écho de pas émanant du hall d'entrée les tint tout à coup en haleine. Quelqu'un courait dans les couloirs : de toute évidence, une nouvelle grave venait de tomber et ils n'allaient pas attendre longtemps pour être mis au parfum.
« Major, Major ! s'écria un enquêteur, le front en sueur, un rapport d'intervention chiffonné à la main. Ça y est ! On a le quarté complet du « *Sheitan* » ! La fluviale vient d'appeler et ils ont retrouvé un type pendu sur les quais. Apparemment, tout concorde au niveau du *modus operandi*. Voyez par vous-même ! »
- Fais-moi voir ça, mon petit Sébastian, lui enjoignit Jean-Marc Alexi, tout en lui soutirant le document des mains pour en prendre

connaissance personnellement. Hum… Effectivement, les faits ont l'air de coller objectivement avec notre assassin : *un C.D. d'italodisco retrouvé au sol, au-dessous du corps sans vie d'un individu âgé d'une trentaine d'années, et pendu à près d'une vingtaine de mètres de haut à l'aide d'une chaîne, à partir d'un hauban de la flèche de l'une des deux grues paindavoine, situées sur la Presqu'Île Malraux, quartier des Docks, non loin de péniches amarrées…*
À la lecture du rapport d'intervention, la Capitaine Haténa vira au pâle et se décomposa littéralement.
« A-t-on pu récupérer l'identité de la victime ? » poursuivit le Major Alexi, en relevant les yeux de sa feuille.
- Les sapeurs-pompiers du G.R.I.M.P. sont à pied d'œuvre sur la grue pour dépendre son cadavre, mais d'après les premiers éléments recueillis sur place par les collègues intervenants, il s'agirait a priori d'un dénommé Maxime Erste… À confirmer…
Ce fut le choc de sa vie, le plus anguleux que l'on puisse redouter ici-bas. Louise vacilla soudainement et se raccrocha à la manche de la veste en cuir de son adjoint :
« Putain de merde ! C'est lui, le « *Sheitan* », c'est ce salaud ! Tout s'explique maintenant ! », hurla-t-elle, devant ses deux collaborateurs, effarés par la férocité de la réaction de leur officière.
Le Major Alexi n'eut pas le temps de lui demander à qui elle faisait allusion que, d'ores et déjà, la Capitaine Haténa avait bondi dans la première voiture banalisée qu'elle trouva à sa portée, tout en jetant le gyrophare aimanté sur le toit, avant d'entamer une marche arrière des plus sauvages, accompagnée d'un crissement de pneus strident. Le Major Alexi cracha sa cigarette, puis se précipita au niveau du côté passager du véhicule administratif pour pénétrer *in extremis* dans l'habitacle, avant que la Capitaine Haténa n'accélérât en trombe dans la cour de l'hôtel de police, toutes sirènes hurlantes.

*L'ironie du sort, c'est la face cachée de notre destin*, déclarait Paul Guimard. Ainsi, l'illustra la mélodie du titre « *Sympathy For The Devil* » des Rolling Stones qui était jouée en sourdine à la radio, sur laquelle se superposait concomitamment le rugissement du deux-tons poussé à pleine puissance, tandis que la Capitaine Haténa et le Major

Alexi fonçaient cravater ce diable qui leur donnait tant de fil à retordre depuis trop longtemps. À l'issue de la quatrième intersection de boulevard allègrement franchie au feu rouge, manquant de peu un énième accident de voie publique, l'Adjoint de la « 2 » protesta énergiquement.
« Bon, Louise, tu m'expliques ce cirque ?! s'écria-t-il. À ce que je devine de ta réaction, on file certainement vers un truc énorme, du genre à avoir une médaille à titre posthume ! O.K., ça me va, si c'est le cas. Mais, j'ai le droit de savoir pourquoi on risque de se planter en bagnole à chaque carrefour ou de se faire trouer la peau tout à l'heure ! »
- On se rend à la R.P. d'Ukraine. Je t'annonce que notre affaire va se résoudre là-bas et aujourd'hui, mon cher Jean-Marc ! J'ai un pressentiment. L'intuition féminine, ça te parle ? répliqua-t-elle.
- Ce serait plutôt chez les Russes qu'il faudrait se pointer, tu ne crois pas ? objecta son adjoint. Tu n'as pas vu les informations à la télé ? Tu n'as pas écouté les collègues du rens' ? Ils vont se faire attaquer dans la journée, peut-être même d'une minute à l'autre.
- Eh bien, non ! Je pense justement que c'est tout le contraire qui va se produire, affirma la Capitaine Haténa.
- Tu divagues, mistinguette ! s'emporta Jean-Marc Alexi. Je t'ai rapporté les informations que le Chef du S.R. 67 *himself* a donné aux agents de son service. Attention au vélo, à droite, là !
La Capitaine Haténa braqua le volant à gauche pour éviter une collision mortelle avec un cycliste imprudent, qui faisait mine de lui couper sa trajectoire depuis le bas-côté de la chaussée, et fut par conséquent contrainte d'emprunter l'avenue des Vosges à contresens durant trois cents mètres, en enchaînant de périlleuses manœuvres d'évitement dans les flux de circulation denses à cette heure de la journée.
« Précisément, c'est parce que c'est Guibert qui a transmis cette info que je ne la crois pas », tança-t-elle d'un ton acerbe, en zigzaguant entre les véhicules.
- Là, faut que tu m'expliques, Louise, répondit son interlocuteur, embarrassé par ce mécompte.

- C'était pourtant si évident depuis le début, développa point par point la Capitaine Haténa : Ça ne t'a pas paru dingue qu'aucune trace papillaire, ni empreinte génétique n'ait été retrouvée sur toutes ces scènes de crime, pourtant toutes liées au même auteur, jusqu'à utiliser des substances toxiques que seuls certains services secrets de la planète savent se procurer et inoculer à leurs objectifs ? Et que dire de la connivence et des largesses suspectes du Chef du S.R. 67 avec les deux Russes qui ont massacré Jean-Kévin ? On n'a pas arrêté de l'entendre plaider constamment l'immunité diplomatique pour eux, jusque dans le bureau de la « Papesse » et les jupes d'Élodie Piémont, ma copine si naïve une fois de plus. Et qui dit Russes, dit... Asavchuk, et qui dit Asavchuk, dit... Kiral ! Et, tout aussi curieusement, le diplomate turc a disparu simultanément avec ce cher commissaire divisionnaire. J'avais aussi remarqué un *press-book* qui traînait sur son bureau, le jour où je l'ai rencontré pour la première fois : il ne contenait que des coupures de journaux relatives aux affaires de ce « tueur aux *C.D.s* ». Même si j'avais tilté, cela ne m'a pas paru étrange sur le coup. Sans compter que Monsieur le Divisionnaire a les mêmes goûts de « *boomer* » que toi et ne jure que par les *C.D.s* à l'heure du *streaming* !
- Dis donc, toi ! Tu en connais un rayon sur le patron d'en face. Comment peux-tu prétendre que la durée de la cavale d'Aslan Kiral correspond exactement à la période d'absence de Guibert ? Et d'où sors-tu qu'il adore à ce point les *C.D.s* ? l'interrogea son adjoint, d'un œil soudain soupçonneux.
- Oupsi, Jean-Marc, excuse-moi de ne pas te remettre une copie en trois exemplaires de ma bio, chaque matin en arrivant à la « 2 ». Je le sais, c'est tout. On va dire qu'entre lui et moi, il n'y a plus de *status quo* désormais, l'apostropha-t-elle dans le véhicule, usant d'une amère ironie allusive à son amour mort-né pour Boris, qui l'avait, de toute évidence, blessée à vie par la traîtrise dont il s'était rendu coupable.
- O.K., Louise, c'est comme tu veux. Désolé de chercher à y voir plus clair dans ce joli pot de pus ! Je te fous la paix et ne te demande plus rien, transigea le Major Alexi, vertement offensé.

La Capitaine Haténa éteignit le gyrophare et la sirène à l'approche de l'enceinte diplomatique ukrainienne. Puis, elle entreprit de ralentir drastiquement l'allure de son véhicule, une fois parvenue à l'entrée de la rue Trubner. Elle monta sur le trottoir et coupa le contact, avant de fixer tristement l'horizon droit devant elle, ses mains crispées sur le volant.

« Il manquait une pièce au puzzle jusqu'à présent. Elle est arrivée ce matin, confia-t-elle à son adjoint, des trémolos dans la voix. Le pendu que l'on a retrouvé au sommet de cette grue n'était autre que mon ancien fiancé, Maxime Erste. Guibert crèche à l'année dans une péniche qui se trouve à moins de vingt mètres des lieux du crime et est introuvable depuis plusieurs jours. Pour des raisons personnelles, je suis passé dans le coin la veille au soir. Son absence mise à part, tout était normal sur place. Il te faut quoi de plus pour te convaincre que c'est Guibert le « *Sheitan* » ?! Sa carte de visite plantée dans tous les tas de viande froide qu'il a semés un peu partout dans Strasbourg ?! »

- Ah merde, c'était ton ex ! cafouilla Jean-Marc Alexi, tout penaud en apprenant cette révélation fracassante. Je suis désolé, Louise, tu m'avais confié à l'époque avoir été victime de violences conjugales, mais j'ignorais absolument que c'était ce type-là qui te…

- Laisse tomber, Jean-Marc, tu ne pouvais carrément pas savoir, vu que je ne t'ai jamais donné son identité. Mais, peu importe désormais. Maxime s'est fait buter par le « *Sheitan* », et c'est ce dernier qui doit être notre unique objectif à présent, conclut froidement l'officière de police.

À peine eût-elle prononcé ces mots qu'elle s'extrayait du véhicule, claqua la portière et ouvrit le coffre. Elle en sortit deux gilets pare-balles. Le Major Alexi lui emboîta le pas et la rejoignit sur le trottoir.

« Tiens, prends-le, Jean-Marc, lui dit-elle d'un ton redevenu bienveillant. On ne discute pas ! Gilet obligatoire, ordre de la Cheffe de la « 2 » ! On risque peut-être de devoir sortir nos calibres, on ne sait jamais. Regarde, c'est là-bas. On est juste à côté. »

La Capitaine Haténa désigna du doigt un portail en fer forgé supportant les armoiries de la République d'Ukraine. Dès lors, ils commencèrent à progresser en tiroir, de part et d'autre de la rue dans cette direction, la main sur leur étui d'arme…

*****

Les deux policiers rejoignirent rapidement l'accès principal de la Représentation Permanente de l'Ukraine auprès du Conseil de l'Europe. À première vue, tout avait l'air tranquille autour du pâté de maisons. Aucun véhicule suspect n'était stationné à proximité immédiate de l'enceinte diplomatique, mise à part la berline noire émail immatriculée « C.D. » de l'ambassadeur ukrainien. Néanmoins, à y regarder de plus près à travers les barreaux de la clôture, le Major Alexi distingua quelque chose de sombre qui jonchait la verte pelouse, que fendait une allée gravillonnée menant jusqu'au perron du bâtiment consulaire.

« Regarde là-bas, Louise, interpella-t-il sa collègue, j'ai la berlue ou quoi ? On dirait bien un… corps, non ? »

- Mais oui, tu as raison, Jean-Marc ! s'exclama-t-elle, c'est bien un corps ! Allez, on rentre…

- Et l'inviolabilité des missions diplo', tu t'assieds dessus ? invoqua doctement le Major Alexi.

- Nécessité fait loi. Il faut rapidement porter assistance à cette personne au sol, prétexta sa cheffe de groupe. On rentre, je te dis. Il est de notre devoir de la secourir. On sollicitera le chef de la mission immédiatement après pour obtenir une réquis' de sa part. Par contre, passe vite un message sur les ondes pour prévenir l'H.P. qu'on va avoir besoin d'aide.

- *T.N. 67… T.N. 67 de T.P. 801…*, appela le major à la radio, *je suis positionné au niveau du 17, Trubner, en assistance de T.C. 850. Demande urgente de renforts, ainsi que le concours des S.P., au niveau de la R.P. d'Ukraine, pour un individu inanimé gisant au sol dans l'enceinte diplomatique, dont la présence peut être constatée depuis la voie publique… Nous allons figer les lieux, en attendant l'arrivée des effectifs en renforts… A-t-on également moyen d'aviser rapidement l'ambassadeur de la situation ?… Je reste à l'écoute... Reçu, T.N. 67 ?…*

Le temps que le Major Alexi fasse diffuser son message par la station directrice à l'attention de tous les équipages de police en patrouille dans le secteur, la Capitaine Haténa, impatiente d'intervenir, avait déjà poussé le battant droit du portail non verrouillé et s'était introduite dans l'enceinte diplomatique sans désemparer, son pistolet Sig Sauer S.P. 2022 à la main. Aux aguets du moindre bruit suspect, elle évolua discrètement par petits pas sur les gravillons du chemin, qui sinuait à travers un épais bosquet, avant de déboucher sur le parvis du bâtiment, non loin duquel se trouvait la dépouille du malheureux. Arrivée à côté du corps, la Cheffe de la « 2 » le retourna avec circonspection et constata deux impacts sanguinolents au niveau de la poitrine de la victime. Elle plaça ses doigts au niveau de sa carotide et prit son pouls. Ayant effectué une sortie d'arme à son tour, Jean-Marc Alexi talonnait sa collègue et déplora le même drame, lorsqu'il la rallia sur le gazon.

« C'est l'agent consulaire en charge de la sécurité. Regarde son badge. Il s'est fait descendre il y a peu de temps apparemment. Son corps est encore chaud. L'auteur du crime n'a pas pu aller bien loin. Peut-être même qu'il n'a pas quitté l'ambassade », affirma la Capitaine Haténa.

Soudain, deux coups de feu retentirent. Les projectiles percutés se logèrent dans le tronc d'un sapin situé seulement à cinq mètres d'eux. Leur sifflement distinctif avait été perçu par les deux policiers, qui plongèrent immédiatement à plat ventre sur l'herbe, les canons de leurs armes dirigés vers le perron de la légation d'où émanaient les détonations. Une silhouette massive et un peu véloce, tentant de se dissimuler dans la demi-pénombre créée par un auvent en pierre de taille surplombant l'entrée principale, maronna quelques mots de slave, avant de viser derechef la Cheffe de la « 2 » et son adjoint.

« C'est du russe, et non de l'ukrainien ! Il se passe quoi, là ?! » s'écria l'officière de police.

Un nouveau coup de feu fut tiré par leur agresseur. Subséquemment, le Major Alexi riposta par deux cartouches qui atteignirent l'épaule droite et le thorax de l'intéressé. Celui-ci poussa un râle rauque, pivota sur lui-même, tout en lâchant son revolver sous l'effet des impacts, pour finir par basculer de l'autre côté de la rambarde de l'escalier en marbre rose.

« Couvre-moi, j'y vais ! » annonça Jean-Marc Alexi à sa cheffe de groupe, son arme de service toujours chaussée en main.

L'officière de police se releva et mit un genou à terre en brandissant son pistolet, l'orientant à 180 degrés pour assurer la protection de son coéquipier s'élançant vers le perron pour s'assurer que l'assaillant avait bien été neutralisé. Le major disparut temporairement du champ de vision de la Cheffe de la « 2 », lorsqu'il contourna l'escalier pour accéder à l'endroit exact où l'auteur des coups de feu s'était effondré. Au bout d'un instant, il avertit sa supérieure :
« La voix est libre, c'est bon. Tu peux venir, Louise. Le type est à terre, il est mort. »
- Oupsi ! s'époumona la Capitaine Haténa, en découvrant le visage de l'homme qui avait bien failli les faire passer de vie à trépas. Le gars que tu as flingué n'est autre que l'un de nos deux Russes disparus, qui s'en étaient pris à « Ernie ». Tu vois bien maintenant que j'avais raison et que la piste que je suivais était la bonne !
- J'avoue que tu m'as bluffé sur ce coup-là, jeune fille, reconnut son bon vieil adjoint, épaté par sa sagacité.
- Attention, Jean-Marc ! Derrière toi !... Fais gaffe !!! se récria la Capitaine Haténa.
Mais trop tard ! Par surprise, le Major Alexi fut saisi à la nuque par un second individu belliqueux qui s'était discrètement rapproché de lui dans son dos. De manière déloyale, l'agresseur flanqua un grand coup de barre à mine au niveau de ses omoplates, ce qui fit perdre connaissance au policier. Projeté au sol, face contre terre, celui-ci se trouva à la merci de son bourreau, qui semblait manifestement disposé à lui porter un autre coup plus violent – probablement fatal, du reste – à l'aide du même objet contondant. Mais, point de commencement d'exécution à son dessein criminel, grâce à la prompte intervention de la Capitaine Haténa qui tira à bout portant trois cartouches au niveau du cœur et des cotes de l'assaillant. Celui-ci se délesta de son arme par destination et s'écroula de tout son poids sur les gravillons, avant de décéder sur le coup. Tout danger écarté, la Capitaine Haténa se précipita au chevet de son adjoint pour dresser un premier bilan des lésions dont il était victime. Elle récupéra la radio dans sa poche de veste et diffusa un message de détresse sur le réseau police :

*« T.N. 67, T.N. 67 !... De T.C. 850… Demande priorité !… Collègue à terre, je répète, collègue à terre !… Réitère demande d'assistance de toute urgence dans l'enceinte de la R.P. d'Ukraine. T.P. 801 a été victime de coups portés par un individu muni d'une barre de fer. Il est au sol et ne respire que faiblement. Je l'ai placé en P.L.S. dans l'attente des S.P. L'agresseur a été neutralisé avec usage de l'arme de service, tout comme son comparse, qui avait initialement ouvert le feu sur T.P. 801 et moi-même, au moment où nous portions secours à un agent consulaire inanimé au sol. Au total, trois individus delta-charlie-delta, je réitère, trois individus delta-charlie-delta, dont deux de nationalité russe, défavorablement connus de notre service pour avoir récemment participé à des violences volontaires sur P.D.A.P. Reçu ? »*

*- Bien pris, T.C. 850, les renforts ont été prévenus et sont en approche de votre position. Ils seront sur place d'ici quelques minutes. Êtes-vous blessée ? Y a-t-il d'autres victimes à déplorer ?* demanda le Centre d'Information et de Commandement.

*- Non, T.N. 67, je vais bien. Pas d'autres victimes à ma connaissance, mais je vais m'en assurer*, répondit l'officière, en interrompant le trafic radio.

*- Reçu, T.C. 850. Pour votre information, l'ambassadeur et sa femme sont en lieux sûrs dans leur résidence privée,* avisa le C.I.C.

La Capitaine Haténa délia l'écharpe bleu marine en cachemire du cou de son adjoint – qu'elle lui avait offert pour Noël dernier –, afin de la lui placer sous sa tête dans l'attente de son exfiltration par les services de secours. On entendait le hurlement de leurs sirènes se rapprocher à toute vitesse de l'endroit.

« Courage, mon Jean-Marc, marmotta affectueusement Louise à son adjoint inconscient, il faut que tu tiennes le coup. La cavalerie arrive ! Tu l'entends ? Elle arrive comme toujours… Ne me laisse pas tomber, s'il te plaît. Tu entends ! Les collègues arrivent. On va te sortir de là. Je te laisse cinq minutes tout seul et je reviens. Il faut que je rentre dans le bâtiment pour voir s'il y a d'autres victimes potentielles... »

La Capitaine Haténa reprit en main son pistolet semi-automatique et entama une progression au sein des locaux consulaires.

Elle gravit prudemment les six marches du perron, qui la firent pénétrer au sein d'un vestibule à colonnades, agrémenté de plaquettes de parement en marbre rose. Elle gardait en mémoire que le chef de la mission diplomatique ukrainienne à Strasbourg et sa famille étaient certes à l'abri, mais demeurait toutefois circonspecte quant au mobile de cette intrusion armée instiguée par les deux sbires russes directement liés au Commissaire Divisionnaire Guibert. Elle longea ensuite un long corridor décoré de tableaux de maîtres, avant de s'introduire dans le premier de trois salons successifs, constituant l'enfilade d'apparat du bâtiment consulaire. Restant concentrée sur sa ligne de mire, la Cheffe de la « 2 » constata des traces de lutte dans cette pièce : plusieurs fauteuils avaient été renversés, une table basse en cristal brisée, ainsi qu'une lampe de chevet jetée à terre. Des gouttes de sang maculaient quelques dalles de moquette verte. Elle ne déduisait pas exactement les tenants et les aboutissants de cet imbroglio, mais son intuition lui commandait d'espérer un dénouement proche quant à cette affaire criminelle rocambolesque. Le silence pesant qui régnait dans la bâtisse se déchira au son d'une chaise raclant le sol, immédiatement suivie d'un tintement et d'un bris de verre. La Capitaine Haténa vérifia mécaniquement la culasse de son arme et s'assura qu'une cartouche y était bien chambrée. Deux hommes s'invectivaient copieusement dans l'antichambre du second salon. Un frisson parcourut son dos et lui glaça le sang, lorsqu'elle identifia formellement la voix de l'un des deux protagonistes de la rixe : il s'agissait de Boris Guibert, qui employait un ton atypiquement courroucé. Son reflet dans un miroir d'ornementation indiqua à l'officière de police que le Chef du S.R. 67 se tenait debout face à son interlocuteur, tout en agitant un objet dans sa main droite.
« Enfin, je te tiens, espèce de salaud, éructa le commissaire divisionnaire, ça va être à ton tour d'y passer ! »
- Non ! Arrêtez ! Qu'allez-vous faire ? Au secours ! se défendit l'autre, affolé.
- Où l'as-tu mise ? Dis-le-moi, sale traître ! Où l'as-tu cachée ? Tu vas payer pour ce que tu as fait ! ajouta Boris Guibert, en prenant une intonation qui ne laissait guère de doutes sur ses intentions funestes.

Du moins, c'est l'interprétation qu'en fit Louise à cet instant précis de leur conversation.

À cette seule raison, et en dépit du manque de visibilité sur les manigances de Boris Guibert, Louise Haténa décocha un violent coup de pied pour repousser la fine porte à galandage qui obstruait le couloir et profita de l'effet de surprise de son intervention pour ajuster sa visée de trois quarts sur son compagnon. La Capitaine Haténa s'aperçut que ce dernier était en train d'exhiber son pistolet de service, un Glock 19, vers le second individu, qui multipliait les cris d'épouvante.

« Louise, que fais-tu là, bon sang ?! » s'exclama Boris.

- Mon travail, Boris, mon travail ! Et toi ? lui rétorqua-t-elle d'un ton comminatoire, en tenant en joue le Chef du S.R. 67 de son arme de poing.

- Mon Dieu, Capitaine Haténa, vous êtes là ! Dieu soit loué ! Votre collègue est devenu totalement fou, il veut me faire la peau comme aux quatre autres hommes avant moi. Regardez-le ! Aidez-moi, je vous en prie ! s'égosilla son obligé de fortune.

Louise n'avait pas tout de suite remarqué qu'il s'agissait en réalité d'Igor Svarowsky. Le traducteur-interprète de russe avait perdu de sa superbe : ses vêtements, défaits, étaient en partie déchirés et il portait un hématome sous l'œil gauche. Boris, quant à lui, présentait des traces de sang sur ses mains, tout comme des coupures à la base du cou.

« Tais-toi, ordure ! C'est fini pour toi ! », cria le Commissaire Divisionnaire Guibert.

- Baisse ton arme, Boris ! Ne m'oblige pas à tirer, semonça la Capitaine Haténa.

- Capitaine, capitaine, le « *Sheitan* », c'est lui ! Arrêtez-le, sinon il va me tuer ! accusa Igor Svarowsky.

- Ne l'écoute pas, Louise, c'est ce fumier, qui a assassiné tous ces mecs. Cela fait un moment que je le traque aussi. Je savais qu'il préparait un mauvais coup, mais sans pouvoir l'identifier formellement. Je l'ai découvert ce matin, lorsque j'ai su que ton ex avait été pendu à côté de chez moi pour me faire porter le chapeau. Le

« *Sheitan* », c'est Svarowsky, pas moi, je te le jure ! Il faut le neutraliser définitivement, sans quoi il recommencera à tuer... Il tue, car il veut te tuer ! Il voulait que tu viennes aujourd'hui, il a tout planifié. Il a placé des explosifs dans l'ambassade et roule pour les Russes. Il s'apprêtait à tout faire sauter avec ses comparses russes, que mon service suit depuis un moment, quand je suis arrivé… Tu dois m'aider à l'arrêter… Fais-moi confiance, je te dis la vérité !
- Tu mens encore ! Baisse ton arme, Boris ! Je ne le répéterai pas, martela Louise, inflexible, en pressant de son pouce le chien de son Sig Sauer, s'apprêtant à tirer en simple action sur son compagnon.
La douce expression de ses pupilles félines que Boris lui connaissait avait fait place à un impitoyable regard hâve et hostile. Haténa n'était plus qu'Artémis pour Guibert. Boris avait trahi Louise, tout comme Louise venait de démasquer le « *Sheitan* ». Et il fallait l'écouter, l'aider et lui pardonner ses errements à présent ?! Impossible ! Trop, c'est trop ! L'homme de sa vie n'était au final qu'un abject meurtrier. La « Panthère » doit être expédiée en enfer.
« Louise, Svarowsky veut s'en prendre à toi, car c'est ton père... ! »
- Arrête, ça suffit ! Tu ne racontes que des conneries ! Tu la fermes maintenant ! rugit Louise, en plaquant le canon de son arme sous la jugulaire de son amoureux. Une larme lourde, chargée de son infinie peine, vint rouler subitement sur sa joue.
À cet instant, Boris comprit qu'il était peine perdue de tenter de convaincre son amoureuse – qui ne l'était plus du tout visiblement – du bien-fondé de ses arguments. Sans un bruit, le policier se montra coopératif et posa délicatement son pistolet à ses pieds, puis, se releva doucement, en maintenant ses mains en l'air.
« Louise, s'il te plaît… Écoute-moi… Je m'en fous que tu vois un autre homme et que tu m'aies toi aussi trahi… Mais, il en va de ta vie, là… Je ne veux pas qu'il t'arrive quelque chose, car je tiens à toi » supplia Boris, pour que sa bien-aimée l'entende enfin.
- Carrément, oui. Je te tue, Boris… car tu m'as tuée avec ton amour qui n'en est pas un, réfuta-t-elle âprement.
- Laissez-moi donc vous aider, chers amis... Et passe bien le bonjour à ta mère de ma part quand tu seras Là-Haut, Louise ! asséna Igor

Svarowsky d'une voix grave, contrastant avec ses précédents glapissements saccadés de victime d'erreur judiciaire.
Maintenant toujours son arme à bout touchant dans le cou de Boris, Louise obliqua sa tête en direction du traducteur-interprète qui l'avait mystifiée, avant de recroiser le regard azuréen de son homme pour la dernière fois de sa vie, qui vint se confesser silencieusement sur des paroles empruntées à la chanson éponyme des *Who* :

« *No one knows what it's like*
*To be the bad man*
*To be the sad man*
*Behind blue eyes...* »

Igor Svarowsky se rua sur le tiroir d'une commode et en sortit un petit boîtier équipé d'une antenne qu'il pressa de toutes ses forces. Boris cria d'effroi tout en se jetant instamment sur Louise, qui lâcha son pistolet de stupeur. Il coucha brutalement la jeune femme au sol et, du mieux qu'il le put, la couvrit de tout son corps pour la protéger. Il n'avait qu'une seconde pour décider lequel d'entre eux deux allait survivre ou mourir. Mais c'était bien trop de temps qui ne lui fallait. Son choix était fait depuis longtemps : il se sacrifierait sans hésiter pour elle, il se l'était promis aux prémices de leur idylle. Juste par amour pour Louise. Il ne put alors qu'entrelacer ses doigts avec ceux de son âme sœur qu'il serra de toutes ses forces, en lui susurrant un ultime « je t'aime... », avant de refermer fatalement les paupières sur ses yeux bleus.
La bombe explosa. Et tout fut pulvérisé.

# Chapitre 5 : Épilogue

Il ne restait plus que quelques bouquets rachitiques de myosotis disponibles à la boutique de cadeaux de l'hôpital. Comme à son habitude, lorsqu'elle était contrariée de ne pouvoir atteindre rapidement son objectif, elle mastiquait frénétiquement son *chewing-gum* pour tenter de juguler une frustration croissante. Au terme d'atermoiements atrabilaires, elle se résigna à en acheter un qu'elle coinça entre les deux lanières de sa sacoche, dont les soufflets foisonnaient de diverses pièces de procédure relatives à des affaires pendantes, qu'elle devait évoquer en bilatéral avec un parquetier au cours de l'après-midi. Il était midi quinze et elle était déjà en retard à son rendez-vous. Par conséquent, elle pressa le pas dans la galerie marchande et se faufila *in extremis* dans un ascenseur bondé, pour tenter de rattraper le temps qu'elle avait perdu à hésiter sur des arrangements floraux onéreux plus vilains les uns que les autres. Il lui fallait encore trouver sa chambre, ce qui n'était pas chose aisée dans l'écheveau des couloirs des services de réanimation du Centre Hospitalier Universitaire de Hautepierre, constellés de civières et de brancards de tous coloris. De fraîches étiquettes supportant l'identité des patients admis sous 48 heures avaient été pincées dans les interstices de la signalétique des chambres. Elle fit le tour du plateau technique à deux reprises, avant de s'adresser, en désespoir de cause, au premier infirmier qu'elle croisa au cours de son périple. La consultation chronophage du long listing des patients en cours de soins lui coûta dix précieuses minutes supplémentaires. L'oiseau rare fut finalement déniché par une aide-soignante qui prononça son nom, non loin de l'endroit où elle patientait d'ailleurs. Elle caracola jusqu'à la porte de la chambre n°27, inspira longuement et appuya sur la poignée, non sans avoir jeté un ultime coup d'œil sur l'identité – mal orthographiée – de la patiente qui s'y trouvait alitée. Puis, la Commandante Annette Ducros entra dans la pièce. Elle découvrit une Louise au visage blafard et creusé, allongée sur le dos dans son lit, les draps blancs remontés jusqu'au menton, dont les yeux fixaient imperturbablement le ciel gris incommodant. L'unique crépitement que l'on pouvait déceler dans ses truculentes pupilles, d'ordinaire si gaies, procédait exclusivement du reflet des rampes de gyrophares des ambulances et des véhicules de police secours, qui défilaient deux étages plus bas, au niveau de l'entrée des urgences. Plongée dans un sommeil de mort, gisante sur sa couche, Blanche-Neige n'eut pas l'air plus pétrifiée que Louise. À la seule différence que, pour la seconde, son prince charmant l'avait secourue en y laissant la vie.

« Bonjour miss, comment te sens-tu ? » engagea-t-elle la conversation, bien décidée à rompre le maléfice alimenté par cette atmosphère de chagrin cotonneux.
- Bonjour, répondit négligemment Louise, sans dévier son regard cireux de la fenêtre.
- J'ai vu que les *toubibs* s'étaient plantés dans ton nom, s'ingénia la « Papesse » pour dérider sa collègue et capter son attention. Ils l'ont écrit comme celui de la déesse grecque. Ah, les ignares ! Tiens... puisqu'on parle d'elle, et en t'observant scruter au-dehors, cela me rappelle cette citation d'un auteur dont j'ai oublié le nom : *Athéna apparaît comme la skeptoméné, celle qui médite. Vers quoi le regard méditatif de la déesse est-il tourné ? Vers la borne, vers la limite...* Comment s'appelait-il déjà ? Mince !...
- C'est de Martin Heidegger... ânonna Louise, qui, en cet instant, incarnait de manière parfaite la fille de Zeus, telle que décrite dans le portrait brossé par le philosophe allemand, mettant en exergue son attitude atone et meurtrie par la fatalité du destin.
- Je constate que tu as pu manger quelque chose, c'est bien, déclara avec bienveillance la « Papesse », en regardant son plateau-repas entamé, mais commençant sérieusement à être à court d'idées pour soutenir le moral de sa collaboratrice.
Louise ne dit rien sur le moment. Puis, elle se retourna aussi sec sur son oreiller et fit face à sa supérieure.
« Est-ce que vous avez retrouvé le corps de Boris ? » demanda-t-elle soudain, saisie d'un vif intérêt.
- Écoute, Louise, tu te fais du mal, là, parlementa la « Papesse ». Je ne pense pas que ce soit nécessairement une bonne idée de te torturer ainsi, tu devrais penser à toi d'abord et...

- Je t'ai posé une question, Annette ! protesta Louise. Avez-vous retrouvé son corps dans les débris ? Oui ou non ?
- Non, rien du tout, confia la Cheffe de la Brigade Criminelle. Il n'y a que Svarowsky, ou ce qui en reste, qui squatte chez les croque-morts.
- Oupsi ! Mais, Boris m'a plaquée au sol et s'est allongé sur moi pour me mettre à l'abri, réagit Louise. Vous auriez dû carrément mettre la main sur lui depuis l'attentat. Ce n'est pas logique, je ne pige pas, là. Il ne doit pas être bien loin pourtant ! Peut-être même qu'il est vivant et qu'il a pu s'extirper des lieux, quand j'étais encore dans le coma…
- Arrête, Louise. Je te le répète : tu te fais du mal pour rien, gourmanda sa cheffe de service. La bombe était puissante et a tout soufflé à l'étage. Il ne reste rien que de la poussière. Tu es une miraculée, je crois que tu ne t'en rends pas bien compte ! On t'a retrouvée inconsciente sous une porte coulissante. C'est grâce à elle que tu n'es que contusionnée, et certainement pas à Guibert ! Sans cet abri de fortune, tu serais morte à l'heure actuelle, la miss !
- C'est faux, je te dis ! C'est lui qui m'a sauvée au péril de sa vie, s'insurgea la Capitaine Haténa, qui venait subitement de reprendre des couleurs.
- D'autant que, grâce à ce que tu as découvert sur Guibert, nous tenons enfin notre « *Sheitan* ». Ahah ! Monsieur le Divisionnaire cachait décidément bien son jeu ! reprit avec componction la Commandante Ducros, affichant clairement sa satisfaction d'avoir élucidé l'une des plus belles affaires criminelles de sa carrière.
- Mais c'était Svarowsky, le « *Sheitan* » ! Tout est clair à présent ! scanda la Cheffe de la « 2 ».
- Peut-être bien, peut-être pas, relativisa la « Papesse » d'un ton dubitatif. À prouver que ce soit le cas, tu es d'accord avec moi pour dire que Guibert était tout de même au courant d'une foule d'informations, en entretenant des liens avec ces Russes, eux-mêmes placés dans l'environnement proche de celui qu'il a accusé d'être le « tueur aux *C.D.s* », son traducteur-interprète en russe personnel, soit-dit en passant. Mais, soit. Admettons ton hypothèse : Guibert est innocent. Dans ce cas-là, explique-moi alors pourquoi il ne nous a dévoilé aucun détail de ce que projetait de commettre l'un de ses collaborateurs les plus étroits et pourquoi il s'est démené comme un

diable pour faire libérer ces deux Russes, sachant qu'ils étaient mouillés jusqu'au cou dans une assoc' de malf' en vue de commettre un attentat terro'. C'est même lui qui a monté cette intox de potentielle action commando sur l'ambassade russe, pour faire diversion et ainsi se débarrasser de tous les flics du coin en les envoyant à l'autre bout de la ville, dans le seul objectif d'avoir les mains libres du côté de la R.P. d'Ukraine pendant ce temps-là. Sans compter, enfin, qu'il est à présent établi de source sûre que Kiral et lui se fréquentaient assidûment, avant que le premier ne parte en cavale, aidé par le second à quitter le pays. Je subodore que, pour le meurtre d'Asavchuk, Guibert doit être impliqué de près ou de loin *via* Kiral et ce n'est qu'une question de temps avant qu'on ne le prouve. Et je ne parle même pas du cadavre de ton ex-fiancé, retrouvé pendu haut et court à côté de sa péniche !... Je pourrais continuer ainsi longtemps pour te prouver qu'il n'est pas la personne que tu crois connaître... Donne-moi une raison, une seule, qui pourrait disculper davantage le Commissaire Divisionnaire Guibert par rapport à Igor Svarowsky, dans la probabilité qu'il ait pu commettre tous ces homicides. Vas-y, je t'écoute, Louise...

- ...Parce qu'il m'aimait et voulait me préserver de mon père, se convainquit Louise en son for intérieur.

Mais, l'évidence de cette vérité révélée, quoi qu'elle fût irréfutable aux yeux de la jeune officière, serait immanquablement jugée a minima irrecevable dans un prétoire de cour d'assises et totalement astrale pour le commun des mortels.

Alors, par résipiscence, Louise préféra rendre hommage aux iris bleus de son défunt amoureux – qui ne lui avaient jamais menti depuis le début de leur histoire – auxquelles elle n'avait su accorder sa pleine confiance que trop tardivement, précisément au moment de les perdre à tout jamais. Étrillée par des vérités interdites, autant que par une épaisse brume mélancolique, elle psalmodia à voix basse la suite des paroles du titre « *Behind Blue Eyes* » pour répondre à la sollicitation insistante de son interlocutrice :

« *...But my dreams they aren't as empty*
*As my conscience seems to be*

*I have hours, only lonely*
*My love is vengeance*
*That's never free.* »

- Affaire classée donc, conclut roidement la « Papesse », puisque, dans un cas comme dans l'autre, le « *Sheitan* » est mort.
Annette Ducros se dirigea vers la porte et l'entrouvrit. Avant de la franchir, elle marqua toutefois un temps d'arrêt et ajouta :
« Tu n'as rien à te reprocher, ma belle. Ni pour l'un, ni pour l'autre. Tu étais au mauvais endroit, au mauvais moment, en compagnie des mauvaises personnes, c'est tout. Surtout ne regrette rien. Ça s'est passé ainsi et tu n'y pouvais rien changer. C'est le destin. »
La « Papesse » vérifia l'heure à sa montre et fila à l'anglaise à son rendez-vous au Parquet, car elle était à présent très en retard. Louise, quant à elle, avait entre-temps adopté une position en chien de fusil et, de manière impassible, sondait à nouveau des cieux impénétrables au travers de la baie vitrée de sa chambre.

*****

Le « chachoyé » était au rendez-vous. Il n'aurait manqué cela pour rien au monde et se tenait assis à la fenêtre de l'appartement donnant dans la rue. À croire que le matois matou avait eu connaissance de la date et de l'heure exactes du retour de son héroïne maîtresse. Celle-ci l'aperçut immédiatement, en sortant malaisément de la voiture de Jean-Kévin Ernwein, toute étançonnée sur sa béquille. Elle esquissa un sourire en revoyant la bobine inclinée d'Austin, dont les traits reprirent instantanément vie.
« Ne t'inquiète pas, Louise, la rassura Jean-Marc Alexi, tout en refermant la porte arrière du véhicule, je suis passé une fois par jour chez toi pour le nourrir, pendant que tu étais à l'hôpital. Il avait l'air de se faire du souci pour toi ; il t'a longtemps attendue, tu sais. Viens, saisis mon bras, je vais t'aider à monter l'escalier jusque chez toi. »
- Si tu permets, Jean-Marc, il vaut mieux que ce soit moi qui maintienne Louise pour monter chez elle. Je ne suis plus convalescent. En plus, le médecin a dit que tu ne devais pas forcer tes mouvements

par rapport à ton dos qui est encore en marmelade, souviens-toi, le dissuada Jean-Kévin Ernwein.
Le Major Alexi accepta d'être remplacé par le policier adjoint, plus vigoureux que lui, pour soutenir la Capitaine Haténa de toutes ses forces durant sa laborieuse ascension des trois étages qui la séparaient de son domicile, où l'attendaient d'impatientes et félines retrouvailles. Louise ne se plaignit pas, en dépit des efforts pénibles qu'elle fournissait pour se hisser sur chaque marche, pas après pas. Lorsque cette interminable Roche de Solutré fut enfin gravie, la Cheffe de la « 2 » introduisit sa clé dans la serrure et pénétra dans son appartement avec difficulté. En effet, dès le seuil de porte franchi, le forcené Austin ne put résister à l'envie de cajoler de son pelage velouté sa protectrice et vint à la traverse de toute possibilité d'entrer commodément dans le logis. Louise caressa son chat et ne parut n'accorder de l'attention qu'à son pensionnaire, ses deux collègues se tenant en retrait sur le palier. Ces derniers ne reconnaissaient pas leur capitaine de police, à la mine affable et à la vivacité d'antan, prompte d'ordinaire à affirmer son autorité sans ménagement du haut de ses vingt-six printemps. Au lieu de cela, depuis qu'ils l'avaient prise en charge à sa sortie d'hospitalisation une heure et demie auparavant, au terme d'une quinzaine de jours de soins intensifs, ne se dégageait plus de sa personne qu'une consternante impression d'inconsistante rémission. Pour Alexi et Ernwein, l'intrépide Cheffe de la « 2 » était devenue l'ombre d'elle-même : recluse, enfoncée dans un état second, les mauvaises langues auraient pu d'ores et déjà conjecturer sur le sort de Louise Haténa, disposée sous peu à ne parler qu'à son chat, ses fleurs ou son miroir. Le Major Alexi avait le cœur brisé d'observer sa cheffe de groupe – qu'il avait accompagnée et vu déployer ses ailes dans le métier – ainsi dépérie, sans avoir la moindre certitude que les choses reprendraient un jour leur cours normal, tant cette éprouvante affaire criminelle, doublée d'une tragédie personnelle, semblait avoir broyé son âme à tout jamais. Mais ce que son adjoint ignorait est que la Capitaine Haténa, bien qu'assommée par la douleur de la disparition de Boris, avait pleinement compris que la vie continuerait avec ou sans elle. Dès lors, elle comprit que ses deux collègues s'étaient jusque-là armés de patience pour l'escorter d'un mouroir à un autre, et

qu'ils avaient tous deux prévus de retrouver au plus vite leurs compagnes respectives, après l'avoir déposée précautionneusement chez elle.

« Messieurs, je vous remercie pour votre aide. Allez rejoindre vos dames à présent, elles vous attendent. Ça ira pour moi, je suis une grande fille », leur déclara-t-elle fièrement, figée sur le perron de son appartement, son Austin greffé entre les chevilles.
- Euh, tu es bien sûre, Louise ?… Bon, très bien, alors… Si tu n'as plus besoin de nous… tergiversa le policier adjoint.
- Ah oui, au fait ! J'allais oublier... s'écria le Major Alexi, en mettant sa main dans la poche intérieure de sa veste en cuir. J'ai relevé le courrier ce matin dans ta boîte et il y avait cette lettre dedans. Tiens, la voilà...
L'Adjoint de la « 2 » lui tendit un pli assez épais portant le cachet des services postaux turcs. La Capitaine Haténa le remercia et prit congé de ses deux collègues, en claquant la porte de son logement derrière elle. Avant de décacheter l'enveloppe, la jeune femme aurait volontiers dégusté un verre de Martini *bianco on the rocks*, mais ce fainéant d'Austin n'avait pas fait les courses depuis deux semaines ! Elle se rabattit donc sur une bouteille de rhum ambré à moitié vide, qu'elle attrapa au fond d'un placard de cuisine. Tout en se versant son *drink* de manière généreuse, elle déchira le rabat du pli en papier kraft et découvrit une seconde enveloppe à l'intérieur supportant également son adresse, mais écrite d'une main différente de celle ayant griffonné sur la première, par une plume qu'elle ne connaissait que trop bien. Elle en fut abasourdie et ne manqua pas de renverser son verre d'alcool sur la table. Son cœur se mit soudainement à battre la chamade, lorsqu'elle vit trois timbres français à l'effigie du « *Petit Prince* » d'Antoine de Saint-Exupéry collés dessus. Cet affranchissement n'avait pas fait l'objet d'une validation par la poste française, ce qui indiquait une remise en mains propres par l'expéditeur. Un mémo siglé aux armoiries de la République de Turquie glissa de l'enveloppe kraft et tomba sur le bar. Louise s'en saisit et le lut à voix haute :
« *Madame Haténa,*

*Nous ne nous connaissons pas, ou plutôt qu'indirectement. Je suis diplomate turc et ai été en poste à Strasbourg jusqu'à très récemment. J'occupais des fonctions de médiateur entre les légations ukrainienne et russe dans le cadre de l'actuel conflit armé les opposant. Mais je me suis vite retrouvé victime d'un complot ourdi par les services de renseignement russes. Ma vie était en danger.*
*Dès lors, j'ai été rapatrié en Turquie grâce au S.R. 67 que le Commissaire Divisionnaire Guibert dirigeait. Une fois à l'abri dans mon pays, j'avais reçu pour instruction de sa part de poster la présente lettre signée de sa main qui vous était destinée, s'il devait lui arriver quelque chose de grave. Par précaution, je n'ai pas souhaité l'expédier telle qu'elle depuis la Turquie et l'ai faite passer par la valise diplomatique. J'ai trouvé cela plus prudent et confidentiel.*
*Sachez que j'ai beaucoup aimé travailler avec Boris, c'était un homme bon. Il va nous manquer.*
*Avec mes plus sincères condoléances.*
*Signé : Aslan Kiral.* »

À la lecture de ce mot annonciateur d'un billet à venir bien plus grave en émotions, Louise pantela de tout son être. Elle appréhendait d'ouvrir la seconde enveloppe, qui fleurait bon l'amante âme de son homme disparu. Ses atermoiements la maintinrent en haleine durant une bonne demi-heure, vertigineusement tourmentée par les spéculations les plus folles sur cette innocente missive aux allures équivoques de boîte de Pandore. N'y tenant plus, elle céda aux sirènes de la curiosité qui la dévoraient. C'est la dernière fois que SA « Panthère » allait lui parler de son vivant et il fut rendu nécessaire de l'écouter religieusement, peu importe l'inconsolable détresse que l'exégèse de cette lettre allait susciter au fond de son cœur. Dès lors, elle descella irrésistiblement l'enveloppe maudite et prit son courage à deux mains pour la parcourir d'une traite et de bout en bout. Par amour et par respect pour lui. Elle lut avec fébrilité :
« *Ma bien-aimée Louise,*
*Si tu reçois cette lettre, c'est que je suis mort ou grièvement blessé. J'ai pris la décision de la rédiger durant la nuit où nous nous sommes révélés l'un à l'autre sur le pont de mon bateau, puis à fond de cale…*

*Cette soirée exotique et enivrante, passée tout contre toi, étant bercé par toute l'affection et la générosité que tes bras avaient à m'offrir, aura été la plus pénétrante, la plus sublime de toutes.*
*J'ai rapidement compris que j'avais besoin de toi dans ma vie. J'ai été d'emblée ébloui par cette lumière inédite que diffusait ton âme, me tirant des abîmes nébuleux au fond desquels j'étais retenu par le destin. Ah, ce putain de Destin… Encore lui ! Parlons-en... Depuis que j'ai négligemment perdu mon épouse et mes enfants dans un accident de voiture, par ma seule faute, je ne pensais pas que le Ciel m'octroierait la bénédiction de croiser à nouveau le chemin de la femme de ma vie durant mon existence. Ce doit être rarissime ici-bas, j'imagine.*
*Une bonté divine. Un miracle. Des Parcelles de Paradis chues de l'Olympe.*
*J'avais envie de te prouver de manière irréfragable que, du haut de nos misérables existences, à travers la poésie des cœurs, le parfum des sens, et le goût des passions, il demeure d'authentiques raisons de croire en un soleil éternel avec son (H)alter ego – j'y ajoute volontiers le « H » de « Haténa », tant tu as su incarner à merveille cet état de grâce si réel – et d'espérer un mieux-être pour soi, au lieu de demeurer écrasé par cet odieux gris du monde incommodant, moucheté de bombes noires russes depuis peu.*
*Tu t'es peut-être dit que j'étais fou. Fou à lier même. Oui, c'est vrai : j'étais surtout fou de toi. Un homme n'est rien sans la femme qui l'aime ; un homme n'est rien sans la femme qu'il aime.*
*Ma destinée était bien de te considérer comme MA femme et non comme UNE femme. Tous t'auront « prise », tandis que moi, je t'avais « comprise », avec amour et respect.*
*« Fais que le rêve dévore ta vie, afin que la vie ne dévore pas ton rêve. Fais de ta vie un rêve et d'un rêve une réalité », disait la petite tête blonde couronnée, si chère à Antoine de Saint-Exupéry, que tu affectionnes autant pour sa sagesse que pour sa sagacité. À contrecœur, je veux que tu sois heureuse sans moi, car je t'aime. Je me dépêchais de vivre avec toi pour le reste de mes jours, quand la vie s'est dépêchée de nous séparer pour toujours. Mais, mon petit bouchon, n'aie crainte : si tu te lèves dans le brouillard, il ne s'agira*

*que d'une brume passagère. Car tu me sentiras toujours à tes côtés pour te câliner, te rassurer, te taquiner et te soutenir dans ces instants pénibles pour le corps et l'âme. Je crois en ta hauteur de vue pour comprendre les choses comme moi, car tu es une Grande Dame. J'ai aimé palper de mes mains chaudes la peau si soyeuse de ton visage et t'observer te pelotonner langoureusement contre elles, porté par l'extrême douceur de l'instant, renouer avec la confiance en l'Autre et atténuer tes spasmes d'effroi pour succomber à mes onctueuses caresses.*

*Nous nous perdons aujourd'hui. Et nous devons l'accepter, c'est ainsi. J'attendrai patiemment au fond du Jardin des Hespérides que la belle Haténa m'y rejoigne, pour mordre dans l'une de ces pommes d'or que Cronos me tendra le jour où nous serons à nouveau réunis. À tout jamais. Tu étais de ces nobles roses, qui font la fierté des jardiniers qui les soignent.*

*Je cite ici ce beau credo qui devra rester le tien, après moi, avec un nouveau « lui » : « Chaque épreuve de cette vie nous renforce et, si nous faisons le chemin à deux, rien n'est impossible. Là est notre invincibilité : si ton cœur trébuche, le mien prendra le relais et ce, pour l'infini de nos existences. Si les aléas existent, si le risque est omniprésent, notre relation, quant à elle, est unique et vaut tous les sacrifices. »*

*En d'autres termes, TA FIN JUSTIFIE MES MOYENS, en ce sens que l'unique objectif que je m'étais fixé te concernant ne consistait qu'à te rendre heureuse, exigeant également de ma part tous les sacrifices, nécessitant d'aller jusqu'au suprême, le cas échéant. Parce que je puis te dire aujourd'hui que je t'aime plus que moi-même. Pour ce que tu es et ce que tu n'es pas.*

*« Je t'aime dans le temps. Je t'aimerai jusqu'au bout du temps. Et quand le temps sera écoulé, alors, je t'aurai aimée. Et rien de cet amour, comme rien de ce qui a été, ne pourra jamais être effacé » (Jean d'Ormesson).*

*Éternellement à toi,*

*Boris »*

Au verso de cette déclaration d'amour posthume, Boris avait dressé son autoportrait dans l'encre d'un douloureux poème en guise d'adieux à sa belle, que le destin viendrait lui retirer pour toujours une fois sa lecture achevée. Purement et simplement, il s'agissait de son impropre épigramme pour sa propre épitaphe :

« *Delta-Charlie-Delta* »

« *Scruter au plafond son crâne en constellation*
*C'est placer sa tête dans les étoiles, au fond,*
*De toutes façons, la culasse en avant et arrière,*
*J'étais né poussière pour redevenir poussière.*

*L'itinéraire low-cost d'un mièvre ego trop court*
*N'a de corollaire que l'holocauste de ses amours.*
*Ceux-ci, et le coup, au même moment, sont partis,*
*Ma porte a bien claqué deux fois cette nuit.*

*Au royaume de Diogène, les germes sont rois,*
*Le papier rouge repeint, Rorschach est fier de moi.*
*Bientôt, il est prévu qu'une légion de coléoptères passe*
*Pour que mon propriétaire remette les bibelots en place.*

*J'ai tant fait pour tâcher de ne pas me rater,*
*Du sang d'un raté, je suis à présent tout taché.*
*De la boue de mes illusions, mes mains sont maculées,*
*Je bous en vain de ces effusions qui m'ont émasculé.*

*Demain, au café d'en bas, en haut de la rubrique nécro,*
*Mon sacre sera posthume à mesure que je me consume.*
*Sage sur mon nuage, je briquerai mon épitaphe, ce credo :*
*Fais bien attention aux murs et à la nacre si tu te fumes.* »

*****

Le titre guttural « *Nightcall* » de Kavinsky flottait cruellement dans l'air cette nuit-là. Une troublante sérénité se lisait sur le visage de Louise Haténa. Elle venait de prendre une grande décision. La plus importante de sa vie. Et elle n'en dérogerait sous aucun prétexte. Lorsqu'il y a beaucoup trop d'amour entre deux êtres qui se manquent jusqu'à l'insondable, cela ne peut que mal se finir. Austin s'était intuitivement caché derrière le fauteuil ; l'animal devinait fébrilement qu'un événement tragique allait se produire sous ses deux perçantes agates et que ses félines courbettes n'y pourraient rien changer. Tout avait disparu du plan de travail de sa cuisine, ou presque. Son verre de rhum ambré avec trois glaçons trônait sur sa partie gauche, à côté d'un collier de pierre d'obsidienne. Louise y plongea les deux rondelles de citron qu'elle venait de trancher, en laissant le reste du fruit sur la planche à découper. Puis, à sa droite, elle gratta une allumette pour enflammer une bougie *Yankee Candle* au thème évocateur : « Lever de soleil sur la falaise ». Elle l'avait reçue d'Élodie Piémont l'an passé, offerte dans un calendrier de Noël qu'elle avait personnalisé pour son amie. Elle l'avait remerciée en lui promettant qu'au regard de la valeur et du parfum de cette bougie, elle la réserverait pour une « grande occasion »… Elle trouva que la solennité de l'instant fut propice pour consumer son cadeau. Au milieu de la table à ouvrage, face à elle, un stylo bille avait été soigneusement placé de manière perpendiculaire à une feuille de papier à petits carreaux, griffonnée d'une encre noire encore fraîche, sur laquelle Louise avait couché des vers graves en exacte symétrie à ceux de son défunt amoureux. Malgré elle, d'une certaine manière, elle avait participé de près aux constatations de police, comme l'intéressé le lui avait prédit de manière visionnaire quelque temps plus tôt. Y était inscrit en écho, dans une tonalité tout aussi saumâtre :

« *Delta-Charlie-Delta* »

« *Contempler sur le sol son cœur en morceaux,*
*D'avoir trop aimer cette Étoile, là-haut,*
*De toutes façons, la vie n'est pas aisée,*
*Je suis née maudite et je le resterai.*

*Ce beau voyage aux allures de Florence,*
*N'a d'idylle que l'illusion de ma propre errance,*
*Et d'un coup, mes espoirs sont partis,*
*Mon cœur est bien mort deux fois aujourd'hui.*

*Au royaume de Haténa, l'astre polaire était son Roi,*
*Le papier bleu repeint, de la fébrilité de ses émois,*
*Bientôt il est prévu que les souvenirs passent,*
*Et emportent avec eux tous ces instants de grâce.*

*J'ai tant fait pour ne pas finir ratée,*
*Qu'avec mes propres espoirs je me suis tachée,*
*Des larmes de mes illusions, mes yeux ont pleuré,*
*Et j'admets enfin que je ne suis pas un être à aimer.*

*Demain, au café d'en bas,*
*De moi, personne ne parlera.*
*Des miettes de la petite conne,*
*Qui n'avait en effet rien d'une nonne,*
*Que l'humanité a préféré inlassablement violer,*
*Alors que celle-ci ne demandait*
*Pourtant qu'à être aimée.* »

Elle prit une lampée de son alcool préféré. Contrairement à d'habitude, elle ne grimaça aucunement au moment de déglutir sans modération les arômes amers et acides contenus dans son breuvage ultramontain. Parce que ceux-ci n'étaient que roupie de sansonnet face à l'acerbité du destin qui l'avait rendue profondément stoïque et imperméable aux sensations du monde extérieur. Plus aucune émulation intime, plus aucune cordialité ne venait stimuler l'âme de Louise, ligotée et bâillonnée par la fatalité, toute drapée d'un opaque linceul – rien de bien étonnant à cela, lorsque la viduité frappe de plein fouet une jeune femme âgée d'à peine 26 ans, qui ne demandait qu'à vivre d'amour et d'eau fraîche –, affrontant à présent ses « Heures H » 24 heures sur 24, week-ends compris. L'insoutenable souffrance morale, dont Louise pâtissait depuis la tragique disparition de Boris, avait atteint son paroxysme et la portait à présent aux nues auprès du Très-Haut, par-delà ce fameux gris du monde incommodant qui se fonçait peu à peu en une noirceur extrême et oppressante. Ses chances de rédemption postérieures à un tel traumatisme se réduisaient comme peau de chagrin jour après jour. Dans un coin reclus de sa cuisine, près de la fenêtre, se tenait sagement rangée sa *candies-box* en aluminium bosselée, qui lui faisait de l'œil un peu plus qu'à l'accoutumée. Puis, à mesure que l'alcool faisait son office, elle se fit plus insistante, en émettant d'incessants appels du pied à l'adresse de l'hôte de ces lieux. D'ordinaire, lorsque son couvercle commençait à se desceller, et que cette boîte de Pandore en profitait pour tailler une bavette à l'oreille de l'officière de police, celle-ci mettait rapidement un terme aux palabres délétères de l'objet maudit, alimentés par ses fêlures intestines, en le replaçant aussitôt dessus. Mais, ce soir-là, l'instinct de survie ne réussit pas à empêcher que le couvercle ne volât à travers la pièce, heurtant au passage un coin de meuble dans un fracas métallique. Cette boîte pourtant bien fermée, la sempiternelle image du paternel l'en avait finalement laissée s'échapper. L'appétence à se soustraire au joug de cette infâme tutelle qu'éprouvait Louise dans sa chair fut telle qu'elle lui commanda sur-le-champ de vider les écuries d'Augias par tous moyens, faisant fi de tous points de non-retour à ne jamais dépasser et autres lignes blanches à ne jamais franchir. De toute évidence, la radicale nécessité d'occire cet ouroboros de la culpabilité, se métamorphosant en drakon métastatique de son *atma*, apparaissait inéluctable, toutes les tentatives de domestication de la bête hideuse – à coups de traitements médicaux et de spiritueuses bouteilles – ayant pitoyablement avorté. Les paradis perdus ne se retrouvent guère dans les paradis artificiels, car *seuls les sens peuvent guérir l'âme, tout comme l'âme seule peut guérir les sens*. Oscar Wilde l'avait bien compris, au grand dam du corps médical tout entier. Louise en était également persuadée tout au fond d'elle : retrouver ardemment celui dont l'âme sœur lui procurait jadis ce plaisir des sens en l'élevant dans l'Olympe de son cœur et de son esprit durant toute sa vie, donnant sens à la sienne, était devenu impérieux. Quitte à accomplir sa promesse d'éternité qu'il lui avait faite dans son repos éternel... En somme, mourir devenait vital pour Louise.

Voilà qu'à présent, au fond de cette bonbonnière maudite, se dévoilait sous ses yeux, dans son plus simple appareil, le corps froid et luisant de son pistolet semi-automatique approvisionné.
Ce soir, exceptionnellement, la Capitaine Haténa n'observerait pas les deux coups de sécurité réglementaires.
Ce soir, exceptionnellement, ses doigts ne resteraient pas le long du pontet.
Ce soir, exceptionnellement, le canon de son arme de service ne serait pas dirigé vers une zone neutre…
Elle prit son Sig Sauer S.P. 2022 dans sa main droite et tira sa culasse en arrière avant de la relâcher. Par ce geste, elle venait d'acheter le billet qui lui permettrait de retrouver l'homme de sa vie ; un aller-simple pour le paradis qui lui restait toutefois à composter. En se logeant une balle en pleine tête, elle viserait surtout les plafonds de verre qui se dressaient au-dessus d'elle, pour les faire voler en éclats une bonne fois pour toutes.
Acculée dans l'antichambre de sa propre tragédie, les enseignements du Commissaire Divisionnaire Guibert ne lui avaient jamais paru aussi limpides qu'en cet instant crucial de sa vie. Lui revenaient en mémoire les rires de son amoureux, entrecoupés de chants de *leprechauns* dansant autour d'un refuge imaginaire, qui avait été bel et bien bâti au fond de son cœur. Elle en était certaine quant à présent : rien de tout ceci n'avait été chimère, bien au contraire. Elle n'avait qu'à pousser avec fulgurance les portes battantes de l'autolyse qui poignaient devant elle, pour passer dans un monde meilleur, plus beau et lumineux, et enfin se libérer de ce « paradoxe-solitude » qui la rongeait depuis trop longtemps. De l'autre côté, Boris devait probablement l'attendre, dégustant un verre de rhum cola dans un canapé molletonné, en veston et pantalon noirs laissant entrevoir sa chemise blanche qui le taillait si bien, en gardant la robe rouge de *salsita* de sa chérie, étendue sans faux pli sur l'un des accoudoirs… Ils danseraient assurément l'un contre l'autre pour l'éternité, sur les accords d'un prodigieux Compay Segundo ou Pablo Milanes… Main

dans la main avec son âme sœur, l'indolente plage de Varadero aux couchers de soleil de clarté céleste était à portée de tir.
« *Scruter au plafond son crâne en constellation, c'est placer sa tête dans les étoiles, au fond* », répéta-t-elle à trois reprises, en reprenant à son compte les vers sépulcraux de Boris, avant de placer le canon de l'arme au fond de sa gorge.

C'est en cette minute fatidique qu'Austin décida de sortir de son abri. Il s'avança avec flegme vers sa maîtresse, puis se figea assis au milieu de la pièce. Il l'observa d'un air médusé, en dodelinant de la tête, se grattant les moustaches au passage.
« Au revoir, cher Austin, bredouilla-t-elle, en fixant le regard triste de son ami à quatre pattes. Ne m'en veux pas de te laisser ainsi. Élodie s'occupera bien de toi, j'en suis sûre. Il me faut retrouver l'homme que j'aime éperdument pour être heureuse. Plus rien ne me retient ici à part toi. Tu me manqueras au Ciel, mon petit chachoyé... »
Puis, Louise plaça son index sur la queue de détente en effectuant un appui long et régulier dessus, sans aucune hésitation… Quelques larmes de délivrance roulèrent d'ores et déjà sur ses joues, anticipant de manière imminente cette détonation libératrice qu'elle désirait du plus profond de son être… La liberté, enfin...
Soudain, un bruit retentit ! C'était la sonnerie du téléphone.
Prise au dépourvu, Louise n'avait cependant pas l'intention de décrocher le combiné, elle qui avait déjà quitté à moitié ce monde.
Le répondeur se déclencha automatiquement. C'était l'hôpital qui rappelait.
« Bonsoir Mademoiselle Haténa, c'est le C.H.U. de Hautepierre à l'appareil. Nous venons d'obtenir les résultats de la prise de sang effectuée la veille de votre sortie. Tout est normal sur les constantes, mais… Comment dire ?... L'objet de cet appel est tout autre, en réalité… Nous voulions vous informer que vous étiez… enceinte ! »
La carcasse de son pistolet semi-automatique tomba sur le verre de rhum ambré qui se brisa en mille morceaux, avant d'atterrir par ricochet dans le fond de la boîte à bonbons. Avec l'impact de sa chute, le tout se renversa pêle-mêle au sol dans un vacarme assourdissant.
Louise s'était évanouie.

*****

234 jours plus tard. Son allure élégante ne laissait aucun badaud indifférent dans son sillage, d'aucuns – heureux qui, comme Ulysse – cherchant même à incliner discrètement la tête sur son passage pour prolonger ce coudoiement plaisant. Elle devait probablement figurer l'une de ces égéries ayant fondé la légendaire réputation des splendeurs féminines à nulles autres pareilles, ne se rencontrant que dans les régions d'Europe orientale. De parents ingénieurs, son éducation martiale, appariée à ses racines géorgiennes libérales et fières, ne faisait que cuirasser l'admirable alliage entre le feu et la glace, qui flamboyait au fond de ses iris verts-marrons de femme engagée pour sa patrie d'adoption. Elle avait fait forte impression sur son auditoire, lors des entretiens annuels de recrutement au sein du S.R. 67. Pourtant, le jury de sélection, que présidait d'une poigne de fer le Commissaire Divisionnaire Guibert, ne s'était pas particulièrement montré tendre avec la jeune fille native de Tkibouli. Née dans une plaine charbonnière, coincée entre deux chaînes de montagnes escarpées – les Meskhétiennes et la Skalisty –, l'intéressée dut brosser séance tenante son parcours d'autodidacte expatriée, férue de littérature classique russe et britannique – de Léon Tolstoï à Boris Pasternak, en passant par Sir Arthur Conan Doyle – cherchant à s'affranchir avec force courage, envers et contre tous, de la condition sociale qu'était la sienne au sein de son berceau familial. Sur cet aspect précis de leurs biographies respectives, la Lieutenante-Colonelle de Gendarmerie Shoran Eradze et la Capitaine de Police Louise Haténa présentaient des analogies sociologiques fascinantes, en dépit de leur différence d'âge et d'origine. La seconde avait emprunté les mêmes chemins de croix vingt ans plus tard que son aînée, vraisemblablement vouée à la géhenne boulangère pour le restant de ses jours. Le Chef du S.R. 67 l'avait interrompue en plein exposé de ses motivations pour intégrer le prestigieux service de renseignement et lui avait sans ménagement demandé de sortir de la pièce. Congédiée, répudiée, mise à l'amende, voilà l'interprétation que la candidate éconduite avait déduit de cet ajournement arbitraire qui la tracassait au plus haut point. Dans les faits, elle se fourvoyait tout du

long, car il n'en était rien. Elle l'apprendrait par la suite, mais le terrifiant Chef du S.R. 67 avait tapé du poing sur la table, ses talons à peine tournés, en proclamant sans appel : « C'est elle que je veux et personne d'autre ! ». Et, du jour au lendemain, sans qu'aucun élément particulier ne la prédestine à rempiler dans les services de renseignement, nonobstant la profusion de candidats plus qualifiés qu'elle briguant les fonctions d'Adjoint au Chef du S.R. 67, la Lieutenante-Colonelle Shoran Eradze décrocha ce poste qu'elle convoitait tant. Son succès tenait à un atout majeur dont les autres candidats ne semblaient pas disposer, au-delà de la kyrielle de diplômes prestigieux qu'ils se plaisaient à déballer devant le commissaire divisionnaire, tels des camelots : elle avait du cœur. Cette valeureuse qualité fut jugée suffisante aux yeux de la « Panthère » pour chasser instamment tous les marchands du Temple – du Secret Défense – qui s'étaient présentés à lui jusqu'alors. Cela remontait à plus de quatre ans, et le Commissaire Divisionnaire Guibert ne s'était jamais départi de la confiance qu'il lui avait accordée.

À présent, il lui sembla que c'était à son tour de donner sa chance à feu son chef de service, lui qui était parti bien trop tôt, couvert de disgrâce aux yeux de ses pairs. Certaines révélations essentielles lui brûlaient à ce point les lèvres qu'elle s'autorisa à donner un coup de canif dans l'intangible secret défense, afin de réhabiliter son ancien patron dans l'estime galvaudée de ses proches, au premier rang desquels se trouvait celle qui le chérissait toujours aussi passionnément, en dépit des mois qui s'étaient lentement égrenés depuis sa tragique disparition. Shoran Eradze avait pris l'initiative de contacter cette dernière, qui avait immédiatement accepté sa proposition de rencontre. Dès lors, rendez-vous avait été donné à la lieutenante-colonelle dans la rue René Descartes à Strasbourg, à proximité de la bibliothèque universitaire U2-U3. Ce lieu n'avait pas été choisi au hasard par l'officière de police, qui l'attendait à l'angle dudit bâtiment que les derniers étudiants venaient de déserter. En cette fin de journée de février que la pénombre naissante rendait plutôt fraîche, l'ancienne seconde de Boris Guibert s'approcha de la jeune veuve avec un élan compatissant et découvrit sur son visage les

stigmates de la cruelle infortune qui devait l'étriller au quotidien, et dont elle ne parvenait manifestement pas à se rétablir. Pour tenter de se donner de la contenance et duper sa propre peine, la Capitaine Haténa engagea la conversation d'un ton faussement primesautier :
« Vous êtes la Lieutenante-Colonelle Eradze ? On se connaît déjà, je crois… lui lança-t-elle. Je n'ai pas oublié les propos de Patrick Lacoste que vous m'aviez cités lors de ma première visite au S.R. 67. Suivez-moi, je vous prie... »
- Ravie de vous revoir, capitaine, j'attendais ce moment avec enthousiasme, je dois vous l'avouer, répondit-elle avec son joliet accent slave, tout en emboîtant le pas de la policière.
D'une manière très peu loquace, Louise Haténa se positionna devant Shoran Eradze et parcourut une cinquantaine de mètres seule devant son accompagnatrice, contrainte de la suivre le long de ce chemin d'ordinaire très fréquenté par la grouillante communauté estudiantine locale. Par déformation professionnelle, l'œil avisé de la militaire craignit un temps une embuscade. Finalement, la mine grave, Louise Haténa s'arrêta sur ce chemin des écoliers. Puis, elle se retourna vers Shoran Eradze, en faisant un geste de la main.
« Asseyons-nous ici, si vous le voulez bien, ma colonelle », suggéra Louise Haténa.
- Vous pouvez m'appeler par mon prénom pour plus de simplicité, cela ne me dérange aucunement, lui recommanda son interlocutrice de manière affable.
- Entendu, Shoran, mais à la seule condition que vous m'appeliez Louise, cela me ferait également plaisir, l'invita en retour la Capitaine Haténa.

Tout en prenant place sur un banc public situé en bordure d'un jardinet, jouxtant l'asphalte de cette longue allée menant aux universités, l'Adjointe au Chef du S.R. 67 guigna sourdement la silhouette empâtée de la Cheffe de la « 2 ». Sa grossesse entrant dans son huitième mois avait eu provisoirement raison de sa silhouette gracile caractéristique. Néanmoins, un ravissant ventre rond se dessinait sous son fameux *hoodie* aux couleurs de la Faculté de Droit et de Gestion de Strasbourg qui ravivait visuellement l'espoir d'un

bonheur nouveau pour la jeune femme endeuillée. D'un ton moins enjoué qu'auparavant, Louise Haténa expliqua sa vision de leur entrevue.
« Vous avez certainement dû juger ma démarche curieuse, se justifia-t-elle, mais je vais vous faire quelques confidences à propos des raisons pour lesquelles j'ai accepté d'échanger avec vous en ce lieu incongru. À vrai dire, j'y ai passé beaucoup de temps à une période de ma vie, pas si lointaine que cela, vu mon âge. J'ai fait mon droit ici, vous devez probablement le savoir. Et je suis sentimentalement attachée à ce campus. Mais, passée la nostalgie de l'ancienne étudiante, cet endroit est également cathartique pour moi. En effet, il y a quelques années, précisément où nous nous trouvons en ce moment même, j'ai rompu avec mon ancien petit ami, seulement au bout de trois mois de relation. Je l'aimais si fort de tout mon cœur de femme et le voulais à moi tout entière. Trop rapidement, en fait. Ainsi, j'ai sûrement brusqué les choses – en ce temps-là, ce garçon se remettait très difficilement d'une précédente rupture conjugale qu'il avait mûrement engagée pour me rejoindre et laisser libre cours à notre idylle – et il a souffert de mon impatience, tandis qu'il était sincèrement amoureux de moi et bien décidé à refaire sa vie en me prenant pour sa femme – oui, il avait le projet de m'épouser à la fin de nos études, mais je ne l'ai compris que trop tardivement –. Le soir de notre séparation, lui et moi n'arrivions pas à nous décider de qui de nous deux allait abandonner l'autre le premier à son triste sort, tant nous appréhendions de nous quitter, avant de nous manquer fatalement. Finalement, courage lui a pris de le faire pour me préserver des inévitables remords qui allaient suivre. À contrecœur, il s'est sacrifié pour endosser le costume du salaud qui brise le conte de fées à la fin. Cependant, à peine avait-il traversé le terrain de *football* de la fac' que je l'appelais sur son portable pour le faire revenir et le prendre dans mes bras une dernière fois. Il est revenu : je l'ai serré fort tout contre moi, il m'a alors embrassée délicatement. Un baiser d'adieu, le plus beau qu'il m'ait jamais donné de toute notre histoire... Je l'aimais beaucoup trop et lui aussi : avec autant d'amour entre deux personnes, ça ne peut que mal se finir, vous ne croyez pas, Shoran ? Pourtant, c'était bien parti entre nous pour une éternité d'amour : il était si *sexy*, avec son sourire

charmeur, et d'une intelligence peu commune. J'avais tout de suite craqué pour ce beau gosse. Comment faire autrement ? Il voulait passer le concours de patron plus tard. J'avais dit à un ami japonais qu'il était « vraiment gentil » avec moi, car on révisait ensemble notre droit pénal ; d'ailleurs, il n'a jamais hésité à me soutenir moralement et à m'aider à passer à mon tour les concours de la Police Nationale. Quel gâchis, par ma faute !… Je serais certainement mariée et heureuse avec lui aujourd'hui… Et surtout quelle ironique coïncidence avec Boris, n'est-ce pas, Shoran ?... Comme quoi, ce devait être mon destin de me caser avec un commissaire de police… Et je n'y ai pas échappé... »

- Je vous comprends parfaitement, Louise, et vous remercie pour la confiance que vous m'accordez en me confessant ces passages très intimes de votre vie privée… Il faut en effet exprimer ce que l'on ressent au fond de soi pour retrouver son équilibre intérieur, la conforta Shoran Eradze.

- Vous savez, ces derniers mois ont été très pénibles pour moi, surtout lors de ses obsèques, quand on a dû enterrer un cercueil sans corps. Le père de mon enfant me manque cruellement aujourd'hui. Je le vois partout, je n'arrête pas de penser à lui. Même la nuit, son fantôme me poursuit inlassablement. Je reste si amoureuse de Boris, à un point que vous ne pouvez imaginer, ma chère Shoran. Je ne pourrai jamais l'oublier, cela m'est impossible, se complaignit sobrement Louise.

- D'une mère de famille à une autre, puis-je me permettre de vous demander à quelle date est prévue la naissance de votre bébé ? questionna civilement la militaire.

- A priori, le 14 mars prochain. C'est une fille. Mais je suis triste de savoir que mon enfant ne connaîtra jamais son papa. Je suis certaine que Boris aurait été formidable avec notre poussinette, qui aurait eu ses yeux bleus, à coup sûr ! lâcha avec douleur la Capitaine Haténa, en accusant visiblement le coup.

Affectée par sa désespérance, la Lieutenante-Colonelle Shoran Eradze entreprit de réconforter la jeune femme en l'affranchissant du dessous de cartes qui lui étaient inconnues.

« Depuis quelque temps, expliqua-t-elle, le Commissaire Divisionnaire Guibert avait des soupçons à l'égard d'une « taupe » qui renseignait les Russes sur nos activités et, par conséquent, portait atteinte à la sécurité nationale. Les fuites se sont intensifiées au fil du temps et sont devenues flagrantes au début de l'invasion de l'Ukraine par l'armée russe. Beaucoup d'informations étaient divulguées par quelqu'un de manifestement bien placé au sein du service, sans avoir la possibilité de déterminer de qui il s'agissait exactement. Au fur et à mesure des semaines, les choses ont empiré, puisque l'on constatait désormais la disparition de certains matériels sensibles dans les locaux du service. Finalement, après avoir mené son enquête, Monsieur Guibert était parvenu à identifier le traître au sein du service. Il s'agissait d'Igor Svarowsky, son traducteur personnel en russe, que vous avez pu rencontrer précédemment au service. Bénéficiant d'un accès direct au bureau de son patron, l'intéressé profitait allègrement des absences de celui-ci pour faire des photocopies de certains documents classifiés qui se trouvaient dans ses parapheurs quotidiens. À partir de là, Monsieur Guibert l'avait fait suivre discrètement dans la rue. Les premières surveillances et les fadettes réalisées sur ses sélecteurs ont montré que Svarowsky entretenait d'étroites relations avec les services de renseignement russes, allant même jusqu'à se faire remettre de leur part un échantillon d'un dérivé transmuté de bismuth 209... »

- Il s'agit de la substance toxique que l'on a retrouvée dans le corps de Virgile Leitaud lors de son autopsie, j'imagine ? demanda la Capitaine Haténa.

- Oui, tout à fait, Louise. Substance plus connue sous le nom de « polonium », dont raffolent les affidés du Kremlin comme vous le savez, confirma la Lieutenante-Colonelle Eradze.

- Entre-temps, je me suis souvenue que, peu de temps avant l'affaire N'Djoku, j'avais travaillé sur une autre procédure de violences sexuelles sur mineur de moins de 13 ans impliquant ce même auteur. Leitaud avait également été acquitté cette fois-là encore. Un vrai malin, ce pédophile ! se souvint l'officière de police.

- C'est ce qui explique que Leitaud avait beau être empoisonné depuis un moment par Svarowsky, ce dernier a tout de même préféré

l'achever plus rapidement en le battant à mort dans son propre appartement. C'est lors du meurtre suivant, celui de Wisniewski, que mon chef a compris le mobile qui animait Svarowsky dans la commission de chacun de ses crimes.
- Vous affirmez que Boris avait déterminé à partir de ce moment-là qu'Igor Svarowsky était mon père, Shoran ! s'exclama-t-elle fiévreusement.
- Exactement, Louise, répondit la Cheffe Adjointe du S.R. 67. Le Commissaire Divisionnaire Guibert avait établi le lien entre le premier homicide et le second, en remarquant que votre identité apparaissait en en-tête de nombreux procès-verbaux. Vous vous étiez d'ailleurs portée volontaire pour revenir sur votre congé dominical, en compagnie de Madame Piémont, pour acter en procédure dans le cadre de l'affaire Wisniewski, me semble-t-il. Ça n'a pas échappé à mon chef. C'est à ce moment-là qu'il a décidé d'ouvrir un *press-book* relatif aux affaires criminelles pouvant être l'œuvre de Svarowsky, sur lesquelles vous travailliez. Peut-être d'ailleurs l'avez-vous vu posé sur le bureau de Monsieur Guibert, lorsque nous nous sommes rencontrées la première fois au S.R. 67 ?

Louise se remémora parfaitement la scène et se sentit honteuse d'avoir douté de la parole de son défunt compagnon à ce sujet.
« Je ne comprends pas pourquoi Boris ne m'a pas contactée pour m'alerter au sujet de ce qu'il avait découvert concernant mon père et surtout du danger que je courais », souleva la Capitaine Haténa.
- Précisément, Louise ! répliqua Shoran Eradze. Vous informer de ces faits sans pouvoir assurer subséquemment votre protection équivalait à vous exposer à un péril bien plus grand. Votre père, se prenant pour un justicier aux méthodes radicales, répondant au funeste pseudonyme de « *Sheitan* », aurait abrégé son cycle de manipulation plus tôt que prévu, si vous aviez découvert la vérité prématurément.
Puis, après avoir repris sa respiration, la militaire lâcha sans ambages :
« En d'autres termes, cela signifie qu'il vous aurait assassinée plus tôt qu'envisagé initialement, son périple meurtrier en quatre parties se voyant malencontreusement avorté. Vous savez, Louise, parfois l'ignorance a du bon, car elle vous préserve de certaines embûches.

Quand on sait systématiquement tout sur tout, ce n'est jamais bon : on ne vit pas vieux. C'est un officier de renseignement qui vous le certifie. »
- Son « cycle de manipulation » ? Oupsi, mais je ne comprends pas bien, concéda Louise. Pouvez-vous m'en apprendre davantage à ce sujet, Shoran ?
- En évoquant ce paradigme, développa l'Adjointe au Chef du S.R. 67, je veux parler ici de perversion narcissique. Les cycles de manipulation des pervers narcissiques sont des schémas bien rodés par avance, élaborés en quadriptyques : séduction (également appelée technique du « *love bombing* »), invasion, événement déterminant et destruction. Quatre phases pour quatre homicides, dont vous étiez successivement saisie. Ce cycle criminel devait s'achever par votre propre assassinat, Louise, et la boucle aurait été ainsi bouclée, si je puis m'exprimer de la sorte.
La Capitaine Haténa parut ébranlée par cette confidence et resta coi.
« Connaissez-vous LE grand secret du pervers narcissique, Louise ? reprit la militaire. IL HAIT L'AMOUR et veut briser le lien d'affection qu'il s'est attaché à créer au départ avec sa « cible ». Ou plutôt sa « proie ». Car il s'agit ici d'une criminelle prédation et rien d'autre. Ce qu'il désire par-dessus tout, c'est briser la volonté de vie de sa victime pour insuffler dans ses veines celle de la mort qu'il connaît si bien. Parce qu'il n'a pas connu un amour bienveillant et tendre dans son enfance, il ne fait que recréer le climat parental plein de violence qui lui paraît normal. Il a besoin d'une proie à l'inverse de ce qu'il est pour s'en nourrir. Il a besoin de sa force, de sa joie de vivre, de sa passion pour remplir son cœur desséché qu'il s'imagine plein de gentillesse. C'est un jeu de faux-semblants. Sachez que le pervers narcissique peut se décliner tant au masculin qu'au féminin. Ainsi, il peut tantôt prendre le visage d'une femme feignant d'être follement amoureuse d'un homme empathique et généreux, désirant l'attirer dans ses filets dans l'intention sordide de le broyer moralement pour se repaître de son âme, ou tantôt les traits d'un père de famille, choyant en apparence sa progéniture, mais qui dénie sournoisement l'identité propre et les qualités de ses enfants, en les culpabilisant au nom du lien familial pour se sentir tout-puissant. En

l'espèce, il semble bien que ce soit le cas de votre père, Louise. Toute petite, au décès de votre mère biologique, vous avez été retirée à la garde d'Igor Svarowsky, avant d'être confiée à vos parents adoptifs. Sans cela, vous risquiez d'y laisser votre vie à long terme : votre père vous aurait détruite à petit feu pour tenter parallèlement de pallier en vain sa propre fêlure. »

- À vous écouter, chère Shoran, j'ai bien l'impression que, de toute sa vie, mon père bilogique n'a jamais cessé de chercher à atteindre cet objectif mortifère, constata Louise avec dépit.

- Oui, je vous le confirme, Louise, acquiesça son interlocutrice. Et c'est pour cette raison précise que Monsieur Guibert s'est vite senti responsable de vous, avant même de faire officiellement votre connaissance. Il a compris trop tardivement qu'en recrutant Svarowsky dans son service, il lui avait permis par mégarde de retrouver votre trace, après des années passées à l'abri de votre famille d'adoption.

- En somme, pour emprunter une formule-choc, on pourrait affirmer que Boris a eu le malheur de « FAIRE ENTRER LE P.N. DANS LA P.N. », résuma la Cheffe de la « 2 » avec sarcasme.

- C'est cela même, hélas... Vous avait-il déjà évoqué sa théorie sur le Père Noël ? interrogea Shoran Eradze.

- Carrément ! sourit-elle, pleine de nostalgie, en repensant à cet incroyable moment perché sur l' « Olympe » avec son cher et tendre commissaire. Je me rappelle que Boris m'en avait fait le portrait du plus grand manipulateur de tous les temps !

La lieutenante-colonelle dévoila une vérité qui n'avait pas effleuré l'esprit de la jeune femme jusqu'alors :

« Les initiales du Père Noël sont les mêmes que celles du pervers narcissique. Vous le comprenez aisément à présent : en invoquant cette théorie du « P.N. », jouant sur le double sens que ces syllabes peuvent revêtir, Monsieur Guibert souhaitait implicitement vous mettre en garde contre votre père, tandis qu'il était contraint de taire la vérité tant par le secret défense qui le lui imposait que par la nécessité d'assurer votre protection… »

En prêtant attentivement l'oreille à l'Adjointe au Chef du S.R. 67, la Capitaine Haténa prit peu à peu conscience qu'elle disposait de l'intégralité des pièces du *puzzle* depuis le début de cette sombre machination, mais qu'il ne lui avait pas été permis d'en discerner le fil rouge d'emblée. Toutefois, même si son défunt compagnon se voyait innocenté à ses yeux à travers les confidences successives de Shoran Eradze, elle se surprit à endurer une bouffée d'angoisse en songeant à un épisode particulier de leur intrigue amoureuse, dont elle redoutait plus que tout de connaître les tenants et les aboutissants. Elle finit par se convaincre de devoir poser LA question fatidique qui écorchait sa conscience depuis des mois.
« Shoran, demanda-t-elle nerveusement, est-ce Boris qui a assassiné Maxime Erste, en maquillant son crime en suicide par pendaison ? Il faut que je sache, je souffre de ne pas connaître la vérité. »
- Louise, répondit la Lieutenante-Colonelle Eradze sur un ton plus solennel, mon chef de service avait manifestement Maxime Erste dans le collimateur depuis qu'il s'était emporté en rentrant de mission, un jour où il vous a vue par hasard très proche d'un autre individu. L'un de mes agents, qui l'accompagnait en voiture ce jour-là, m'a rapporté que Monsieur Guibert a eu un coup de sang mémorable en découvrant fortuitement que vous étiez rentrée au domicile d'un inconnu, situé avenue de la Paix. Il a tout de suite fait l'amalgame avec votre amant que vous veniez de retrouver !
- Un amant ?! Oupsi ! Mais pas du tout, vous n'y pensez pas ! J'étais raide dingue de Boris, je voulais refaire ma vie avec lui. Je suis fidèle en amour qui plus est... pas comme certaines autres femmes ! Il m'a probablement vue en compagnie de Jean-Kévin Ernwein, un fonctionnaire de mon service que je venais visiter à sa sortie d'hôpital.
- Sauf que mon chef de service a pensé le contraire, en se disant que vous le trompiez. Or, vous savez bien qu'*on ne badine pas avec l'amour*, comme le disait Alfred de Musset, sans en payer le prix. Le prix des larmes et de la vengeance, je veux dire, sermonna la militaire.
- Je comprends mieux à présent pourquoi Boris s'est tant énervé le soir même, lorsque nous nous sommes retrouvés chez moi. Ce devait une soirée romantique en tête-à-tête, mais il a pris la mouche

subitement, alors que nous allions… bref… Vous voyez, Shoran… confessa la Capitaine Haténa.
- Je vois parfaitement à quoi vous faites allusion, Louise, déclara son interlocutrice, plutôt gênée.
- J'ai même cru à l'emploi d'une technique de pervers narcissique bien connue : le « *benching* ». J'ai entre-temps appris que les officiers de renseignement peuvent être très doués dans cette pratique, compléta l'officière de police.
- Oui, vous avez raison, Louise, mais les espions surjouent ce type de manipulations et doivent emprunter à leur cœur pour les rendre cohérentes et fiables, mais toujours dans un but louable, nuança la lieutenante-colonelle. Ce n'est qu'un rôle joué, bien loin de ce qu'ils sont dans la vie réelle. Tandis que les pervers narcissiques auxquels vous faites allusion se complaisent pathologiquement dans leurs stratagèmes crapuleux, uniquement dans leur intérêt personnel, et pour assouvir en continu leurs vices. Ce n'est pas un rôle pour ces gens-là, mais bien le moteur de leur vie !

Face à l'incrédulité de la Capitaine Haténa, son interlocutrice ajouta :
« Monsieur Guibert s'en est effectivement pris à Maxime Erste en le retrouvant en bas de chez lui ce jour-là, pour le prendre à partie et lui dire ses quatre vérités. Sans jamais user de la moindre violence. Il l'a fait pour vous, car justice devait être rendue. Il voulait qu'il se rende compte du mal qu'il vous avait fait. Certes, il ne supportait pas que vous soyez malheureuse à cause de ce type qui n'avait pas été puni pour ses actes délictueux, mais il n'a pas levé la main sur lui. Svarowsky l'aura probablement suivi jusque chez Erste et l'aura liquidé à côté de la péniche de Monsieur Guibert pour lui faire porter le chapeau. Tout comme Asavchuk, dont la couverture a très probablement dû être grillée à l'occasion d'un des nombreux contacts professionnels entre Monsieur Guibert et Aslan Kiral pour lui confier des missions de recueil d'informations au profit de notre service. »
- Je suis pétrifiée à l'idée de me dire que mon père s'est ingénié par tous moyens à assassiner sa fille, en s'arrangeant pour reporter toutes

les accusations d'homicide sur son futur gendre ! C'est si irréel et cynique à la fois, déclara Louise Haténa, totalement abasourdie.
- Pour l'anecdote, Svarowsky aura même pris le luxe de déposer des *compact discs* volés dans le bureau de Monsieur Guibert sur toutes ses scènes de crime, à la fois pour les signer et pour renforcer les soupçons de meurtre qui pesaient sur mon chef.
- Vous savez, Shoran, depuis toute petite, je me sentais morte au fond de moi, détruite par des parents trop avares en amour. Boris était parvenu à me ramener à la vie, à me sortir de mon marasme intérieur. J'étais heureuse avec lui. Mais je n'ai pas pu l'écouter, car je n'ai pas su le comprendre. Et, par ma faute, je l'ai voué aux gémonies en l'ayant fait préalablement souffrir de manière indicible, alors qu'il se projetait avec moi dans son existence, m'avait offert toute sa tendresse et sa générosité d'âme, tout en voulant me soutenir pour que je me reconstruise… Tout est si clair désormais. Boris fut véritablement un homme formidable, qui désirait autant m'aimer que m'aider. Mais, il est trop tard. Je l'ai perdu, et je suis la seule responsable…

Louise Haténa prit congé de Shoran Eradze et entreprit de remonter la rue René Descartes vers son ancienne faculté, avant de disparaître au coin d'une rue adjacente.
« À présent, je ne me bats que pour ma fille. Je suis morte deux fois dans cette vie. Je saurai me faire pardonner auprès de Boris, quand je l'aurai retrouvé là où il m'attend », lui avait-elle livré en guise de prière, prélude aux inévitables sanglots qui l'accompagnèrent.
Shoran Eradze leva les yeux au ciel. Un fin et pénétrant rayon de soleil darda les lourds nuages chargés de chagrin qui s'étaient amoncelés depuis des mois au-dessus de Strasbourg. Finalement, peut-être avait-il été plus aisé pour Boris Guibert de percer, par le haut, le gris de ce monde incommodant qu'il avait tant dénoncé durant sa vie, et de faire voler en éclats tous les plafonds de verre au-dessus de la tête de celle qu'il ne cesserait jamais d'aimer, depuis le refuge céleste où il l'attendrait ?… Et, porté par le souffle séraphique du vent, d'entonner de sa voix pleine d'espoir les paroles de « *Petite Sirène* » de Francis Cabrel...

*« ...Pleure pas petite sirène*
*Le jour attend dehors*
*Dans les brumes des fontaines*

*Ça se voit que tu viens de chez les anges, t'es belle comme tout*
*Ça se voit que nos manières te dérangent et ces lumières partout*
*Tous ces fantômes qui te touchent, ces mains qui te secouent*
*Cette bouffée d'air froid dans ta bouche, c'est la vie tout à coup*

*Voilà que tu viens comme une reine juste à la pointe du jour*
*Avec dans son écho de porcelaine ton appel au secours*
*Comme un signal pour que s'égraine ce temps qui s'enfuit à son tour*
*D'abord les heures, les jours, les semaines et puis les années d'amour*

*Pleure pas petite sirène*
*La ville dort encore*
*Ton histoire commence à peine... »*

**FIN**

## Crédits musicaux

« *Strangers In The Night* » (1966)
Écrit par Charles Singleton et Eddie Snyder
Composé par Bert Kaempfert
Interprété par Franck Sinatra
*Decca Records, Reprise Records*


« *Divine Créature* » (2021)
Écrit et composé par Marlon Magnée et Sacha Got
Interprété par La femme
*Born Bad Records*


« *Lundi Méchant* » (2020)
Écrit et interprété par Gaël Faye
Composé par Guillaume Poncelet
*Excuse My French*


« *Nothing's Gonna Hurt You Baby* » (2012)
Écrit et composé par Gregory Steven Gonzalez
Interprété par Cigarettes After Sex
*Kobalt Music*


« *Sappy* » (1993)
Écrit et composé par Kurt Cobain
Interprété par Nirvana
*DGC Records, Arista Records*


« *All The Roadrunning* » (2006)
Écrit et composé par Mark Knopfler
Interprété par Mark Knopfler et Emmylou Harris
*Warner Bros. Records, Universal Music*


« *Sexy Boy* » (1998)
Ecrit, composé et interprété par Air
*Source, Virgin*


« *Blinding Lights* » (2019)
Écrit et composé par Max Martin et Oscar Holter
Interprété par The Weeknd
*XO, Republic*


« *On Ira* » (1997)
Écrit, composé et interprété par Jean-Jacques Goldman
*Columbia, Sony Music*


« *L'Anamour* » (1968)
Écrit, composé et interprété par Serge Gainsbourg
*Philips*


« *I Like To Do It* » (1976)
Écrit et composé par Harry Wayne Casey et Richard Finch
Interprété par KC and The Sunshine Band
*TK Records*


« *The Only Living Boy In New-York* » (1970)
Écrit et composé par Paul Simon
Interprété par Simon and Garfunkel
*Columbia*


« *Les Lacs Du Connemara* » (1981)
Écrit par Pierre Delanoë et Michel Sardou
Composé par Jacques Revaux
Interprété par Michel Sardou
*Tréma*


« *Histoire De Mélody Nelson* » (1971)
Écrit et composé par Serge Gainsbourg et Jean-Claude Vannier
Interprété par Serge Gainsbourg et Jane Birkin
*Philips*


« *La Tristitude* » (2011)
Écrit, composé et interprété pat Oldelaf
*Roy Music*


« *High Hopes* » (1994)
Écrit et composé par David Gilmour et Polly Samson
Interprété par Pink Floyd
*E.M.I., Columbia*


« *Half A World Away* » (1991)
Ecrit et composé par Bill Berry, Peter Buck, Mike Mills et Michael Stipe
Interprété par R.E.M.
*Warner Bros. Records*


« *Not An Addict* » (1995)
Écrit et composé par Sam Bettens et Gert Bettens
Interprété par K's Choice
*Double T Music, Columbia, 550 Music*

« *Out Of Time Man* » (1991)
Écrit et composé par Manu Chao
Interprété par Mano Negra
*Virgin France*
*© Tous droits réservés*

« *Atomic* » (1980)
Écrit et composé par Debbie Harry et Jimmy Destri
Interprété par Blondie
*Chrysalis*
*© Tous droits réservés*

« *Aguzate* » (1970)
Écrit, composé et interprété par Richie Ray et Bobby Cruz
*Alegre Records*
*© Tous droits réservés*

« *Never Tear Us Apart* » (1987)
Écrit et composé par Michael Hutchence et Andrew Farris
Interprété par I.N.X.S.
*Atlantic*
*© Tous droits réservés*

« *Don't Let Me Down* » (1969)
Écrit et composé par John Lennon et Paul McCartney
Interprété par The Beatles
*Apple*
*© Tous droits réservés*

« *More...* » (1990)
Écrit et composé par Nicola Sirkis
Interprété par Indochine
*BMG Ariola*
*© Tous droits réservés*

« *Sauver Cette Etoile* » (2000)
Écrit, composé et interprété par Damien Saez
*Island Records*
*© Tous droits réservés*

« *Tostaky (Le Continent)* » (1992)
Écrit et composé par Bertrand Cantat
Interprété par Noir Désir
*Barclay*
*© Tous droits réservés*

« *23 Minutes* » (2018)
Écrit, composé et interprété par Radio Elvis
*P.I.A.S.*
*© Tous droits réservés*

« *Behind Blue Eyes* » (1971)
Écrit et composé par Pete Townshend
Interprété par The Who
*Decca, Polydor*
*© Tous droits réservés*

« *Ma Sœur* » (2018)
Écrit et composé par Clara Luciani et Ambroise Willaume
Interprété par Clara Luciani
*Initial Artist Services*
*© Tous droits réservés*

« *Aguanile* » (1972)
Écrit et composé par Willie Colon et Hector Lavoe
Interprété par Willie Colon
*Fania Records*
*© Tous droits réservés*

« *Tobaco Y Ron* » (1979)
Écrit, composé et interprété par Rodolfo Aicardi
*Discos Fuentes*
*© Tous droits réservés*

« *Touch Me In The Morning* » (1973)
Écrit et composé par Ron Miller et Michael Masser
Interprété par Diana Ross
*Motown*
*© Tous droits réservés*

« *Behind The Wheel* » (1987)
Écrit et composé par Martin L. Gore
Interprété par Depeche Mode
*Mute*
*© Tous droits réservés*

« *Sabotage* » (1994)
Écrit, composé et interprété par Beastie Boys
*Grand Royal Records*
*© Tous droits réservés*

« *Technicolor Dreams* » (1968)
Écrit, composé et interprété par Status Quo
*Pye*
*© Tous droits réservés*

« *Dreams* » (1977)
Écrit et composé par Stevie Nicks
Interprété par Fleetwood Mac
*Warner Bros.*
*© Tous droits réservés*

« *Sympathy For The Devil* » (1968)
Écrit et composé par Mick Jagger et Keith Richards
Interprété par The Rolling Stones
*Decca, ABKCO*
*© Tous droits réservés*

« *Nightcall* » (2010)
Écrit et composé par Vincent Belorgey et Guy Manuel de Homem-Christo
Interprété par Kavinsky
*Record Makers*
*© Tous droits réservés*

« *Petite Sirène* » (1989)
Écrit, composé et interprété par Francis Cabrel
*C.B.S., Columbia*


## Crédits filmographiques

« *Les Kassos* » (2013)
De Balak, Alexis Beaumont, Rémi Godin et Julien Daubas
*Davis Alric, Bobby Prod*


« *Kill Bill* » (2003)
De Quentin Tarantino
*Miramax Films, A Band Apart, Super Cool ManChu, Shaw Brothers*


« *Scarface* » (1983)
De Brian De Palma
*Universal Pictures*


« *O.S.S. 117 : Alerte rouge en Afrique noire* »
De Nicolas Bedos
*Gaumont, S.N.C. Catalogue M.C., Groupe M6*


« *Diamants sur canapé* » (1961)
De Blake Edwards
*Jurow-Shepherd Productions*


« *Zootopie* » (2016)
De Byron Howard, Rich Moore et Jared Bush
*Walt Disney Pictures, Walt Disney Animation Studios*


« *Tomb Raider* » (2018)
De Roar Uthaug
*GK Films, Square Enix, Metro-Goldwyn-Meyer, Warner Bros.*


« *Mourir peut attendre* » (2021)
De Cary Joji Fukunaga
*E.O.N. Productions, Metro-Goldwyn-Meyer*


« *Le Masque de Zorro* » (1998)
De Martin Campbell
*TriStar, Amblin Entertainment, David Foster Productions, Global Entertainment, Productions GmbH and Company Medien K.G., Zorro* Productions


## Crédits bibliographiques

« *Lettre de George Sand à Alfred de Musset* » (1904)
Écrit par George Sand
Tiré de l'ouvrage « Correspondance »
*Felix Decori*


« *Cherub* » (2004)
Écrit par Robert Muchamore
*Casterman*


« *Code 612 : Qui a tué le Petit Prince ?* » (2021)
Écrit par Michel Bussi
*Les Presses de la Cité*


« *La provenance de l'art et la destination de la pensée* » (1967)
Écrit par Martin Heidegger
Tiré de la Conférence à l'Académie des Sciences et des Arts d'Athènes
*Editions de L'Herne*


« *Encyclopédie ou Dictionnaire raisonné des sciences, des arts et des métiers* » (1751)
Écrit par Denis Diderot et Jean le Rond d'Alembert
*André Le Breton, Laurent Durand, Antoine-Claude Briasson et Michel-Antoine David*


« *Jouissance Club : une cartographie du plaisir* » (2020)
Écrit par Jüne Pla
*Marabout*


« *Le Petit Chaperon rouge* » (1697)
Écrit par Charles Perrault, les Frères Grimm
*Claude Barbin*


« *Le Routard : Irlande* » (2018)
*Hachette Tourisme*

Printed in Poland
by Amazon Fulfillment
Poland Sp. z o.o., Wrocław

25320922R00109